आज की
ताजा खबर

आज की ताजा खबर

राजेंद्रमोहन भटनागर

सत्साहित्य प्रकाशन, दिल्ली

प्रकाशक : सत्साहित्य प्रकाशन, २०५-बी चावड़ी बाजार, दिल्ली-११०००६
सर्वाधिकार : सुरक्षित / संस्करण : २०१८ / मूल्य : चार सौ रुपए
मुद्रक : एस. बी. एम. इन्डस्ट्रीस प्रा० लि०, राई, हरियाणा ISBN 978-81-7721-139-9

AAJ KI TAAZA KHABAR *stories* by Rajendra Mohan Bhatnagar
Published by Satsahitya Prakashan, 205-B Chawri Bazar, Delhi-110006
₹ 400.00

मन की बात आपके साथ

आज की कहानी लीक से हटकर कुछ कर दिखलाने की चेष्टा कर रही है। ऐसा वह स्वतंत्रता के बाद से करने लगी थी। यह कहना अभी जल्दबाजी होगा कि वह क्या कर पाई और कितना या···। यहाँ आकर रुकना पड़ जाता है, क्योंकि हिंदी कहानी हिंदी कविता की देखा-देखी, उसको लाँघ जाने की जिद में नई कहानी, अकहानी, कहानी, संचेतन कहानी, समानांतर कहानी, प्रगतिशील कहानी आदि आंदोलन उठा चुकी है। बकौल राजेंद्र यादव उसने कविता को पीछे छोड़ दिया है। फिर भी प्रेमचंद, जैनेंद्र आदि के आस-पास आकर कहानी ठहरती लगती है, यह जरूर विवाद का विषय हो सकता है, और है भी, क्योंकि विवाद उसकी उम्र बढ़ाता है।

ऐसे भी कहानीकार हुए और हैं, जो पत्रिकाओं के सूत्रधार मसीहाओं के लपेटे में नहीं आए और जिंदगी के साथ-साथ भी उससे लड़ते-लड़ाते, उसके सुख-दुःख में भागीदारी निभाते और कभी-कभी अलाव तापते घर-बाहर पर बतियाते हुए अंदर की कसक, रुकावट, अपने न होते जाने के दुःख और भीड़ का हिस्सा बनने की मजबूरी की परतें-दर-परतें खोलने लगे। ऐसे कहानीकार आम जन के होकर रह गए। वे किसी कहानी के आंदोलन का हिस्सा नहीं बन सके। जाहिर है कि वे मसीहाओं के आला पैरवीकारों की निगाह में नहीं आ सके।

इसमें किसी का दोष नहीं है। यह समय ही प्रचार की बैसाखी के सहारे आगे बढ़ने का है और वातानुकुलित कमरे में बंद रहकर आसमान छूने का है।

भूमंडलीकरण, बाजारवाद आदि प्रयासों ने मनुष्य का कद और छोटा कर उसे वस्तु बनाने का जिम्मा अपने ऊपर लिया है। कहानी भी उसी का हिस्सा है—कविता, उपन्यास, नाटक आदि भी।

परंतु मेरी ये कहानियाँ जहाँ इस ओर संकेत करती हैं, वहीं पूर्व की स्थितियों में जी उठी कहानियों के अंतर्द्वंद्वों को भी उकेरती चलती हैं। इन कहानियों से मानवता का एहसास हो सके, यही इन कहानियों का सच है। जिसके लिए गवाह की आवश्यकता नहीं है; क्योंकि मेरे पाठक ही इसके गवाह हैं। अब आप इन कहानियों के साथ बिताए समय के बारे में अपनी प्रतिक्रिया से मुझे पूर्व की तरह अवगत कराने का कष्ट कीजिए। अस्तु!

—राजेंद्रमोहन भटनागर

शशि निवास, श्रीनाथनगर
१०५, सेक्टर, ९ए, हिरन मगरी
उदयपुर-३१३००२ (राज.)

विषय-सूची

भोर का सपना

उरविला का घना जंगल, जहाँ तक दृष्टि जाए जंगल ही जंगल—आसमान से बतियाते वृक्षों की कतारें, गुनगुनाती समीर, लय-ताल देते नव पल्लव दल, चाँदनी लुटाती धूप और चुपचाप लोरियों के बीच बहती निरंजना। उसके परिपार्श्व में कुछ ऊँचाई पर बसा गाँव बकरौर आत्मलीन। दिन के उजाले में स्वर्ण कलश सा दमकता-चमकता वह छोटा सा गाँव चाँदनी रात में अमृतमय हो जाता।

अबोला गहराता सन्नाटा, लुका-छिपी खेलता बह रहा था प्रेम-पीयूषी प्रवाह में तरंगित होकर। सुजाता की पैजनिया जब-तब सन्नाटे के चित्त में उतरकर बहक उठतीं।

वह बस्ती नहीं, निरंजना तटिनी का मलयजी आभ्यंतर था—उजास की सतरंगी चदरिया को सँभालता, धीमे-धीमे आम्रमंजरी सा सम्मोहन बिखेरता, मूठ चलाता। नवयौवना सुजाता अपनी बड़ी-बड़ी अँखियों में अनुराग रचाए, हृदय-प्रदेश पर झूलते कंठहार को उँगलियों से छेड़ते हुए कह रही थी, "दिव्या, क्या तू भोर के सपने को सच मानती है?"

दिव्या की चटुल आँखें उसकी झील सी आँखों में उतरकर पूछतीं, "क्यों सखि? क्या बात है?"

"तू बताएगी या।…"

"हाँ, मेरी प्रिय सखि, भोर का सपना सदा सच होता है।" कुछ सरककर रस घोलती हुई वह पूछती, "तूने सपने में क्या देखा है?" दिव्या की दृष्टि सुजाता की नुकीली ठोढ़ी पर जा टिकती विस्मयबोधक संकेत सी।

सुजाता कर्णफूल में जा उलझी लट को सुलझाती हुई सोचती रह जाती कि क्या सपने बताने के लिए होते हैं? उसकी आँखों में सम्मोहन सद्यः कमल सा खिल जाता और उसके पारदर्शी अरुण अधर ठगे से रह जाते। दिव्या टोक देती, "सुजाता, क्या

तुझे अपने सपने का अर्थ नहीं जानना?''

सुजाता तत्काल कह उठती, ''जानना है। तू बताएगी क्या?''

''तू अपना सपना तो बोल!'' दिव्या आलथी-पालथी मारकर बैठ जाती।

सुजाता सपने के रेशमी आँचल को खिसकाते हुए कहने लगती, ''एक बहुत बड़ा अजपाल निग्रोधा वृक्ष (वट वृक्ष) शायद पीपलिया पर घना, अति सुघड़, कल्प वृक्ष से भी सुंदर, शांत और चमकदार, मनोरम, शुभ्र वृक्ष सदा मानव के स्मृतिकोश में द्युतिमान रहनेवाला वृक्ष…।''

''सुजाता, वृक्ष से आगे भी बोल न।'' दिव्या ने उसकी एकाग्रता में टँगड़ी लगाते हुए कहा।

सुजाता ने अपने को सँभाला। उसने अपनी ग्रीवा को हलका सा झटका दिया। उसके निर्बंध कुंतल श्यामल मेघ घटा से लहरा उठे। वह कह उठी, ''दिव्या, उस वृक्ष के नीचे अति सुकुमार, तेजस्वी, दीर्घ नयनोंवाला, सुदीर्घ बाँहोंवाला, ताम्रवर्णीय देहयष्टिवाला एक तरुण तपस्वी ध्यानमग्न बैठा हुआ है।''

''क्या चाहता है?''

''स्वयं आकांक्षा रहित होकर वह आकांक्षी जनों का उद्धार करना चाहता है।'' सुजाता असोचे कह जाती।

''कैसे?''

''कदाचित् अभी तक उसे वह मार्ग नहीं मिला है।''

अन्यथा तो…।

''तूने क्या निश्चय किया है?''

''किसके बारे में?''

साश्चर्य सुजाता की ओर देखते हुए, ''अपने सपने के बारे में?''

''तू बता?''

''आज पूर्णमासी है।''

''हाँ, पर?''

''तू उसे खीर ले जाकर खिला आ।''

''कैसे?''

''वहाँ जाकर।''

''कहाँ जाकर?''

''वहाँ जाकर, जो स्थान तूने सपने में देखा है।''

''वह स्थान तो सपने में देखा है। यथार्थ में तो नहीं। क्या वह स्थान, वह तपस्वी…।'' सुजाता ने उलझन को सहलाते हुए समझना चाहा।

''हाँ, वह सब होगा, सुजाता तेरे सपने का यही अर्थ है।'' दिव्या इतना कहकर उठ खड़ी हुई।

''तू भी साथ चलेगी न?''

''प्रयत्न करूँगी, तू तैयारी तो कर पहले।'' कहकर वह चली गई। सुजाता सोचती रह गई कि सपना क्या सच हो जाएगा! न भी हो तो कोई बात नहीं, इस तरह भोर के सपने की परीक्षा तो हो जाएगी।

सुजाता ने दूध दुहा। मन-ही-मन उस तरुण तपस्वी को नमन किया। उपलों पर दूध चढ़ाया। चावल डाले और बीच-बीच में उसे काठ की कलछी से चलाने लगी। उसकी समझ में यह नहीं आ रहा था कि पुरुष ही प्राय: संन्यासी क्यों होता है? वह स्त्री की परछाईं से दूर क्यों भागता है? क्या स्त्री सत्य मार्ग में व्यवधान है? वह दु:खी नहीं है। उसका गाँव प्रसन्न है। फिर दु:ख निवारण किसका? कदाचित् उन बड़े-बड़े लोगों का, जिनकी आकांक्षाओं का अंत नहीं है और जो आकांक्षाओं से आहत हैं।

सुजाता का कभी-कभी सिर भारी होता था तो वह मन-ही-मन वनदेवता की मनौती कर लेती थी। आज तो वह वनदेवता के लिए खीर लेकर जाने वाली है। जब माई गंगा गई थी, तब उसने एक किनारे से दूसरे किनारे तक पियरी चढ़ाई थी।

कटोरे में खीर ली। उसको लेकर वह चल पड़ी। दिव्या को भी साथ लिया, पर इस शर्त के साथ कि यदि वनदेवता को तलाशने में देर लगी तो वह लौट पड़ेगी, क्योंकि उसके यहाँ अतिथि आए हुए हैं।

''क्या वह मिलेगा?''

''इसी जिज्ञासा से तो मैं तेरे साथ हूँ। सच तो यह है, सुजाता, कि मैंने भोर के सपने के बारे में अभी तक सुना भर है, कभी परखा नहीं।'' दिव्या का स्वर जिज्ञासा से भरा था।

''अब जो होगा, वह सामने आ जाएगा।'' सुजाता अपने स्वप्न के साथ चल रही थी। मन-ही-मन दिशा टटोल रही थी। बीच-बीच में वृक्षों की ओर भी देख लेती थी, यह सोचकर कि वह द्युतिमान् वृक्ष कहीं दृष्टिगत हो जाए।

''सुजाता, निरंजना की ओर देख, वो पेड़ देख, वह अन्य पेड़ों से कुछ भिन्न और आकर्षक दिव्य द्युयुतिवाला लगता है—विशाल और घना।'' दिव्या कहती और उँगली से उस ओर संकेत भी करती जाती।

सुजाता उस ओर आगे बढ़ती जाती। आज उसने गहरे पीले और गहरे लाल रंग के परिधान से अपने को आवेष्टित किया था। कंचुकी पीले रंग की थी। उसकी इकहरी देह गौरवर्णीय, लंबी, मधुरस पगी थी—उसकी मंथर गति में लचक थी। उसके विशाल

नयनों में अतीव भोलापन था जिज्ञासा का छलकता भाव लिये।

दिव्या अपलक उसके अनिंद्य रूप-सौंदर्य पर दृष्टि गड़ाए सोचे जा रही थी कि वनदेवता ने यदि एक बार उसे भरपूर दृष्टि से देख लिया तो कहीं वह अपनी तपस्या न भूल बैठे! वह क्या किसी तपस्या से कम है!

निरंजना नदी यदाकदा मुसकरा उठती थी अपने तरंगमयी आँचल को हिलोरे खाता देखकर। पवन मद्धिम गति में आम्रमंजरी की भीनी-भीनी सुवास लिये मतवाला होता जा रहा था। कभी सुजाता के नेत्र विस्फारित होते। वह ठगी सी सोचते हुए देखती रह जाती, तनिक ठहरती, धीरे से कहती, ''दिव्या, सपने में लगभग ऐसा ही विशाल, नव पल्लवों की सुकुमार हरीतिमावाला वृक्ष था। उसके चिक्वन पत्र नव शिशु की हथेलियों से सुकोमल और मुलायम थे।''

''यह तो पीपल का वृक्ष है, सुजाता।''

''तो वह भी पीपल का वृक्ष होगा, दिव्या। तब मेरी दृष्टि चूक गई होगी।'' सुजाता अनुमान लगाकर कहती, परंतु संशय आवृत्त हुए—''कहीं वह वनदेवता नहीं हुआ तो?''

''अब आगे तो चल।''

''चलती तो हूँ, दिव्या पर¨।''

''मुझे शीघ्र लौटना भी है।''

''तो लौट जाना, मैंने तुझे बाँध तो नहीं रखा है, दिव्या; परंतु¨।''

''परंतु क्या?'' दिव्या सम्मोहित होती जा रही सुजाता के अंजन सजे विशाल नयनों में झाँकती हुई कहती है।

''वह प्रकाश, दिव्या।''

दिव्या ध्यान से उसके संकेत पर दृष्टि डालती। उसे कहीं प्रकाश दिखलाई नहीं पड़ता। सूरज का बादलों में से झाँकता प्रकाश था—अति सुकोमल और प्रियकर। वह पूछ बैठती, ''किधर सुजाता?''

''तुझे दृष्टिगत नहीं होता क्या?''

''क्या सुजाता?''

''उस वृक्ष के पत्रों पर नव रश्मियों का मचलता उजास।'' सुजाता निरंतर उस ओर ही देखे चली जा रही थी—भावनाओं के उठते लघु ज्वार-भाटे के साथ।

दिव्या को अच्छा लगता उसका वह भोलापन दिव्यता अलंकृत, लेकिन उसे वैसा कुछ दृष्टिगत नहीं होता। वह पूछ-पूछ लेती, ''फिर उधर ही क्यों नहीं चलती, सुजाता?''

''उधर ही चलते हैं न, दिव्या।''

“चलो भी।”

“पहले उस दिव्यता को तो मन में रचा-पचा लूँ, दिव्या।”

“तो मैं लौटती हूँ।”

“धमकी नहीं, सखि।” सुजाता धीरे-धीरे कहती जाती, “मैं डर रही हूँ।”

“किससे?”

“उस दिव्य महापुरुष से, जिसकी वह दिव्य ज्योति अग-जग को ज्योर्तिमय किए जा रही है।” सुजाता साँस छोड़कर आगे कहती, “दिव्या, ऐसे अलौकिक पल जीवन में बार-बार नहीं आते। तू चली जाएगी तो सपने के सुकृत-फल को भी नहीं जान पाएगी।”

“और कोई नहीं हुआ तो?”

“महाज्योति से आत्मसात् तो हो रहा है, दिव्या।”

“अब दो डग आगे भी बढ़ा, सुजाता!”

सुजाता सहज स्मित बिखेरती चल पड़ती। प्रणाम की मुद्रा बनाकर उसका अभिवादन करने के बाद। उसके लिए जीवन का अर्थ भी सहज है।

अचानक मोड़ के बाद वह वृक्ष ओझल हो गया। उसने आँखों को मला। फिर से देखा। वह तेजयुक्त वृक्ष वहाँ से अदृश्य था। उसका माथा ठनका। निरंजना नदी भी ओट हो गई थी, मात्र उसकी कलकल ध्वनि सुनाई पड़ रही थी।

मैना बोल उठी, “आगे जाओ, आगे जाओ।” कोयल कूक उठी। पक्षीवृंद नाच उठे। सुजाता आगे बढ़ी। मैना और कोयल की मधुर ध्वनि से उसे आश्वस्ति हुई।

एक मार्ग खुला। दोनों ओर लंबे और घने वृक्षों से घिरा वह मार्ग मनोरम था।

दिव्या गूँगी हो चली थी यह देखकर कि उस मार्ग पर धवल प्रकाश था। कहाँ से आ रहा है वह प्रकाश?

“वही वृक्ष।” सुजाता ने दूसरे मोड़ की ओर मुड़ते हुए दिव्या के पास आने पर उसके कंधे पर हाथ रखकर आश्चर्य से कहा, “एकदम सपनेवाला वृक्ष, दिव्या!”

“तो वह तपस्वी···वनदेवता भी यहीं-कहीं होगा।” दिव्या ने कुछ आगे बढ़ने के बाद सोचते हुए कहा, “वह चबूतरा सुजाता···।”

“वहाँ कोई ध्यानावस्थित भी है।”

“वही है, सुजाता···वही।” दिव्या आश्चर्यचकित रह गई। उसके नेत्र खुले के खुले रह गए। वह वहीं खड़ी रह गई।

“चल, दिव्या!”

“नहीं सुजाता, आगे तुझे ही जाना होगा।” दिव्या अपनी दृष्टि उस दिव्य प्रकाश पर गड़ाते हुए, जहाँ-की-तहाँ खड़ी-की-खड़ी रह गई।

"क्यों दिव्या?"

"विवाद नहीं, सुजाता…सपना तुम्हारा था, खीर भी तुमने श्रद्धा-भक्ति से राँधी है। संकल्प भी तुम्हारा है, अतः जाओगी भी तुम।" उसके स्वर में कड़कपन था। अंत में दिव्या ने अपना निर्णय सुनाते हुए कहा, "अब विलंब नहीं करो। जाओ वरना…।"

वनदेवता… तपस्वी तो ध्यानमग्न है। वह कैसे संबोधन देगी? विघ्न… कहीं वह क्रोधावेशित होकर शाप दे बैठा तो…? दिव्या ने उचित निर्णय लिया है, वो उसका क्रोध-भाजन क्यों बने?

"क्या सोच रही है, सुजाता?"

"मन में द्वंद्व जनमा है, दिव्या।"

"श्रद्धा-भक्ति तो द्वंद्व को शमन देती है, सुजाता। पूजा में द्वैत क्यों? प्रश्न तरुण संन्यासी या वनदेवता का नहीं है कि वह क्या कहेगा, क्या नहीं, या वह कैसा व्यवहार करेगा, कैसा नहीं? फिर कौन जाने कौन किसका मुक्तिदाता सिद्ध हो। तू आगे बढ़ और नमन कर इस अमृत को उसके सामने रख आ। मन बने तो मन को बाँधना नहीं, उसे खुल जाने देना—यही तुझे प्रियकर है और श्रेयकर भी।" दिव्या स्वयं नहीं जानती कि वह यह सब कैसे बोल गई। किसने उसे यह सब सुझाया? कदाचित् तपस्वी की तपःभूमि के प्रभाव-क्षेत्र का यह परिणाम है।

सुजाता ने चतुर्दिक् देखा। समीर शांत बह रहा था। मौन गहरा था। उसका हृदय कुछ स्थिर हुआ। उसके आरक्त अधरों पर सूक्ष्म उल्लास ठहरा। उसने कटोरे को सँभाला। खीर का रंग हलका गुलाबी था। फिर धीरे-धीरे वह आगे बढ़ने लगी।

दिव्या ने अनुभव किया कि सुजाता में निरंजना नदी कलरव कर उठी है। उसका रूप-रंग तेजोद्दीप्त हो उठा है—मानो वही मंगल-कलश हो गई है।

सुजाता मंथर गति से आगे बढ़ रही थी सरल रेखा सी। दिव्या थोड़ा पीछे हट गई। वह उस दृश्य की साथी नहीं बनना चाहती थी। वह पार्श्व के वृक्ष के नीचे आ बैठी उधर से आँखें फेरकर। परंतु उसके मनश्चक्षु उधर ही अपलक निहार रहे थे। न चाहते हुए वह उसकी हर आहट पर कान दिए हुए थे।

सुजाता किसी तपमग्न ऋषि का दर्शन प्रथम बार कर रही थी। पल भर के लिए उसकी आँखें बंद हुईं। उसका हृदय छलक पड़ा। उसने धीरे से आँखें खोलीं। वह चिहुँक पड़ी। जिह्वा तालु से जा लगी। वह देख रही थी—तरुण नवयुवक, तेजस्वी मुखमंडल, नेत्र बंद किए साधनारत, निःस्तब्ध, विशाल नयन, लंबी बाँहें, पतले अधर स्मित लिये और कर्ण लंबे। लेकिन शेष सारी देह मात्र हड्डियों का ढाँचा। रक्तहीन सी धमनियाँ।

क्या वह जीवित है? यदि वह जीवित है भी, तो वह अधिक दिन जीवित नहीं रहेगा। और वह मृत्यु को प्राप्त हो गया तो? ऐसा तप क्यों? जीवित रहते हुए मृत्यु का वरण क्यों? यह वो वनदेवता नहीं हो सकता।

सुजाता ने जिस तपस्वी को स्वप्न में देखा था, उसका मुखमंडल बिलकुल ऐसा ही था तेजोमय। परंतु वह कंकाल मात्र नहीं था—ताम्रवर्णीय था, अतिसुंदर! एकदम देवपुरुष जैसा।

सुजाता ने सोचते हुए उसे और ध्यान से देखा—उसके मुखमंडल के चारों ओर वलय प्रदेश बन रहा था। नवोज्ज्वल प्रकाश वहीं से प्रकीर्ण हो रहा था।

क्या उसे संबोधन देना ठीक रहेगा? कहीं वह अर्धचेतन स्थिति में तो नहीं है।

सुजाता ने खीर उसके सामने रख दी। उस तपस्वी में तनिक भी कंपन नहीं हुआ। वह अचेत बना रहा। वह धीमे स्वर में बोली, ''तपस्वी, आँखें खोलिए और प्रसाद पाइए।''

तपस्वी यथावत् बना रहा।

सुजाता ने कई बार उसे पुकारा। कोई प्रतिक्रिया नहीं हुई। अब वह क्या करे। उसने पाजेब बजाई। लेकिन उसका भी कोई प्रभाव नहीं हुआ।

पवन कुछ तीव्र हुई। पत्रों में हलचल हुई। सुजाता ने तनिक तेज स्वर में कहा, ''सुन रही हो दिशाओ, वृक्षावलियो, तुम साक्षी हो! पीपल देव, तुम्हें साक्षी मानकर मैं कुछ कहने जा रही हूँ, मेरी सहायता करना—वास्तव में मुझे इसके अतिरिक्त और कुछ नहीं सूझ-समझ रहा है—निरंजना नदी, तुम विस्मृत न करना...जीवन जीने के लिए होता लेकिन ये आर्य...तपस्वी, वनदेवता, क्या नाम दूँ। मैं इससे अधिक कुछ जानना भी नहीं चाहती परंतु इतना जानती हूँ कि मैं तपलीन वनदेवता को प्राणहंता नहीं होने दूँगी।...आर्य तप देह को सूखी छाल नहीं बनाता।''

सुजाता ढुंगेश्वरी पहाड़ी पर लाल-पीले रंग के ध्वज का अंतिम छोर हवा में लहराता देख रही थी। यदि वह छोर वरना नदी की ओर लहरा उठे तो मांगलिक संकेत समझा जाता था। वहीं तो ढुंगेश्वरी की गुफा है। उसने सुना था कि वहाँ भी एक सन्यासी पांचेक वर्ष से तपस्या करने के बाद कहीं ओझल हो गया था। ज्ञात नहीं हो सका कि उसका क्या हुआ! सुजाता उसे स्मरण करती हुई कहने लगी, ''यहाँ की प्राकृतिक छटा, पहाड़ियों की शृंखलाओं पर लहराती रंगारंगी ध्वजाएँ, उनकी छाया में बसे गंधास्ति, सेनानी, बकरौर आदि ग्राम और उनके निवासी सारे ज्ञान-ध्यान तप-साधना के प्रपंचों से दूर रहकर सहज जीवन जी रहे हैं। उसके मन में मृत्यु को जीतने की आकांक्षा नहीं है। वे कर्मनिष्ठ हैं। वे अदृश्य को जानने के इच्छुक भी नहीं हैं। वे जो हैं, वही बने रहना चाहते हैं। पर तुम जैसे अनेक महिमामंडित तपस्वी वहाँ आते

हैं। वर्षों शरीर गलाते हैं—आत्मदमन का अभ्यास करते हैं और फिर अचानक ढुंगेश्वरी गुफा में बैठे-बैठे अदृश्य हो जाते हैं। पता नहीं, वे क्या पाते हैं, क्या नहीं! उनकी वे जानें, जीवन तो नदी है, फलदार वृक्ष है, पवन है और साधना-प्रसाद यही तो है। यहाँ का जनजीवन और है।'' उत्तर में सन्नाटा बना रहा। अब सुजाता क्या करे? क्या वह दिव्या को पुकार ले? क्या वह उसकी पुकार सुनकर आएगी? कहीं वह लौट चुकी होगी तो? उसने ध्यान से देखा, इस समय वह ग्राम बकरौर से पूर्व में और मुहाने नदी के पश्चिमी तट पर थी—दो नदियों की संगम-स्थली पर उसे अपनी दादी की सीख का स्मरण हो आया। वह कहा करती थी, प्रतिकूल परिस्थितियों में अपने सत्य को दाँव पर लगा लो। उसने भरपूर दृष्टि तपस्वी पर डाली और पीछे हटकर आकाश, दिशाओं आदि की ओर संकेत करती हुई कह उठी, ''सब देखो—सुनो, ये तरुण तपस्वी तेजयुक्त है, अति सुंदर है, बलिष्ठ है, सत्यप्रेमी, पवित्र आत्मा है, इसकी रक्षा करो।'' कुछ समय बाद वह पुनः सुमधुर ध्वनि में कहने लगी, ''मैं तप नहीं समझती। सामान्या हूँ। शास्त्र नहीं जानती। मुझसे कोई त्रुटि बन रही हो तो देवाधिपति देव मुझे अज्ञाना समझकर क्षमा करना। लेकिन मैं तपस्वी को आत्महंता नहीं होने दूँगी। यदि मेरा जीवन अब तक निष्पाप रहा है, मेरा मन निश्छल है, मैं परोपकार करती रही हूँ और मेरे पुण्य क्षय नहीं हुए हैं तो देवों के देव उस ब्रह्मांड के जनक, उन सबका फल इस तपस्वी को प्रदान कर चैतन्य लाभ देना और सद्मार्ग की ओर उन्मुख करना। इस बार पवन प्रकंपित हुआ, दिशाएँ डोलीं। तपस्वी का वलय क्षेत्र स्तंभित, अधीर और द्रवित हुआ। स्तब्ध वनांचल में प्रतिध्वनि अनुगूँजी।

''नेत्र खोलो, तपस्वी, तुम्हें अपने तप सत्य की सौगंध।'' सुजाता का स्वर प्रार्थनामय था।

''नेत्र नहीं खोले तो मैं भी नहीं लौटूँगी।'' मेरे श्रद्धा और विश्वास की परीक्षा और मत लो। माना कि मैं तपस्विनी नहीं हूँ और न कभी होना चाहूँगी, सहज जीवन से बड़ा कोई तप नहीं है, सुन रहे हो, तपस्वी, या मूर्च्छित हो चुके हो और जरा से स्पर्श से एक ओर लुढ़क जाओगे? पर मैं ऐसा नहीं होने दूँगी।''

''सुजाता, आँखें खोलो।'' सुजाता चौंक पड़ी।

''देखो मैं तुम्हारी श्रद्धा-भक्ति का पावन प्रसाद पा रहा हूँ। सुजाता, आँखें खोलो।''

और सुजाता ने आँखें खोल दीं। क्या वह अब तक आँखें बंद किए अपने आप से संवाद किए जा रही थी?

तपस्वी को चैतन्य लाभ पहुँचाने की प्रार्थना क्या वह अचेत अवस्था में किए थी?

चमत्कार! तपस्वी की देह में चैतन्य लौट रहा था। उसके वलय क्षेत्र से रश्मियाँ

प्रकाशित हो रही थीं। वह पूछ रहा था, ''क्या सोच रही हो, सुजाता?''

''कुछ नहीं तपस्वी।''

''कुछ तो।''

''हाँ, कुछ तो। आपसे आँखें खोलने के लिए आग्रह कर रही थी अपनी आँखें बंद करके। आपको कष्ट दिया—क्षमा, तपस्वी क्षमा।'' सुजाता की आँखें भर आईं। उसे परम तुष्टि हुई। प्रसन्नता वेग से वह गद्गद हो उठी।

''अब हम चलेंगे, तपस्वी।'' सुजाता ने मंद स्वर में कहा, ''परंतु इतना अवश्य कहेंगे, यद्यपि हमें कहने का कोई अधिकार नहीं है और हम जानते भी कुछ नहीं हैं।''

''कहो, सुजाता, हम सुनने के लिए तत्पर हैं।''

''हमने सुना है…।''

''क्या, सुजाता?''

''वीणा के तार इतने न कसो कि वे टूट जाएँ।'' इतना कहकर सुजाता सहम गई।

''धन्य हो, सुजाता, तुम धन्य हो!'' तपस्वी का स्वर सुदृढ़ था और गंभीर।

सुजाता अंदर-ही-अंदर काँप गई। उसके हृदय की धड़कनें तीव्र हो गईं।

''हमने तुम्हारी हर बात को सुना, समझा और गुना, सुजाता। हम गौतम हैं। हमें आचार्यों के अमृत वचन संतुष्ट नहीं कर सके। ढुंगेश्वरी गुफा में हमने ही पाँच वर्ष तक तपस्या की थी।'' गौतम कह रहे थे।

''क्या मिला?''

''कुछ नहीं।''

''इतने कृशगात क्यों हो बैठे? क्या तप देह को निचोड़ने की साधना है?''

''अभी तक यही समझा था।''

''और अब?''

''खीर का सेवन करना ही सच्ची तपस्या है।''

''नहीं, तपस्वी।''

''तपस्वी असत्य भाखी नहीं होता, सुजाता। तुम्हारी यह खीर हमारी सिद्धि हेतु है। स्मरण रहे, तुम्हारी यह खीर मानव-मन को सत्य की ओर ले जाएगी। हम तुमसे बहुत प्रसन्न हैं, सुजाता। माँगो तुम्हें क्या चाहिए?'' गौतम धीरे-धीरे कहते जा रहे है।

''हमें कुछ नहीं चाहिए, तपस्वी। चिड़िया की चोंच को क्या चाहिए, तपस्वी?'' सुजाता ने गौतम के चरणों के पास भूमि पर माथा टेका, नमन किया और उठ खड़ी हुई।

गौतम देखते रह गए। सुजाता मंथर गति से लौट पड़ी। गौतम ने मन-ही-मन उसे नमन किया। वह उनकी आचार्या हुई। कभी युवा पत्नी और राहुल बालक को

सोता छोड़कर वे राजप्रासाद की प्राचीर से भाग निकले थे सत्य का अनुसंधान करने। वह उनकी भूल थी। अंततोगत्वा सुजाता ही उनके लिए जीवनदायिनी संजीवनी बनी। उनके अधरों पर अभी तक खीर का आस्वाद था—जीवन का अमिय रस था अद्‌भुत, आलौकिक और न्यारा!

आज भी पूर्णिमा है और उस दिन भी पूर्णिमा ही थी, जब राजप्रासाद का परित्याग किया था। अपना सर्वस्व त्यागा था और आज सुजाता और उसकी श्रद्धा-भक्ति का प्रसाद पाकर वह कृतार्थ हुए जा रहे थे। हाँ, वही दिशा है, वही संबोध है, वही मार्ग है, मज्झि परिपदा...मध्यम मार्ग, वही महाप्रकाश है, वही सुजाता की खीर है, वीणा के तार कसने की बात है, वही सत्य है, वही सर्व मंगल का संदेश है। उसके होने का साक्ष्य है। यह सोचते हुए वह उठने को हुए पर उठे नहीं, बल्कि उस मार्ग को निहारते रह गए, जिस ओर से सुजाता गई थी।

□

नई दृष्टि

जनवरी का महीना था, कड़ाके की ठंड पड़ रही थी। दिनेश उदयपुर से इंदौर जा रहा था और महूवाले प्रथम श्रेणी के पुराने डिब्बे में बैठा हुआ था।

वह 'बी' केबिन में सीट पर बैठा हुआ था। उसके अलावा उस डिब्बे में और कोई नहीं था। ट्रेन चित्तौड़ तक 'पैसेंजर' थी। चित्तौड़ से महू तक एक्सप्रेस। दिनेश का मन बेचैन हो रहा था, यह सोच-सोचकर कि क्या इतना लंबा सफर इस केबिन में अकेले ही करना होगा!

छकड़ागाड़ी की तरह ट्रेन रुक-रुककर चल रही थी। ट्रेन को बीच-बीच में रोका भी जा रहा था। इससे भी दिनेश को कोफ्त हो रही थी। केबिन की रोशनी अति क्षीण थी और कभी भी अलविदा कह सकती थी।

जैसे-तैसे ट्रेन चित्तौड़ पहुँची। दिनेश बाहर प्लेटफॉर्म पर उतरा। पता चला कि महू जाने वाले डिब्बे काटे जा रहे हैं, वह पुनः अपने केबिन में आ बैठा। कुछ डिब्बे काटकर यार्ड के पास अँधेरे सन्नाटे में खड़े कर दिए गए। दिनेश ने अंदर से केबिन अच्छी तरह बंद कर लिया। उसने लाइटर से सिगरेट सुलगाई, फिर धीमे से कश खींचकर धुएँ के छल्ले हवा में उछालने लगा।

घंटे भर बाद कटे हुए डिब्बे पुनः दूसरी ट्रेन से जोड़े गए, जो दिल्ली से महू जा रही थी। अभी ट्रेन प्लेटफॉर्म पर आकर ठहरी ही थी कि एक गेहुँए रंग की युवती ने 'बी' केबिन में प्रवेश किया। वह अकेली थी। उसकी आँखों में चमक थी और होंठों पर सुर्ख अंगारे। वह मूँगिया रंग की साड़ी पर हरे रंग का कार्डिगन पहने हुए थी और सिर पर उसी रंग का स्कार्फ कसे थी।

एक से दो हुए, यह सोचकर दिनेश को कुछ राहत मिली। उसके केबिन में उस युवती के साथ महक का एक झोंका भी आया। दिनेश ने उसे कनखियों से देखा। वह उसे आधुनिका

लगी। नाभि से काफी नीचे बँधी साड़ी, कार्डिगन के खुले बटन, मुखमंडल पर खासा मेकअप और तीखे नाक-नक्शवाली वह युवती एक अदाकारा की छटा दे रही थी।

अब वह बैठ चुकी थी। उसका कद लंबा था, बदन छरहरा, आँखें बड़ी-बड़ी पर मादक और बेहद चंचल थीं। वह तत्काल उठी और बाहर गई। थोड़ी देर में उसके साथ टिकट चेकर था। वह बोली, ''यह क्या है—केबिन या कचरा गाड़ी? छिह-छिह! इतना गंदा, बत्ती किसी पीलिया के मरीज सी दम तोड़ती हुई और यह जंग खाई चटखनी आखिर प्रथम श्रेणी का किराया वसूल करते हैं? जाइए, जो कुछ बन सकता है, फौरन कीजिए, वरना यह ट्रेन यहीं खड़ी रहेगी और उसकी वजह होंगे आप। समझे… ?''

टिकट चेकर का सिर चकराया। उसने ऐनक ठीक की और दिनेश की ओर देखा, जिसका कुछ देर पहले ही वह टिकट देख चुका था। लेकिन उसने आँखें नहीं मिलाईं उससे। अब उसे फिल्म जैसा आनंद आने लगा था। पलक झपकते ही उसे खयाल आया कि कहीं वह टिकट चेकर का बच्चा उसे किसी दूसरे साफ-सुथरे केबिन में जगह न दे दे और वह इस कचरा पात्र में अकेला पड़ा रह जाए।

दिनेश के साथ एक-दो बार ऐसा पहले भी हो चुका था। लेकिन तब ऐसा झंझट नहीं हुआ था। किसी को कानोंकान खबर भी नहीं पड़ी थी और केबिन बदल दिया गया था।

आखिर वह क्यों यह सब सह लेता है? वह क्यों नहीं अव्यवस्था की शिकायत कर पाता? माना कि वह सरकारी दौरे पर है, अपने पैसे से वह प्रथम श्रेणी में यात्रा नहीं कर सकता, लेकिन इसका मतलब यह तो नहीं है कि प्रथम श्रेणी का भाड़ा देकर वह कचरे के पात्र में पड़ा रहे और जबान भी न खोले!

वह अपने दफ्तर में भी देखता था। वहाँ भी सब चलता था—हत्थे टूटी कुरसियाँ, पलस्तर झड़ती दीवारें, खटरागी पंखा, चूलें हिलती चौखटें और टूटी हुई खिड़कियाँ।

टिकट चेकर लौट आया। उसके साथ दो व्यक्ति थे। एक सफाई कर्मचारी और दूसरा मिस्त्री। उन दोनों को बाहर आना पड़ा। केबिन साफ हुआ, बिजली ठीक हुई। वह टिकट चेकर अधेड़ उम्र का था। सिर और मूँछों के बाल आधे से ज्यादा पक चुके थे। वह कहने लगा, ''जो संभव बना। किया। कृपया…''

''ठीक है, ठीक है…,'' युवती ने उपेक्षा भाव दरशाते हुए कहा और छोटे आईने में अपने को पहचानने की कोशिश करते हुए लिपस्टिक को अधरों पर इधर-उधर छुआया।

अभी तक केबिन का दरवाजा खुला हुआ था। कौन बंद करे, यह प्रश्न शायद अधर में झूल रहा था। ठंड बढ़ रही थी। हारकर दिनेश ने दरवाजा बंद किया।

कौन पहल करे बोलने की? क्या पता वह किस तरह से बरताव कर बैठे? कौन

उठाए यह जोखिम और क्यों? दिनेश के लिए अब वह केबिन पहले से ज्यादा बेचैनी का कारण बन गया था। वह सोचने लगा कि यह जरूर बदमिजाज आधुनिका है। यह लड़की नहीं है, उम्र ३०-३२ के आस-पास होनी चाहिए।

वह चाहती थी कि दिनेश उससे बात शुरू करे, क्योंकि दो-तीन बार वह कनखियों से उसे घूरते हुए इधर-उधर हाथ-पाँव पटक चुकी थी। आखिर वह फिर खड़ी हुई। केबिन का दरवाजा खोलने लगी। खूब जोर आजमाइश की, लेकिन उससे कुछ नहीं बना, उलटे उसकी उँगली में चोट लग गई। वह कुछ बड़बड़ाई।

दिनेश को अब उठना पड़ा। उसने धीरे से नीचे से जोर लगाकर दरवाजा थोड़ा सा उठाया और एक तरफ सरका दिया।

"ओह, यह क्या मुसीबत है!" कहते हुए वह तेजी से बाहर चली गई।

अब ट्रेन गति पकड़ चुकी थी। दिनेश उसके लौटने तक सो जाना चाहता था। उसने सोने की तैयारी शुरू कर दी थी। उसने सुना कि वह 'मेरी बला से' कहती हुई लौट रही है। "कैसे-कैसे लोग प्रथम श्रेणी में सफर करने लगे हैं!" इन शब्दों के साथ उसने केबिन में प्रवेश किया।

दिनेश चुप रहा। उसने उसे अनदेखा किया और अपने काम में लगा रहा।

"यह क्या मुसीबत है? कब सुधार होगा इस देश में? इस देश को स्वतंत्र होना ही नहीं चाहिए था। स्वतंत्र होने के बाद से तो यह दिन पर दिन बदइंतजामी, भ्रष्टाचार, रिश्वत...सब तरफ से घिरता ही गया है कि नहीं?" उसने अंतिम वाक्य दिनेश की ओर देखते हुए बोला। इतनी ठंड में भी उसके चेहरे पर पसीने की बूँदें तैर उठी थीं।

"हाँ..." दिनेश के मुँह से अचानक निकल गया।

"क्या हाँ? आप भी तो सभ्य, शिक्षित नागरिक हैं। आप का भी फर्ज बनता था कि इस बदइंतजामी की ओर रेलवे अधिकारियों का ध्यान खींचते। चुप रहकर गलत-सलत होते देखते रहना, उसके खिलाफ आवाज न उठाना, ये सब स्वतंत्र देश के नागरिक की पहचान नहीं है।" उसमें तनाव उफन रहा था। उसकी भौंएँ टेढ़ी हो रही थीं व होंठ काँप रहे थे।

"कृपया बैठिए, मैं आपसे सहमत हूँ। लेकिन..." दिनेश इतना ही कह पाया कि वह बीच में बोल पड़ी, "इस लेकिन परंतु ने देश ही की नौका डुबो डाली है। जो कहना है, दो टूक कहिए, जाल मत बुनिए, टालने की कोशिश मत कीजिए। अपनी आजादी को हर पल तरोताजा और जिंदा रखिए।" अभी उसमें तूफान थमा नहीं था। वह बैठ चुकी थी।

"क्षमा करें मैडम, ताव खाने से रेलवे अफसरों की सेहत पर कोई प्रभाव पड़ने वाला नहीं है। वे ठूँठ हो चुके हैं या ठूँठ कर दिए गए हैं।" यह कहते हुए दिनेश थर्मस से दो प्यालों में कॉफी डालता रहा। चीनी की ओर इशारा करते हुए उसने पूछा, "कितने चम्मच?"

"नहीं, रहने दीजिए।"

"कृपया दो चम्मच?" दिनेश ने आग्रह से पूछा।

"ठीक है।"

इसके बाद दोनों के हाथ में कॉफी के प्याले थे।

"आप चीनी नहीं लेते?"

"नहीं, मधुमेह का मरीज हूँ।"

"ओह!" उसके चेहरे पर पहली बार बदली छँटती नजर आई।

"आपका नाम?"

"रीता··· प्रोफेसर, राजनीति शास्त्र, पंजाब विश्वविद्यालय, चंडीगढ़ में।" उसने कॉफी के जायके का आनंद लेते हुए कहा, "कॉफी एकदम बढ़िया है।"

उसकी दृष्टि दिनेश के कपड़ों पर ठहरकर फिसल गई। दरअसल, दिनेश खद्दर के कुरते-पाजामे में था और आँखों पर चश्मा लगाए था, पाँवों में टायर सोलवाली चप्पलें थीं। अधेड़ उम्र का दिनेश मजबूत कद-काठी, लंबे कद और साँवले रंग का था। यह जरूर कोई मुलाजिम होगा, ऐसा उसने अनुमान लगाया।

"आप कहाँ जा रहे हैं?" रीता ने खामोशी तोड़ने के लिए पूछा।

"इंदौर।"

"इंदौर में कहाँ?"

"विश्वविद्यालय।" दिनेश संक्षिप्त में उत्तर दे रहा था और साथ-साथ कॉफी के घूँट भरता जा रहा था।

"वहाँ क्यों?" रीता ने चौंककर पूछा।

"एशिया स्तर पर होने वाले एक सम्मेलन में।"

रीता ने सोचा, यह भी उसी की तरह आमंत्रित होगा! फिर भी पूछा, "वहाँ क्या करेंगे?"

"मुख्य अतिथि के रूप में जा रहा हूँ।"

"डॉ. दिनेश कुमार।" रीता इतना कहकर अवाक् रह गई।

"हाँ!" दिनेश ने कहा और कॉफी का प्याला एक तरफ रख दिया। वह खखारकर बोला, "आप भी वहाँ कोई परचा पढ़नेवाली हैं क्या?"

"नहीं, मुझे एक परिसंवाद में भाग लेना है, आपको खूब पढ़ा है। क्या खूब लिखा है आपने! कभी सोचा भी नहीं था कि आपसे ऐसे मुलाकात हो जाएगी।" रीता अभी तक अप्रत्याशित खुशी से अपने को उबार नहीं पाई थी।

"अब हमें सो जाना चाहिए।" दिनेश ने नींद की गुलामी के लिए माफी माँगते हुए कहा, "कृपया महसूस न करें, मुझे जल्दी सोने की आदत है।"

बातों का सिलसिला खत्म हो गया। केवल जीरो वाट के बल्ब की नीली रोशनी अँधेरे में बिल्ली की आँख सी चमक रही थी। दोनों बिस्तर लगाकर लेट चुके थे। रीता की आँखों में नींद नही थी, जबकि दिनेश लेटते ही सो गया था।

ट्रेन रफ्तार से दौड़ रही थी। रात गहरा गई थी। रीता अपनी नादानी पर ग्लानि का अनुभव कर उठी थी। इस बीच वह दिनेश की ओर दो-तीन बार देख चुकी थी।

इस समय बाहर से किसी ने केबिन का दरवाजा खटखटाया। वह न चाहते हुए उठी। उसने दरवाजा थोड़ा सा नीचे से उठाकर सरकाया। सामने एक खूबसूरत नवयुवक ओवरकोट पहने और हाथ में अटैची लिये खड़ा था।

उसने इधर-उधर देखा। फिर बोला, ''माफ कीजिए मैडम, यह निचली बर्थ मेरी है।''

''जी हाँ, तो हम,''

''नहीं, मेरा मतलब यह नहीं है कि आप कष्ट उठाएँ। लेटी रहिए। मैं अटैची रखे जा रहा हूँ। लौटूँगा तो मैं ऊपर की बर्थ पर सो जाऊँगा।''

रीता ने उसे घूरते हुए देखा।

''दरअसल, बात यह है कि मेरे साथी प्रथम श्रेणी में आरक्षण न मिलने के कारण द्वितीय श्रेणी शयनयान में हैं। बहुत दिनों बाद आए हैं। इंदौर से तुरंत भोपाल निकल जाएँगे, इसलिए··· मेरा नाम आदित्य है, मैं संवाददाता हूँ।''

''ठीक है!'' रीता ने धीरे से कह दिया।

''धन्यवाद मैडम!''

उसके जाने के बाद रीता ने केबिन का दरवाजा बंद किया। जाते वक्त वह कहता गया था, ''नीमच है यह।''

उसकी आँखों से नींद उड़ गई। वह इस प्रकार कई बार परेशान हुई थी, जबकि सुविधा प्राप्त करने पर भी वह सो नहीं पाई। सोचती रही कि पता नहीं अब वह फिर कब आ टपके! क्या फायदा प्रथम श्रेणी का! बार-बार केबिन का दरवाजा खोलते व बंद करते रहो। फिर सोओ कब? आराम कब करो? ओह, क्या मुसीबत है!

ऐसा सोचते, अपने से जूझते और दूसरों पर बिफरते हुए जाने कब उसकी आँख लग गई।

फिर कोई केबिन का दरवाजा पीट रहा था। इस बार रीता को क्रोध आया। दिनेश घोड़े बेचकर सोया हुआ था। उसे कुछ होश नहीं था। हारकर वह उठ बैठी आँखें मलते हुए। रीता ने बटन दबा दिया। जब बल्ब जल उठा, तब दरवाजा पीटना बंद हुआ। वह उठ खड़ी हुई। ऊपर शॉल ली। उसने ताकत लगाकर दरवाजा ऊपर उठाते हुए उसे एक ओर ढकेला। वह एकदम चौंक पड़ी। सामने पुलिस खड़ी हुई थी और उनके साथ वही

टिकट चेकर था। वह तनिक हकलाते हुए बोली, ''क्या बात है?''

''तलाशी लेनी है।''

''इतनी रात गए?''

''छह बजने वाले हैं मैडम!''

''ओह!'' रीता की आँखों में अभी तक नींद काजल की तरह रची हुई थी। उसने अपनी बर्थ पर बैठते हुए कहा, ''आइए , लीजिए तलाशी।''

पुलिस अफसर युवा था। उसकी मोटी-मोटी आँखें किसी डाकू जैसी लग रही थीं। शायद उसने चढ़ाई हुई थी। वह अभी तक बाहर खड़ा बड़ी तल्लीनता से उसे घूरे जा रहा था।

रीता घबरा गई थी। उसे उत्तर प्रदेश की पुलिस याद आने लगी।

तब वह एक आदिवासी 'प्रोजेक्ट' पर काम कर रही थी। आकाश में तारे टिमटिमा रहे थे। अचानक झटके से बस रुकी। पुलिस ने अजीबोगरीब सवाल कर उसे परेशान कर दिया था। उसका साथ आतंकवादी गिरोह से जोड़कर वे लोग उसे वहाँ उतारने पर जोर देने लगे थे। जीप में एक और पुलिस अफसर बैठा हुआ था।

अँधेरी रात और ऊपर से सुनसान स्थान। उसका जी दहल गया। उसकी सारी शहरी दिलेरी काफूर हो गई। उसने बस में चारों ओर देखा, सब मुरदे बने बैठे थे मौन!

पुलिस हवलदार तेज स्वर में कह रहा था, 'उठिए मेम साहब, और लोगों का वक्त खोटा मत करो।'

'नहीं, मैं आतंकवादी नहीं हूँ। मैं यहाँ जंगल में नहीं उतरूँगी।'' उसने अपने को सँभालते हुए कहा। तब वह जींस पहने थी और ऊपर बड़े कालरवाली कमीज।

'उतार लो,' अफसर की आवाज सन्नाटे को चीरती हुई गोली सी उसके जेहन में उतर गई। वह सोचने लगी कि कोई मददगार नहीं। सब नपुंसक, अपना नपुंसक राज! पुलिस का इतना बढ़ा-चढ़ा हौसला।

एक पुलिसवाले ने उसका हाथ पकड़ लिया तो वह छटपटाई। फिर चीरहरण... जनता मूक! लेकिन तभी एक जोरदार आवाज बिजली सी कड़की, 'उसका हाथ छोड़।'

'तू... ?'

'तेरा बाप!' उस व्यक्ति ने अपना परिचय-पत्र निकालकर उसकी ओर बढ़ाते हुए कहा, 'यह ले, अपने अफसर को दिखा आ।'

पुलिसवाला लौटा। उसे सैल्यूट बजाया और बस चल पड़ी थी।

यह सब सोचते हुए रीता को पसीना आ गया।

''मैडम, पहले पसीना पोंछ लीजिए।'' सामने खड़े पुलिस अफसर ने कहा, ''फिर हमें सबकुछ बता दीजिए कि कहाँ क्या है?''

"क्या मतलब?" रीता काँप गई। फिर भुतही परछाईं उसे घेरने लगी। उसकी माँ प्रिंसिपल पद से रिटायर हुई थीं। उन्होंने उसे समझाया था, 'रीतू, जोखिम वाले काम कभी मत करो। यह भूत दिमाग से उतार दो। स्थितियाँ ठीक नहीं हैं। रक्षक ही भक्षक हो बैठे हैं, सत्ता नागिन बन बैठी है। वह अपने बच्चों को अपनी इच्छाओं की भूख से व्याकुल, पागल होकर खाने लगी है। मुझे डर है कि...'

पर वह चहककर बोली थी, 'नहीं माँ, मुझे डराओ मत।'

पुलिस अफसर मुसकराया। उसने अपने मोटे-मोटे होंठों पर जीभ घुमाई और बोला, "मैडम, भोलापन छोड़िए और सबकुछ सच-सच बता दीजिए, नहीं तो आप जानती हैं, हम पुलिसवाले अच्छे-से-अच्छे और बदमाश-से-बदमाश को रास्ते पर लाने की कला में कितने माहिर होते हैं।" वह होंठ चबा-चबाकर भारी आवाज में बोलता हुआ शातिर निगाहों से उसकी खूबसूरती का जायजा ले रहा था।

"तमीज से बात कीजिए।" रीता ने अपने को सँभालते हुए कहा। उसे बहुत अफसोस था यह देखकर कि अभी तक दिनेश सो रहा है कुंभकर्ण की तरह, इतने हंगामे पर भी वह जागा नहीं।

पुलिस अफसर ने उसके भारी-भरकम उरोजों को अपनी जालिम निगाहों से मसलते हुए बड़ी शालीनता पर अभद्रता से कहा, "मैडम, आप देखने में बड़ी मासूम हैं। अपने आपको छिपाने में बड़ी घाघ, यह डंडा देखती हैं।" उसने पास खड़े सिपाही से डंडा झपटकर कहा, "जिस पर पड़ता है, उसकी अक्ल ठिकाने लगा देता है। आप हमारी शराफत को चुनौती न दें और चुपचाप सबकुछ उगल दें।"

इस बार रीता का सिर चकराने लगा। वह इस प्रकार की धमकी और बदसलूकी पर उतर आने वाली नंगी भाषा सुनने की आदी नहीं थी। सिर झटककर 'मेरी बला से' कहने की अपनी आदत पर वह बड़ी कोफ्त हुई। वह संयत स्वर में बोली, "आप तलाशी लीजिए और अपना काम कीजिए।"

इस बार वह पुलिस अधिकारी घिनौनी और फूहड़ हँसी बिखेरते हुए डंडा फटकारता हुआ बोला, "पुलिस की तलाशी का अर्थ जानती हैं, मैडम। बड़ी जालिम तलाशी होती है। अंदर-बाहर को एक कर देती है। मान-मर्यादा, लाज-शर्म और श्लील-अश्लील के सारे भेदभाव मिटाकर घूमते बुलडोजर की तरह पलक झपकते ही सारी जमीन और जमीर एक कर देती है। हमें इसके लिए मत उकसाइए, वरना..."

इस बार पुलिस अफसर की आवाज कुछ ऊँची हो गई थी और उसकी लालची निगाहों में शैतानी उतर आई थी।

रीता का ध्यान कलाई पर बँधी घड़ी पर गया। वह चौंक पड़ी। उस समय मात्र चार बजे थे, जबकि वह पुलिस अफसर छह का समय बता चुका था। कहीं ये लोग

धोखेबाज तो नहीं हैं? टिकट चेकर को पिस्तौल की नोक पर अपने साथ ले लिया हो, ताकि किसी को अविश्वास न हो सके। उसने कुछ तीखी और तेज आवाज में कहा, ''कृपया अपना पहचान-पत्र दिखाइए।''

''क्या?'' पुलिस अफसर ऊँचे स्वर में बोला।

''अफसर की भाषा ऐसी फूहड़ नहीं हो सकती।'' रीता ने तेज निगाहों से उसको घूरते हुए कहा, ''बेहतर यही है कि आप...''

''अरी कुतिया!'' पुलिस अफसर चिल्लाया।

इसी के साथ दिनेश की आँख खुल गई। उसने करवट बदली और आँखें मलते हुए पुलिस को देखा। उसने सोचा, क्या माजरा है! एक पुलिसवाला उसे देख चुका था। पुनः आँखें बंद कर सोने का बहाना चलने वाला नहीं था। उससे अकारण शक बढ़ता। पुलिस और शक की गहरी दोस्ती होती है। वह उठकर बैठ गया। उसने ही पूछने की पहल की, ''क्या मामला है?''

''तलाशी लेनी है।'' पुलिस अधिकारी ने कलफदार आवाज में कहा।

दिनेश मुसकराया, ''इतनी छोटी सी बात, मेरे प्रिय नौजवान अफसर, आप अंदर आइए और अपना कर्तव्य पूरा कीजिए।''

''आप कौन...''

''मैं एक पत्रकार हूँ। इंदौर विश्वविद्यालय में सेमिनार है, वहाँ मुख्य अतिथि के रूप में आमंत्रित हूँ। वह प्रोफेसर रीता हैं। आप भी वहीं जा रही हैं, और कुछ?''

दिनेश की आवाज में मिठास थी। उसने अपना निमंत्रण-पत्र पुलिस अफसर की ओर बढ़ाते हुए आगे कहा, ''देख लीजिए यह पत्र, कहीं यह फर्जी न हो!'' इसी के साथ जोर से ठहाका लगाने के बाद वह बोला, ''समाचार-पत्र में कई बार ऐसा रोमांचक समाचार देना पड़ा है कि अमुक कवि के साथ ऐसा मजाक हुआ कि कवि-सम्मेलन था ही नहीं और बेचारे कवि महोदय जा पहुँचे झुमरी तलैया।''

पुलिस अफसर की आवाज कुछ नरम हुई। वह बोला, ''हमें खबर मिली है कि... वरना इतनी रात को...।''

''नहीं-नहीं, नौजवान अफसर महोदय, आप इतनी रात गए इतनी मुस्तैदी से और इतनी ठंड में ड्यूटी कर रहे हैं, हमें आप जैसे पुलिस अफसर पर फख्र है। हमारा काम आपकी सहायता करना है। हमारी नींद खराब करने की चिंता मत कीजिए। पहले देश फिर व्यक्ति, आप शौक से तलाशी लीजिए।'' दिनेश ने अत्यंत सहज होकर दोस्ताना लहजे में कहा।

सारा वातावरण, जो कुछ देर पहले गरमी खा रहा था, आत्मीय बन गया। जहाँ लड़ना एक कला है, वहाँ न लड़ना उससे बड़ी कला है। दिनेश कह रहा था, ''अफसर

महोदय देश की हालत को साँप सूँघ गया है। सरकारी तंत्र ही देश के लिए खतरा बनता जा रहा है। आप जैसा और वह भी इस देश के पुलिस विभाग में, निष्ठावान् अफसर हजारों में एक होता है। चारों ओर लूटमार, आतंक, भ्रष्टाचार का बोलबाला है। आजादी की जंग जीतनेवाले इस देश को यह क्या हुआ है! आप अपना काम कीजिए, नहीं तो हम सेमिनारवाला भाषण यहीं देकर खलास हो जाएँगे।''

इस पर सब हँस पड़े, रीता आश्चर्यचकित रह गई। सबकुछ इतना सरल और सहज हो रहा था कि उसका सारा तनाव छूमंतर हो गया। दिनेश के व्यक्तित्व की इस शैली से वह अभिभूत हो उठी थी। अविश्वास व संदेह ने विश्वास और आत्मीयता का स्थान ले लिया था।

सिपाही और पुलिस अफसर ने उनकी अटैचियाँ देखीं। बिस्तरबंद और तकिया, लिहाफ आदि की जाँच की। उनमें कुछ नहीं मिला। अफसर की दृष्टि हरी अटैची पर गई तो वह बोला, ''वह अटैची···''

उन दोनों ने कहा कि उनकी नहीं है। रीता का माथा ठनका। वह ओवरकोट पहने हुए था, हाथ में उसके दस्ताने थे। उसने कहा, ''नीमच में एक आदमी इस केबिन में आया था। वह अटैची रखकर बाहर चला गया। तब से वह अब तक नहीं लौटा। यह अटैची उसी की है।''

''यह सच है?'' पुलिस अफसर ने दिनेश की ओर देखा। दिनेश रीता की ओर देख रहा था। वह क्या कहे, क्या नहीं! उसकी समझ में कुछ नहीं आ रहा था। सच कहना ही मुक्ति पाने का सरल रास्ता रहा था और वह बोला, ''मुझे नहीं मालूम। दरअसल, मैं सो रहा था और मेरा सोना घोड़े बेचकर सोनेवाले सौदागर जैसा होता है।''

पुलिस अफसर को उनकी बात पर पूरा विश्वास होता जा रहा था। उसका एक-एक शब्द विश्वास और सच्चाई का साक्षी बनता जा रहा था। उसके इस बयान से रीता मुश्किल में पड़ गई थी। हालाँकि उसने जो कुछ कहा था, वह शत प्रतिशत सच था, लेकिन उसका यह सच उसे संशय के घेरे में ला रहा था। पुलिस अफसर का चेहरा फिर से कठोर और सोच के भँवर में पड़ने लगा।

दिनेश बैठे-ठाले किसी झंझट में नहीं फँसना चाहता था। दूसरे, स्त्री चरित्र का कुछ पता नहीं। वह उसे जानता ही कितना था! कुछ क्षणों की जान-पहचान और वह भी एक तेज-तर्रार आधुनिक युवती से। वह किसी निर्णय पर नहीं पहुँच पा रहा था।

इस बीच उसने कनखियों से दो-तीन बार उड़ती हुई निगाहें रीता पर डाली थीं। उसे लगा था कि वह उसकी ओर याचना की दृष्टि से देख रही है। उसका भोला मुखड़ा पीला होता जा रहा था। वह खखारकर बोला, ''मेरे मन में एक विचार आया है।''

''क्या?'' पुलिस अफसर ने पूछा।

''रीता प्रोफेसर हैं, युवती हैं और अकेली हैं, इसीलिए घबरा रही हैं। लेकिन लगता नहीं है कि···'' दिनेश को सहसा याद आया और वह जोश से बोला, ''मैं उदयपुर से इस केबिन में हूँ। प्रो. रीता चित्तौड़ से केबिन में आई हैं। उनके पास एक ही अटैची थी। यह अटैची इनकी नहीं है।''

रीता की जान में जान आई। उसे दिनेश के विश्लेषण और तर्कशक्ति पर श्रद्धा हो आई। दिनेश ने पुनः कहा, ''मेरी इस बात का टिकट चेकर साहब भी समर्थन करेंगे। अब प्रश्न यह है कि वह व्यक्ति कौन है? यह चेकर महोदय नीमच में कहाँ थे? वह व्यक्ति अंदर कैसे आया और उसने इसी केबिन का दरवाजा क्यों खटखटाया? उसे कैसे मालूम पड़ा कि इस केबिन में बर्थ खाली है?''

अब पुलिस अफसर की दृष्टि टिकट चेकर पर जा ठहरी। सवाल उसकी ड्यूटी का था। उसे यह नहीं पता था कि जिस वारदात का वह तमाशबीन बना आनंद ले रहा है, उसमें वह भी फँस सकता है। उसने अपनी कमजोरी को छिपाने के लिए झूठ का सहारा लेते हुए कहा, ''जहाँ ट्रेन रुकती है, वहाँ जब-तब यात्री प्रथम श्रेणी में जगह पूछने आ जाते हैं। एक व्यक्ति आया तो था···।''

''यानी आपने उस व्यक्ति को प्रथम श्रेणी में जगह दी?'' पुलिस अफसर ने उससे प्रश्न किया।

''नहीं।''

''तो फिर वह अंदर कैसे आया?''

''वह पूछकर चला गया था।''

''फिर उसे अंदर आने क्यों दिया?''

पुलिस अफसर को गुत्थी का सुराग मिलने लगा, ''ये लोग यात्रियों से पैसे ऐंठकर उन्हें इस प्रकार की सुविधा देते रहते हैं, यह तो आजकल आम बात हो चुकी है।''

''कोई नहीं आया।'' टिकट चेकर ने घबराकर कहा।

''फिर वह अटैची अंदर कैसे आई?''

''इनमें से किसी एक की होगी?'' उसने लापरवाही से झूठ की एक और सीढ़ी पर पाँव रखते हुए कहा।

''प्रो. रीता का बयान है कि उस व्यक्ति ने इस केबिन का दरवाजा जोर-जोर से देर तक पीटा।'' पुलिस अफसर फिर से कड़क होने लगा।

''मैं क्या जानूँ? मुझे ऐसा कुछ नहीं पता। कोई एक केबिन तो है नहीं। फिर यदि ऐसा कुछ था तो प्रो. रीता को शिकायत करनी चाहिए थी, जबकि जरा से कचरे और मद्धिम रोशनी की शिकायत आपने बहुत सख्त शब्दों और कड़कदार आवाज में की थी। कम-से-कम इस लावारिस अटैची की शिकायत आपको जरूर करनी चाहिए थी।'' इस

बार वह बहुत आश्वस्त हो चुका था, क्योंकि उसने अपना उत्तरदायित्व बहुत खूबी से रीता पर डाल दिया था।

पुलिस अफसर सोच में पड़ गया। दिनेश ने रीता के गले में फंदा आता देखकर कहा, "चेकर साहब, प्रथम श्रेणी के यात्रियों की सुविधा के लिए आप और आपका सहायक है। यात्री रात को सोए या रात भर जागकर चौकन्ना बैठा रहे? प्रो. रीता गहरी निद्रा में होंगी। अर्द्धनिद्रित अवस्था में वह उठी होंगी। दरवाजा खोला होगा और उसके जाने के बाद बंद किया होगा। बिना आपकी इजाजत के कोई अंदर नहीं आ सकता। जरूर दाल में कुछ काला है।"

अब सारा वातावरण संदेहग्रस्त हो उठा।

"जरूर इस अटैची में कुछ-न-कुछ नाजायज वस्तु है। किस पर शक किया जाए। यह बात अब आप तीनों पर आकर ठहरती है।" पुलिस अफसर इस वार्त्ता से यही निष्कर्ष निकाल पाया था।

"आप जरा ध्यान दें तो वह व्यक्ति हम चारों से बाहर है, तीनों से नहीं। आप नजर रखें दूर से।" दिनेश ने सोचते हुए कहना जारी रखा, "वह व्यक्ति अटैची लेने जरूर आएगा। यदि हममें से उससे कोई मिला हुआ न होगा तो… वरना यह अटैची जब्त हो जाएगी और इसका चालाक मालिक बच निकलेगा। यदि ऐसा हुआ तो आपका ध्यान हम सब पर जा सकता है। तस्करी बंद हो, यह बहुत जरूरी है मुल्क की उन्नति के लिए।"

इस बार रहस्यमय वातावरण में वे सब फँस रहे थे। जो वहाँ मौजूद थे, मात्र पुलिस वालों को छोड़कर।

पुलिस अफसर मिली सूचना पर अंदर-ही-अंदर गौर करने लगा। जो सूचना मिली थी, वह ठीक लग रही थी। अटैची का रंग और उस पर चिपका 'वी.एल' का लेबल वही था। हेरोइन इसी अटैची में थी। मुख्य सवाल अपराधी को रँगे हाथों पकड़ने का था। अपराधी उनमें भी हो सकता है और उनसे बाहर भी। लेकिन बड़ी सावधानी की जरूरत थी।

वह जान-बूझकर रीता को भयभीत करना चाहता था, ताकि वह कुछ बक-झक जाए। पर वह प्रोफेसर निकली। दिनेश निरपराध था। चेकर और उसके सहायक से कोई सुराग हाथ लग सकता है, लेकिन वे कुछ उगलेंगे नहीं, क्योंकि उनसे प्राप्त होने वाली बँधी-बँधाई रकम को वे खोना नहीं चाहेंगे।

कुल मिलाकर उसे दिनेश का मशवरा उचित लगा। वह मफलर को कसते हुए बोला, "दिनेशजी, शायद इन परिस्थितियों में यही ठीक रहेगा। लेकिन हमें आपस में भी एक-दूसरे का ध्यान रखना होगा। क्या इस काम में आप हमारी मदद कर सकेंगे?"

इस समय उसकी दृष्टि चेकर पर थी।

''क्यों नहीं? आप निश्‍चिंत रहें।'' दिनेश ने सहजता से कहा।

''रीताजी, आप मेरी भाषा और बरताव से कदाचित् नाखुश हुई होंगी। लेकिन हमारी अपनी मजबूरियाँ और शैली है और इसी से हमारी पहचान बनी हुई है। अच्छा दिनेश साहब, मैं अगले स्टेशन पर उतर रहा हूँ और मेरे साथ चेकर साहब भी।'' पुलिस अफसर से धीरे से टिकट चेकर ने कहा, ''मैं कैसे उतर सकता हूँ आपके साथ?''

पुलिस अफसर बोला, ''आपके लिए यही ठीक रहेगा, वरना हम जो चाहें, वह सब संभव है। आप हमारे साथ चुपचाप उतरिए, शेष सारी बातें आपसे उतरने के बाद हो जाएँगी।''

ट्रेन की गति कम होने लगी थी। ठंड बढ़ चली थी। हवा तीखी थी। ट्रेन रुकी। टिकट चेकर भी पुलिस अफसर के साथ उतर गया। साथ में सिपाही भी उतर गए।

रीता हतप्रभ सी देखती रह गई। उसके साथ ऐसी दुर्घटनाएँ क्यों होती हैं? अभी और क्या होना है, कुछ पता नहीं है।

दिनेश ने उठकर केबिन का दरवाजा बंद किया और अत्यंत आत्मीयता से कहा, ''आप सो जाइए।''

''अब क्या नींद आएगी?'' रीता का स्वर भर्राया हुआ था।

''घबराइए मत, मैं आपके साथ हूँ, सब ठीक ही होगा। मेरा विश्‍वास कीजिए।'' दिनेश का स्वर उसके दृढ़ विश्‍वास का प्रतीक था। वह आगे बोला, ''प्रो. रीता, व्यक्ति को कुछ भी छिपाना नहीं चाहिए, कैसी भी मुसीबत आए। परिणाम का भूत सामने नहीं रखना चाहिए। इसी से व्यक्ति निडर बनकर उस मुक्ति का अनुभव करता है, जिसका कोई तपस्वी वर्षों तपस्या करके भी नहीं कर पाता है। कृपया बिना किसी तनाव के आराम कीजिए।'' दिनेश की आँखों में चमक थी और चेहरे पर चट्टान जैसा दृढ़ विश्‍वास।

रीता ने उसका आग्रह मान लिया और चुपचाप लेट गई। दिनेश डॉ. राधाकृष्णन की ''पूर्व और पश्‍चिम'' पुस्तक का अध्ययन करने में मशगूल हो गया।

अब केबिन में शांति छा चुकी थी। ट्रेन धड़धड़ाकर भागी जा रही थी। समय बीत रहा था। रीता मानसिक और शारीरिक रूप से काफी थकने के कारण लेटने के कुछ समय बाद ही गहरी निद्रा में जा दुबकी थी। दिनेश ने उठकर उस पर अपना कंबल डाल दिया था।

ट्रेन रुकी तो हलचल बढ़ी। दिनेश ने खिड़की खोलकर झाँका। वह चौंका। इंदौर ही था। रीता गहरी नींद में बेसुध सी थी।

दिनेश केबिन का दरवाजा खोलकर बाहर निकला। उसने देखा कि रात वाला पुलिस अफसर सादे वस्त्रों में कंबल ओढ़े खड़ा है। उसने कहा, ''ऐ कुली, इधर आओ।'' पास

आने पर उसने धीरे से आँख दबा दी। वह दोनों अटैचियाँ उठा चुका था।

रीता की आँख खुल गई। वह हड़बड़ाकर उठी। दिनेश ने एक कुली और बुला लिया। इसी बीच एक परची कुली बने उस पुलिस अफसर को सौंप दी, जिस पर लिखा था कि वह व्यक्ति जिसकी यह अटैची है, उसका पीछा करेगा और पकड़ा जा सकेगा। दूसरा कुली रीता का सामान उठाकर ट्रेन से बाहर आ चुका था। रीता चौंकी, उस अटैची को कुली के सिर पर देखकर, जिसकी पहचान के लिए काफी कशमकश हो चुकी थी और वातावरण काफी उत्तेजित व गरमा चुका था। वह कुछ कह पाती कि उससे पहले ही दिनेश ने मर्यादा को लाँघकर अपनी दाहिनी आँख दबा दी।

रीता के अधरों पर मुसकान तैर गई। दिनेश का आँख मारने का ढंग बहुत बचकाना और फूहड़ सा था। वह चुपचाप चलने लगी।

प्लेटफॉर्म पार करके वे बाहर आए। दिनेश ने टैक्सी को पुकारा। कुली ने सामान उतारा। टैक्सी ड्राइवर ने डिक्की खेली।

कुली ने चारों ओर देखा। दिनेश ने कुली को पैसे देने के लिए पर्स निकाला ही था कि टैक्सी चल पड़ी। वह टैक्सी केवल उस लावारिस अटैची को डिक्की में डालते ही चल पड़ी थी। और वह दूसरा कुली चादर वहीं फेंककर उस चलती टैक्सी में पीछे जा बैठा था।

दिनेश हैरान, रीता चकित। पहला कुली भी वहाँ नहीं था। उन दोनों ने एक-दूसरे की ओर देखा। वे कुछ भी नहीं बोल सके। सबकुछ 'भुतही' तमाशे जैसा था। एकदम अविश्वसनीय और अंधविश्वास जैसा। कुछ देर तक वे जड़वत् खड़े रहे बुत बने हुए।

आखिर उनको चलना था। माइक पर उनका नाम पुकारा जो रहा था। रीता ने उन्हें चेताया। वह इतना कहकर रह गए, "मुझको लेने आए होंगे। आप चलेंगी या मुझे तो सीधे विश्वविद्यालय के गेस्ट हाउस पहुँचना है।"

रीता कुछ कहती कि एक व्यक्ति चश्मा लगाए उनके सामने आकर बोला, "पहचाना या… ?"

कुछ देर बाद दिनेश ने कहा, "नहीं।"

"सर, मैं पुलिस अफसर!" उसने चश्मा उतारते हुए कहा।

दिनेश ने देखा और मुसकराया। वह उनका पहले वाला कुली था। वह बोला, "धन्यवाद दिनेशजी, आपकी युक्ति काम आई। तस्कर पकड़ा गया। हम आपको…"

"नहीं, धन्यवाद साहब, मुझे प्रचार से परहेज है। यह तो मेरा कर्तव्य था।"

"नहीं सर, मेरी खुशी के लिए।"

"धन्यवाद, नौजवान अफसर, धन्यवाद!" दिनेश का कंठ हलका सा आर्द्र होने लगा था।

"पर सर···?"

"काश, नई पीढ़ी में यह दृष्टि पैदा हो सके।" होगी, जरूर होगी, आज नहीं तो कल होगी। तब···तब आसमान अपने आप साफ नजर आने लगेगा और फासले मिट जाएँगे।" दिनेश ने आहिस्ता-आहिस्ता कहा और टैक्सी वाले की ओर इशारा कर दिया।

"सर, जीप!"

"नहीं, वह सरकारी जीप है, प्राइवेट नहीं।" धन्यवाद।

टैक्सी आ गई थी। उसमें सामान रखा जा चुका था। वह पुलिस अफसर उनके चरणों की ओर झुकने लगा तो दिनेश ने बीच में ही उसे रोकते हुए कहा, "आप एक कामयाब और जनसेवी अफ़सर सिद्ध हों, यह मेरी हार्दिक इच्छा है।"

टैक्सी खिसकने लगी। पुलिस अफसर ने दोनों हाथ जोड़कर विदाई दी। रीता चकित सी बैठी रही। कैसा विचित्र परिवर्तन, जादुई कमाल! कोई टकराहट नहीं, कोई फाँस नहीं। सबकुछ सामान्य और सहज, अपने आप। इस नई दृष्टि के प्रति उसने हजारों बार मन-ही-मन नमन किया।

□

आखिरी मुकाम

जब कभी तुषार किसी अजनबी शहर में होता और उसका मन नीले समंदर की अतल गहराइयों में उतर जाने का करता था, तब वह मुख्य सड़क छोड़कर किसी अनजान बस्ती की पगडंडी पकड़ लेता और उसे नई किताब के पन्नों की तरह पलटने लगता। आज भी तुषार के साथ कुछ ऐसा ही हुआ। सेमिनार जल्द खत्म हो गया, क्योंकि उसके पास सोचने के लिए कोई खास मुद्दा नहीं था। और न उसमें शिरकत करनेवालों के मन में कोई खास उत्साह।

यह अजीब इत्तेफाक था कि तुषार एक अत्यंत शानदार, शांत, निस्तब्ध और वासंती मनवाली बस्ती से गुजर रहा था। उस बस्ती की वास्तुकला ने मॉडर्न आर्ट और लोककला का ऐसा मनमोहक समन्वय किया हुआ था, जिससे लगता था कि वहाँ के निवासी न केवल सभ्य और शिष्ट हैं, अपितु वे कलाप्रिय लेखक, दार्शनिक और अत्यंत संवेदनशील हैं। अनुमान का जब यह सिलसिला शुरू हो उठा, तब अनेक प्रेम-गाथाओं के अनछुए पावन पृष्ठों के आँचल मलयजी होकर इंद्रधनुषी आकाश को छूने के लिए पेंग बढ़ाने लगे और सिंदूरी समीर निर्झरी होकर गुनगुना उठी। फलतः तुषार का आत्म-संवादी ललकित मन महकने लगा।

तुषार में वह, बस्ती सौंदर्य प्रतियोगिता में अव्वल आई तरुणी की मादकता सी महकने लगी। कहाँ उसकी कदीम और गलीज वह बस्ती, जो सदा रामनामी दुपट्टा ओढ़े उस पुजारी की तरह लगती, जिसके नाम की दहशत से पूरा शहर उजाड़ होने की अस्मिता को सुहागिन विधवा की भाँति जीता होता और जिसकी धमनियों में रक्त नहीं, सायरन चीखते होते हैं।

तुषार को अपनी बस्ती में जुड़ास इस्कैरियट जैसे कानखजूरे नजर आते, जिन्हें जीजस क्राइस्ट जैसे इनसान की तलाश रहती। उनके इरादे सदा रोशनी का दिल चीरकर

उसमें सियाह अँधेरे भर रहे होते। उनका शगल ही यह है कि कॉयफस की अदालत में ला खड़े किए गए किसी जीजस क्राइस्ट को सजा-ए-मौत की दहलीज तक पहुँचा दें और जश्न मनाएँ, फिर न्यायाप्रिय न्यायाधीश पोटियस पाइलैट कितना भी चाहें, लेकिन वे गवाह के फरिश्ते बनकर उसे जहन्नुम पहुँचाए बिना चैन नहीं पाएँगे। यहाँ तक कि पासओवर फीस्ट के दिन भी एक निर्दोष मसीहा को छुड़वाने की अपेक्षा वे डाकू बारब्बास को मुक्त कराना पसंद करेंगे। उसके साथ ही सफेद कपोतों के झुंड-के-झुंड इस खुशी का इजहार करने के लिए आकाश में उड़ा देंगे। वे अमन-चैन के फरिश्ते हिरोशिमा-नागासाकी की याद में विशाल शांति रैली का आयोजन कर फूले नहीं समाएँगे, परंतु खरगोश जैसे मुलायम फर फैलाए यह बस्ती, जो तुषार को मखमली कालीन पर चलने के लिए अहसास की नरम गरमाहट से जोड़े जा रही थी, बहुत लुभा रही थी। उसकी सोच की चौखट पर एक कमसिन हसीन मतवाली युवती की झील सी नीली आँखें घूँघट से झाँकती नजर आ रही थीं।

तुषार देश का चप्पा-चप्पा घूम चुका था। हर जगह से उसके उद्विग्न मन को निराशा ही हाथ लगी थी। परंतु आज उसका मन बाँसों उछल रहा था और गद्‌गद होकर वह कह देना चाहता था—ओ स्वर्ग की खोज में मारे-मारे घूमनेवाले मानव, संसार में यदि कहीं स्वर्ग है तो वह यहाँ है, यहाँ है, यहाँ है। तू तो साफ कह गया था और तूने ही अकड़कर दाँत किटकिटाते हुए कहा था—'तुषार तू सिरफिरा हो गया है। ऐसा कोई शहर या बस्ती नहीं है, न कभी थी और न कभी होगी, जिसमें स्वर्ग का कमल कभी मुसकराया हो अथवा कभी मुसकराएगा। तू मायावी छलनाओं के सम्मोहन से बाहर आ और पते की बात नोट कर, कि नरक ही तेरा स्वर्ग है। दूसरा स्वर्ग न कभी था और न कभी होगा। ओ नरक के कीड़े! तुझे अपने इस नरक पर गर्व होना चाहिए। यही तेरा वास्तविक स्वर्ग है। इसकी हिफाजत करना ही तेरा धर्म है और इस पर मिटना ही तेरा कर्म। नहीं, यह झूठ है।' कहकर तुषार ने उस मखमली कालीन पर थूक दिया, परंतु तुरंत उसने पश्चात्ताप से घिरकर चारों ओर देखा। उसे यह जानकर तसल्ली हुई कि उसे किसी ने नहीं देखा, सिवाय उस मरियल-से खुजैले कुत्ते के, जिसकी टिमटिमाती आँखों से लगता था कि उसकी आँखों में मोतियाबिंद भरपूर जवानी जी उठा है। इस खजमज विचार से उसे कुछ राहत मिली। उसकी शातिर मुसकान मुसकरायी। तुषार चौंका, एक बड़ी और आलीशान कार महलनुमा कोठी के सामने आकर रुकी। उसमें से तीन भद्र पुरुष उतरे, जिन्होंने पीले रंग की रेशमी धोती अपने शरीर पर लपेटी हुई थी। उसका सैलानी मन बौद्ध भिक्षुकों के युग का स्मरण कर आम्रपाली के भव्य आश्रम में जा पहुँचा। वह श्रद्धावनत हो उठा। उस कोठी के मुख्य द्वार पर टँगे रेशमी कपड़े पर लिखा हुआ था—'यदि हमसे आपको कष्ट पहुँचा हो तो हमें क्षमा करना।' तुषार का हृदय द्रवीभूत

हो उठा, कितनी महान् है यह बस्ती! कितने महान् हैं इस बस्ती के लोग!

इन विचारों में खोया तुषार तिराहे तक पहुँचा ही था कि उसका हृदय हाथ में आ गया। सूअर का एक खूबसूरत बच्चा, जिसे गली के छह-सात आवारा कुत्ते घेरे हुए थे, इधर से उधर चीखते हुए भाग रहा था। भौंकनेवाले कुत्ते आक्रमण पर उतर आए थे। वे उसे लहूलुहान कर रहे थे। उसकी दर्दीली चीख-चिल्लाहट सुनकर सारी बस्ती बाहर आ गई थी। महिलाएँ छज्जे-अटारी से झाँक रही थीं और पुरुष सड़क पर आ खड़े हुए थे। उस दिल दहलाने वाले दृश्य की जीवंतता को कैमरे में कैद करने के लिए दो नवयुवक जी-तोड़ कोशिश कर रहे थे। बस्ती के चहेते पर भेड़िया पहरा दे रहा था और अजगर मन-ही-मन फुफकार रहा था। क्या तमाशा था, वाह, वल्लाह जवाब नहीं!

वह सूअर का बच्चा हाँफता हुआ जान बचाने के लिए बराबर इधर से उधर भाग रहा था। उन कुत्तों ने उधेड़ डाली थी उसकी खाल और उलट डाली थी उसकी अक्ल। कहीं-कहीं से गोश्त बाहर आ निकला था। वह सूअर का बच्चा बराबर चीख रहा था, पर बस्ती के कानों पर जूँ तक नहीं रेंग रही थी। वह तो उस दशहत भरे खौफनाक नजारे से अपनी आँख सेंकने में मशगूल थी। तुषार ने चारों ओर नजर दौड़ाई। खासा मजमा नजर आया, लेकिन उस सूअर के बच्चे को बचानेवाला वहाँ कोई न था। वह पुलिसवाला भी नहीं, जो साइकिल का सहारा लिये, चमकती आँखों से, बीड़ी का सुट्टा भरकर चुटकी बजा रहा था।

एक कह रहा था—'अब अपनी मूवी की धाक सिर चढ़कर बोलेगी। वह खासा बिजनेस करेगी और मर-मिटेंगे उस पर लोग-बाग।' वह एक जीवंत दृश्य होगा, पूँजीवादी शोषण का चश्मदीद गवाह!' दूसरे ने खुशी जाहिर करते हुए कहा। लेकिन सूअर का वह बच्चा अभी भी भय से काँपता हुआ चीखता-चिल्लाता जा रहा था। मानो वह कह रहा हो—'ओ कपोत बस्ती के संभ्रांत सज्जनो, मुझे बचाओ। मैं भी तुम्हारे ही समाज का एक अभिन्न अंग हूँ। तुम्हारी तरह की सुख-शांति चाहता हूँ।' अब तुषार अपने को नहीं रोक सका। वह सूअर के उस बच्चे को बचाने के लिए बेतहाशा भागने लगा और उन कुत्तों पर पत्थर फेंकने लगा। कुत्ते चिढ़कर अब तक इतने हिंसक और आक्रामक बन चुके थे कि तुषार पर आक्रमण करने के इरादे से भौंकने और झपटने लगे। परंतु तुषार ने हिम्मत नहीं हारी। वह उन पर पत्थर बरसाता रहा और दौड़ता रहा। तुषार को नहीं मालूम कि वह उस बच्चे को बचा पाएगा या नहीं। उसे यह भी नहीं मालूम कि वह बच्चा सही दिशा में भाग रहा है या नहीं! जो जिंदगी के आखिरी मुकाम की ओर ढकेला जा रहा हो, उसके लिए कैसा दिशा-बोध और कैसा सोच-विचार! तुषार को यह पता ही नहीं चला कि वह कब और कहाँ से कच्ची बस्ती में घुस आया! कब उसे गंदे नाले की दुर्गंध ने अपने बीच खींच लिया! उसके पाँवों को अचानक ब्रेक लग

गए। उसकी दृष्टि पंद्रह–बीस सूअरों की टोली पर पड़ी। वह टोली गंदगी के बीचोबीच आराम फरमा रही थी। तुषार की दृष्टि दवाओं की एक दुकान पर पड़ी।

फिर से उसने उस घायल सूअर के बच्चे की ओर देखा, जिसके शरीर पर गहरे घाव और आँखों में गहन पीड़ा थी। उसके लहुलूहान चेहरे पर अभी तक गंदगी के पोस्टर का कुछ भाग चिपका हुआ था। तुषार में मरा हुआ डॉक्टर उठ खड़ा हुआ। वह रुआब–ओ–रुतबे के लिए प्रशासनिक सेवा में आया था। आज उसका मन पश्चात्ताप से भर उठा। वह उस दुकान से मरहम–पट्टी का सामान लेकर लौटा। वह सूअर का बच्चा उस टोली में निढाल पड़ा था। एक सूअरी उसके पास आकर भीगे नयनों से उसे देख रही थी। तुषार लाठी फटकार उठा। पहले तो सूअरों की वह टोली लड़ने का मन लेकर आगे बढ़ी और फिर लस्टम–पस्टम भाग खड़ी हुई। सूअर का वह बच्चा नहीं भाग सका। उसने शुतुरमुर्ग की तरह आँखें बंद कर ली और अपने पर होने वाले आक्रमण की प्रतीक्षा करने लगा। तुषार उसके पास आया। उसने धीरे–धीरे सहलाया। उसने जहाँ–तहाँ से मिट्टी, खून पोंछा। गंदगी हटाई, फिर उसकी मरहम पट्टी की। उसने जरा सी चूँ–चपड़ नहीं की। चुपचाप बना रहा। पेड़ की ओट में खड़ी सूअरी बराबर ममता से भरी, अपनी दीनता से डरी, आँखों में दिल लिये चुपचाप सन्नाटा पीती रही। तुषार धीरे से उठा। चल पड़ा दबीज कपड़े से ढके–दुबके मन को लिये। उसके हाथ उसे हाथ होने का अहसास करा रहे थे। उसे लग रहा था कि आज उसने कुछ किया, क्यों छोड़ी उसने डॉक्टरी? क्या मिला उसे झूठे रुआब–रुतबे से? तुषार का मन भारी हो गया। उसने मुड़कर देखा, अब सूअरों की टोली अपने मुकाम पर आ पहुँची थी। अब सूअर उसकी ओर आश्चर्य, कृतज्ञता और करुणा की त्रिवेणी भरी डबडबाई आँखों से निहार रहे थे और सूअर का यह घायल बच्चा अपनी माँ से चिपटकर सोया पड़ा था—सारे संसार से बेफिक्र और बेखबर होकर। तुषार में व्यंग्य मुसकराया, उसने उस स्वर्ग समान बस्ती की ओर देखा। उसमें कड़वाहट ने ठुमका लगाया। उसे अपने मित्र की बात याद आई, लेकिन उसमें कोई प्रक्रिया नहीं जनमी, क्या जनमती? और वह चुपचाप आगे बढ़ गया।

□

वसीयत

"सुनते हो जी, अभी भी बखत है, मेरी मानो, साँप निकल जाने पर लकीर पीटने से कोई फायदा नहीं। लक्ष्मी खुद आ रही है। मैं तो कहती हूँ जी, उसका अनादर मत करो। वही तो आज सबकुछ है। सब तरफ उसी की जय-जयकार हो रही है।"

"तो"? कृपाशंकर ने करवट बदलकर कहा।

"ऐसे घूरकर क्या देखते हो जी, मैं तुम्हारी पत्नी हूँ, कोई दुश्मन नहीं। इस घर के सुख-दुःख से मेरा भी वास्ता है। जात-बिरादरी, आस-पड़ोस, घर-बाहर, सबका ध्यान है। हम समाज में रहते हैं जी, कोई जंगल में नहीं।" पारवती शब्दों को चाशनी में लपेटकर कह रही थी। जानती थी कि जिसके साथ धूप-छाँह में तीस बरस से गीली लकड़ी की तरह जी रही है, वह इनसान बदलनेवाला नहीं है। पर वह क्या करे, इस बार उसके सिर पर नंगी तलवार लटकी हुई थी।

पारवती ने बच्चों को समझा दिया था कि थारा बापू खरी कमाई पर जीता है और अंत तक जीता रहेगा। उन पर बखत की साँपिन हवा का जहर नहीं चढ़ेगा। वह लालची बखत की एक नहीं सुनेगा। अमीरी का अहसास दौलत से नहीं सच्चे इनसान से होता है।

अब बच्चे जवान हो चुके थे। जमाने से गुजर रहे थे। उसे देख-समझकर अनुभव कर रहे थे। उनके तर्क पैने होने लगे थे। माना कि अभी तक उनके तर्कों की चोंच माँ के सामने ही खुलती थी, लेकिन ऐसे मौके पर जब उनके पिताजी अप्रत्यक्ष रूप से सुन सकते हों, वे जरूर सुनाते थे, ताकि वह जान सकें कि वक्त के बदलते तेवर क्या चाहते हैं। वह सिर्फ अपने प्रति नहीं, पूरे परिवार के प्रति जिम्मेदार हैं।

पारवती ने थोड़ा नजदीक सरककर और हलकी मुसकान भरकर कहा, "थारा रिटायरमेंट नजदीक आ गया है जी। अपनी मुनिया, अब वह मुनिया नहीं रही है। यदि

उसके हाथ पीले हो चुकते तो वह एक-दो बच्चे की माँ बन चुकी होती। रमा के पाँव में थारे जूते आने लगे हैं।''

''कुछ रुककर पारवती ने पुन: कहा और…।''

''और अपना राजू म्हारे से दो इंच लंबा हो गया। यही ना।'' कृपाशंकर ने पारवती के भोलेपन को भाँपते हुए धीमे से कहा। वह जानता तो था कि पारवती की कोई इच्छा-विच्छा नहीं है। जब जवानी में उसने कुछ नहीं माँगा, तब अब तो…। लेकिन मुनिया, रमा और राजू तो पारवती नहीं हो सकते। उनको अपने वक्त के साथ चलना है। यदि वे वक्त के साथ नहीं चले तो उसकी तरह वे भी पिछड़ जाएँगे। और पारवती नहीं चाहती थी कि…।

''तुम हर बखत नाराज न रहा करो जी। हर बात को देखने-परखने की एक ही कसौटी नहीं होती। अब तक हम दोनों सिर्फ अपने लिए जिए हैं, अपने लिए जिम्मेदार रहे हैं जी। लेकिन अब हमें आज के माँ-बाप बनकर बच्चों के लिए जीना है। इसलिए कहती हूँ…।'' यहाँ आते-आते वह रुक गई। खुद रुकी या किसी ने पारवती को रोक दिया, यह वह नहीं जान पाई।

इस बार कृपाशंकर ने पैंतरा बदला। वह थूक गटककर बोला, ''अच्छा बता, तू क्या चाहती है?'' और उसी के साथ उसने पारवती का हाथ अपने हाथ में ऐसे लिया, जैसे सुहागरात को उसकी उँगली में अँगूठी पहनाते हुए लिया था।

पारवती में बिजुरी दौड़ गई। उसका हिया धकधक करने लगा। उसके होंठ काँप गए। उसकी आँखें भर आईं।

''तू रोती है!'' कृपाशंकर ने पारवती को और अपने पास खींचते हुए कहा।

पारवती गूँगी हो गई। जल्दी-जल्दी उसने अपने को सहेजना चाहा, लेकिन वह अपने को सहेज नहीं पाई। प्यार में इतनी शक्ति होती है कि सारे शिकवे-शिकायतें गरम तवे पर पड़ी बूँद की तरह छूमंतर हो जाती हैं!

कृपाशंकर नासमझ नहीं था। सब समझता-जानता था, लेकिन वह किसी कीमत पर समझौता नहीं कर सकता था। उसने पचपन-छप्पन बरस तक जिस पूँजी को हृदय से लगाकर रखा था, उसे अपने ही हाथों से कैसे बरबाद कर दे? एकांत लम्हों में वह अपने आपको इतना अकेला पाता था कि उसका जी चाहता था कि भगवान् अब उसे उठा ले। एक पत्नी ही तो उसके जीने का साक्ष्य थी, अब वह भी, जब वक्त आया है, शहादत देने का सबूत नहीं बनना चाहती!

क्या पत्नी ममता मात्र होती है? क्या माँ की ममता सदा अंधी रहती है? क्यों पति अपने घर में अकेला रह जाता है? सब उसे साँप की केंचुली की तरह…। नहीं, इससे आगे नहीं। वह भूकंप को रोक लेता है। अपने होंठ सीकर रह जाता है। जानता है, उसका

कहना बेमतलब है। कोई उसका समर्थक नहीं। उसकी लड़ाई तो पाँच गाँव के लिए भी नहीं। फिर यह महाभारत क्यों? किसलिए?

उसने आज तक ऐसा कभी अनुभव नहीं किया। लेकिन आज उसे लगता है कि इस वक्त वह आत्महत्या की सोचने लगा है।

''क्या सोचने लगे, जी?'' कृपाशंकर की पकड़ शिथिल होती अनुभव कर पारवती ने टोक दिया। कृपाशंकर मुसकराने की कोशिश करने लगा। उसके सामने फिर वही पुरानी, उड़ते रंगवाली तख्ती थी। जिस पर लिखा था—'बहने और बहकने में अंतर है। आदमियत बहते रहने से जिंदा रहती है और हैवानियत बहकते रहने से।' इसी के साथ उसने अपना सिर झटक दिया। वह कहने लगा, ''देख पारवती, तुझसे मेरा कुछ छिपा नहीं। जिन बातों को लोग आदर्श समझते हैं, वे म्हारे-तिहारे लिए कर्तव्य मात्र हैं। मनुष्य कर्तव्य के लिए ही तो जीता है। जो चालाकी से कर्तव्य को आदर्श कहकर अपने को जवाबदेही से बचा ले जाना चाहता है, उनसे हमारा कोई वास्ता नहीं।''

इस बार पारवती ने कृपाशंकर का हाथ अपने होंठों से लगाकर अपनी आँखों से भी लगाया। मानो वह हाथ को नहीं, रामायण-गीता को छू रही हो। वह बोली, ''मैं अनपढ़ हूँ। म्हारी समझ में कुछ नहीं आता। तुम तो खुद ही सारी जिंदगी कहते रहे हो जी। म्हारी बुद्धि तो⋯।''

''बस आगे, कुछ नहीं। एक लफ्ज नहीं।'' कृपाशंकर ने उसके मुखड़े को हथेली में भर लिया। काश, वह भी पारवती हो पाता। एक कसक उसमें चपला सी कौंध गई मौन होकर। फिर गहरी चुप्पी। चुप्पी के मन में अनेक डैने फैलाए नन्हे-नन्हे परिंदे अपलक अनंत आकाश की ओर देख रहे थे, परस्पर सकपकाते हुए। ''इस बार मेरी बात मान जाओ,'' पारवती ने धीमे से उसकी छाती के बाल सहलाते हुए कहा।

कृपाशंकर ने इस बार बहस शुरू नहीं करनी चाही। दरअसल, वह इस नतीजे पर पहुँचा था कि यह विषय नहीं, यह उसकी आत्मा, उसकी अस्मिता और उसका अहसास है, जिस पर चर्चा से नहीं, उसे चुपचाप अनुभव किया जा सकता है। पारवती को यह जानकार अचरज हुआ कि वह जरा भी नहीं भड़के-सुलगे और न लेक्चर देने के मूड में आए। तो क्या वह अपने को बदलने के लिए तैयार हो गए हैं?

पारवती में हिम्मत धूप सी खिलने-फैलने लगी। उसने अपनी बात जोर देकर दोहराई, ''आप बड़े अच्छे हैं जी। बस सिर्फ इस बार⋯'' कान पकड़कर वह बोलती रही, ''फिर मैं कभी नहीं कहूँगी। जानती हूँ कि लेकिन मुझे क्षमा कर देना।'' कृपाशंकर अवाक्! पारवती ने उससे कभी कुछ नहीं माँगा था। जिंदगी का अधिक समय वह पूजा-पाठ में बिताती रही थी। उसने पाप की छाया से भी अपने परिवार को दूर रखा था और आज वही⋯। पारवती मुसकराने का प्रयत्न करते हुए कह रही थी, ''देखो जी, आदमी होने का अहसास

कमजोर होने से ही होता है।''' दर्द न हो तो दवा को कौन पूछे?''

कृपाशंकर ने आँख बचाकर उसके मन की भाषा को पढ़ना जारी रखा। पारवती के हृदय पर संशय का कुहरा सा जमा हो रहा था। उसकी बड़ी आँखों में भय के कंकाल आँख मिचौली खेल रहे थे। वह मुसकराया। पारवती भी मुसकराई। अब सूरज क्षितिज पर उभरने लगा था और पारवती भी दु:स्वप्नों से मुक्त हो रही थी।

ऑफिस जाते समय कृपाशंकर ने पारवती को अत्यंत आत्मीयता से देखा। पारवती ने कहा, ''ऐसे क्या देख रहे हो जी? आज वह काम जरूर करना, भूलना नहीं।''

कृपाशंकर रत्ती भर नाराज नहीं हुआ। पारवती ने इत्मीनान की साँस ली और मन-ही-मन संतोषी माँ को प्रणाम किया।

दिन भर वह प्रतीक्षा करती रही। अनेक बार वह काँप भी गई। लेकिन उसने अपने आपको सहज ही सँभाल लिया। हर बार उसके सामने पति का मुसकराता हुआ चेहरा आ ठहरा।

कृपाशंकर अपने कक्ष में पहुँचा। उसने कक्ष को गंभीरता से निहारा। वह अपनी मेज के काँच के नीचे दबी श्रीकृष्ण की तसवीर को देखता रहा। उनके हाथ में सुदर्शन चक्र था। अचानक उसके चेहरे पर मुसकराहट जल तरंग सी दौड़ गई। उसने ड्रॉअर से अपना चश्मा निकाला और रोज की तरह उसके ग्लास को मुँह से भाप देकर साफ दिया।

बाहर तेज हँसी-ठट्ठे की किरणें खिल रही थीं। वह घंटी दबाना चाहता था, परंतु उसने ऐसा नहीं किया।

वह जानता था कि उसे लेकर वही घिसे रिकॉर्ड सी चर्चाएँ उन लोगों के बीच हो रही होंगी कि उनका अफसर बहुत घोंचू है, वह टाइम का बहुत पाबंद है, वह न लेता है न लेने देता है, उसे मेरिट प्रमोशन नहीं मिलेगा वगैरह-वगैरह; क्योंकि उसके बड़े अफसर उसकी इन्हीं बातों से उससे नाखुश हैं।

उसका रिटायरमेंट नजदीक है, लेकिन उनका नहीं। उन्हें प्रमोशन भी चाहिए और ऊपर की आमदनी भी। यह उनका हक है।

ठीक इसी समय फोन की घंटी खनखनाई। उसने क्रेडिल से रिसीवर उठाया। हैलो हुई। उसे कुछ याद कराया गया। उसने दोहराया कि वह अपनी जिम्मेदारियाँ बखूबी समझता है। अभी उसकी याददाश्त कमजोर नहीं हुई है।

उसने आहिस्ता से रिसीवर क्रेडिल पर रख दिया। कुछ पल वह सोचता रह गया। उसने इन पलों में क्या सोचा, उसे मालूम नहीं! क्या सोचना सोच के बिना भी संभव है?

धीरे-धीरे दरवाजा खुला। उसे लगा कि दरवाजा अपने आप खुल रहा है। उसके सामने सेक्शन इंचार्ज रमेश धारिया खड़ा था। उसके हाथ में फाइलें थीं और कुछ टंकित

हुए कागजात। उसने पूछा, ''मिस्टर रमेश, आपने खुद क्यों यह तकलीफ की? इसके लिए चपरासी है···। खैर, लाए हो तो इन्हें यहीं छोड़ जाओ।''

रमेश पर ढेरों घड़े पानी पड़ गया। उसके पाँव जाम हो गए।

कृपाशंकर ने बड़ी आत्मीयता से पूछा, ''और कोई खास बात है, मिस्टर रमेश। हो तो बैठो।''

रमेश सकपकाया। वह थूक गटककर इतना ही कह पाया, ''नहीं सर।'' और इसी के साथ वह फाइलें व कागजात रखकर लौट गया।

कृपाशंकर ने खिड़की की ओर देखा। सामने की बिल्डिंग की खिड़की के काँच पर दो परछाइयाँ रह-रहकर परदे सी हिल रही थीं।

समाजवादी लोकतंत्र के भाग्य में क्या यह सब लिखा है? इस वाक्य के साथ उसने उन फाइलों को उठाया और उन कागजात को पढ़ा, जो बिना उसकी अनुमति के टंकित हुए थे। ऐसा पहली बार हुआ था। वह अपनी आदत के अनुसार उसको बुलाकर फटकारता। पूछता कि इतना समय और ये सरकारी कागज क्यों बरबाद किए? लेकिन आज उसने ऐसा कुछ नहीं किया।

पाँच बजना चाहते थे। फोन की घंटी फिर खनखनाई। कुछ देर तक घंटी बजती रही। उसका मन हुआ कि वह रिसीवर को उठाकर एक ओर रख दे। पर उसने फोन उठा लिया। साथ ही, तत्काल फोन रख भी दिया, बिना कुछ कहे-सुने।

वह उठने ही लगा था कि···। इस बार सामनेवाली बिल्डिंग की वह खिड़की खुली हुई थी, जिस पर कुछ देर पहले तक परछाइयाँ हिल रही थीं।

कुछ ही पल में सन्नाटा, धड़ाम से कोई औंधे मुँह अठाहरवीं मंजिल से नीचे फर्श पर आ गिरा था। चलती भीड़ अचानक रुक गई थी। कुछ क्षण बीतने पर भीड़ में से कुछ लोगों ने अपनी पेशानियों से पसीना पोंछा।

पारवती के काटो तो खून नहीं। उसका चेहरा एकदम फक! उसके काँपते हुए होंठों से इतना ही निकला, ''यह क्या हुआ!''

पारवती जानती थी, फिर उसने धोखे में क्यों रखा?

''नहीं, नहीं। यह झूठ है। वह अभी आ खड़े होंगे। पुकारेंगे—पारवती··· पारो, एक कप गरमागरम चाय।''

डूबती संध्या के साथ, नहीं··· कदापि नहीं। ये सफेद झूठ है। ज्योतिषी ने भी कहा था, उसे उनका कंधा नसीब होगा। जरूर होगा। ग्रह कभी झूठ नहीं बोलते।

पारवती पगला गई। उसकी संज्ञाहीन चेतना हाहाकार कर उठी। अब कृपाशंकर कफन ओढ़े वहाँ लेटा हुआ था। उस ऑफिस के सभी छोटे-बड़े कर्मचारी-अफसर वहाँ थे। वहीं पत्रकार भी आ गए थे। हर बार नए-नए कोणों से वे 'क्लिक' कर रहे थे। उनमें

मानो यह होड़ लग रही हो कि किस साइड से बढ़िया पोज आएगा!

साथ में पूछताछ भी चल रही थी। पूछा जा रहा था—कोई दुश्मन था उनका? किसी ने उन्हें धमकी दी थी क्या? क्या उसकी सूचना पुलिस को दी थी?

"वह बड़ा ईमानदार व वफादार अफसर था।"

"ओह!" किसी ने आहें भरीं।

उनकी मेज पर एक पत्र मिला था। प्रश्न उठा—"पारो कौन है?" उत्तर आया। "पारो··· यानी पारवती। ···उसकी पत्नी।"

झटपट पत्र के भी फोटो ले लिये गए। पत्र में क्या लिखा है? जिज्ञासा की कोंपल फूटी। उनमें से एक पत्र पढ़ने लगा—"पारो, जब पत्र लिखने के दिन थे, तब कभी चाहकर भी तुम्हें पत्र नहीं लिख सका। कैसे लिखता? तुम वह पत्र दूसरों से पढ़वातीं। फिर उसमें क्या रहता? प्रेम क्या सब पर जाहिर होने के लिए किया जाता है? लेकिन वह इच्छा आज मैं पूरी कर रहा हूँ। शायद यह पत्र तुम्हारे सुनने में आए।

"कल रात से मुझे लग रहा था कि वे लोग तुम्हारे पास भी आए थे। उन्होंने तुम्हें भी यही धमकी दी थी, जो के मुझे देकर गए थे—दुनाली तर्क नहीं जानती, वह जज की तरह फैसला सुनाती है। ऐसा फैसला, जिसे किसी कोर्ट में चुनौती नहीं दी जा सकती। 'कल उन कागजात पर दस्तखत हो जाने चाहिए। नहीं तो कल की डूबती संध्या··· । खयाल रहे, जरा सी भी इस बात की किसी को भनक पड़ी तो सारा परिवार भून दिया जाएगा।'

"शायद कल रात तुमने इसीलिए बार-बार आग्रह किया था और आज सुबह ऑफिस चलते समय भी इसीलिए मुझे याद दिलाते हुए कहा था, 'सुनते हो जी, आज खीर भी रखी है। दो-ढाई घंटे तक गरम रहेगी। समय पर लंच ले लेना।'

"वाकई खीर लाजवाब थी। उँगलियाँ चाटता रह गया। बड़े भाग्यशालियों को ऐसी खीर खाने को मिलती है, जो प्यार से पकी हो और सुजाता की श्रद्धा से मिली हो। पारो, सच में हम आज खीर खाकर बुद्ध हो गए।"

"पारो, मैंने बहुत सोचा। किसको मरने दूँ? किसके साथ विश्वासघात करूँ? तन तो एक दिन छूटेगा ही। फिर उसकी चिंता क्यों? मैंने फैसला किया कि विश्वास इनसान की धरोहर है, उसके साथ कदापि विश्वासघात नहीं करूँगा। जानता हूँ कि मेरे स्थान पर तुम भी होतीं तो तुम्हारा भी फैसला इससे जुदा नहीं होता।"

"तुम सबको यही शिकायत थी कि मैं अपने उसूलों की ओर नहीं, परिवार की ओर देखूँ। राजू को एम.ए. किए तीसरा बरस बीत रहा है, उसकी नौकरी का कहीं जुगाड़ नहीं बैठा। सरकारी नौकरी में एक फायदा है कि नौकरी में रहते हुए बाप को कुछ हो जाए तो उसकी औलाद को नौकरी दे दी जाती है। यदि आज मेरे साथ कोई हादसा घटता

है तो चिंता-फिकर नहीं, राजू सरकारी नौकरी में आ जाएगा।

"तुम पूछती रहती थीं कि मैं वसीयत की बार-बार क्यों बात करता हूँ? है ही क्या वसीयत के लिए? फिर भी, आज इस पत्र के जरिए मैं वसीयत कर रहा हूँ—उस सबकी वसीयत, जो कुछ मेरे पास है। वह सब तुम सबके नाम है। इसे कबूल करना, यही मेरी प्रार्थना है।

तुम्हारा

कृपाशंकर।"

पारवती ने एक-एक आखर, एक-एक शब्द सुना। एक-एक आखर, शब्द का अर्थ समझा और अनुभव किया। उसकी जड़ता टूटी। उसने रोना बंद किया।

सब चित्रलिखित से उसे देखते रह गए। वह आगे बढ़ी। उसने उस पत्रनुमा वसीयत को लिया। आज से पहले उसने काले आखरों को कोई महत्त्व नहीं दिया था। आखर भी क्या ऐसा बोल लेते हैं? उसमें ज्वार-भाटा सा यह प्रश्न बराबर उठता रहा, असंख्य लहरों के साथ!

उसने सूनी-सूनी आँखों से सब ओर देखा। फिर पति की लाश की ओर देखा, जो सफेद चादर से ढकी हुई थी। सिर्फ उनका चेहरा खुला था। उनकी आँखें बंद थीं। उनके होंठ सिले हुए थे। उसने उस वसीयत से उनका मिलान किया। फिर उसे होंठों से लगाया, अपनी आँखों से छुवाया और सिजदा किया। उसके बाद वह वहाँ नहीं रुकी, अंदर चली गई चुपचाप।

□

वैलेंटाइन डे

इंडिका के अंदर हिमांशु प्रवेश कर काउंटर की ओर बढ़ रहा था कि पीछे से आवाज आई। वह पलटा। चौंका भी। यकीन किया कि वह प्रोफेसर वेट्रेस वुल्ला है। एकदम हिंदुस्तानी पोशाक में—खद्दर की साड़ी-ब्लाउज और कंधे पर शॉल डाले। वह बोली, ''पहले मेरे साथ बाहर चलो, फिर मैं बतलाऊँगी कि इतने दिन मैं कहाँ रही। अचानक कार्यक्रम बना। मेरे तीन जर्मन मित्र यहाँ, इसी होटल में मिले थे। उनके पास बड़ी गाड़ी थी। सुबह वे निकल रहे थे—अल्मोड़ा, कालीमठ, मरीतोला, रानीखेत, मुक्तेश्वर, नाथूया खाँ की खड़ी चढ़ाई और न जाने कहाँ-कहाँ! एक से एक आलीशान मंदिर, झरने, पक्षी की टोलियाँ और इनसान होने की पहचान। समंदर से हजारों मीटर ऊँचे, बादलों के घर में, परियों से बात करते, हवाओं की शरारतों में साझीदार बनते...सच में, हिमांशु बड़ा मजा आया था। और यह पता चला कि भारत हिंदू-धर्म का देश मात्र नहीं है, वह सनातन धर्म का गढ़ है। सब धर्मों का तीर्थस्थान। खैर चलो, अब बाहर चलें। आई एम सॉरी, हिमांशु तुम्हारा कोई कॉन्टेक्ट नंबर न होने से मैं तुम्हें सूचित नहीं कर सकी। मैं इस पोशाक में कैसी लग रही हूँ?''

हिमांशु ने फिर से उसकी ओर ध्यान से देखा और कहा, ''हमारे देश की स्वप्न-कन्या सी!''

''मुझे यह पोशाक पसंद आई। इस पोशाक में मेरी अनेक फोटो हैं। उनसे एक एलबम बन गया है। उन लोगों ने वीडियो फिल्म भी तैयार की है। वे एक प्रिंट मुझे भी भेजेंगे। तब तुम देखोगे कि बाहर से आनेवालों के मन में इस महान् देश के प्रति कितना प्यार है, अपनापन है और सम्मान है! वंडरफुल, हिमांशु!''

''मुझे खुशी है कि आपको हमारा देश पसंद आया।''

''यह हमारा-तुम्हारा क्या लगा रखा है? हिमांशु, देश उनका होता है, जो वहाँ

रहते हैं, वहाँ की हवा में साँस लेते हैं और वहाँ का जीवन स्वीकार करते हैं। राजनेताओं की भाषा और विचार छोड़ो।'' वेट्रेस वुल्ला एक किनारे पास की दुकान से जरा हटकर रुक गई और समझाने लगी, ''सच का एक रास्ता है, इनसान का मजहब एक है और यह दुनिया सिर्फ प्यार करनेवालों की है। जो इस दुनिया से प्यार करेगा, वह मजदूर होगा, किसान होगा, संत होगा, विद्वान् होगा, आचार्य होगा, विद्यार्थी होगा। यह सब मैंने इस छोटी सी यात्रा में जाना, हिमांशु।''

इसके बाद वह उस किनारेवाली दुकान में चली गई। चीजें इकट्ठी करने लगी। हिमांशु उन चीजों को उठाकर काउंटर की ओर चलने को हुआ तो तेजी से उसके पास आकर उससे वे चीजें लेकर कहा, ''व्यक्ति को उतनी ही चीजें खरीदनी चाहिए, जितनी वह उठा सके।''

एक-दो चीजें कई दुकानों में पूछीं, वे मिली नहीं। उनको अपनी लिस्ट से काट दिया और बोली, ''हमें अपने लिए वे ही चीजें खरीदनी चाहिए, जो सर्वसुलभ हों। जरूरतें जितनी कम होंगी, आदमी उतना ही सुखी-समृद्ध और खुश होगा।''

एक नया परिवर्तन, एक नई गति और एक नया अंदाज! दोनों ने इंडिका की राह पकड़ ली। बहुत कहने पर भी कोई सामान हिमांशु को नहीं दिया। हिमांशु को यह जानकर बहुत तसल्ली हुई कि वह नहीं आने के उत्तरदायित्व से बच गया। हालाँकि उसने निश्चय कर लिया था कि ऐसी कोई बात उनके बीच उठी तो वह अपनी स्थिति स्पष्ट कर देगा।

वेट्रेस वुल्ला ने अपना रूम खोलकर सबसे पहले यह काम किया कि उसने एक कैसेट पक्षियों, हवा, पत्तों, टहनियों, नाले, प्रपात की ध्वनियों का लगा दिया बहुत मद्धिम आवाज में। काम करती हुई वह कहने लगी, ''हवा का संगीत, रेगिस्तान या पहाड़ पर भी सुन सकते हैं, शहर और महानगरों में नहीं। वृक्ष बोलते हैं, पत्ते-चिड़ियाँ आपस में संवाद करते हैं, टहनियाँ सुनती हैं, पानी गुनगुनाता है या जोर के कहकहे लगाने लगता है, पर पहाड़ पर। वह कैसेट मैंने तैयार की है। बताना, कैसी लगी?''

वह बाहर चली गई। अब उस कमरे में वह था, उन ध्वनियों का अकेलापन और कभी मिला-जुला स्वर था। मन बाँध लेने वाला पार्श्व संगीत था।

वह खद्दर की साड़ी में कितनी सुंदर लग रही थी! उसने माथे पर पीले रंग के टीके के बीचोबीच लाल बिंदु जैसा बारीक टीका भी लगा हुआ था।

हिमांशु सोच रहा था कि ये लोग दुनिया घूम लेते हैं सहज होकर, अपनत्व से भरकर और तटस्थता के साथ। हर समय कुछ-न-कुछ नया करने की तलाश जारी रहती है, पीछे मुड़कर नहीं देखते। उनमें स्फूर्ति रहती है, निश्‍चिंतता और समझ लेने की भरपूर जिज्ञासा।

वह लौट आई। आते ही बोली, ''हिमांशु, जिंदगी कमरे में बंद करने की चीज नहीं है।'' इसी के साथ उसने सब खिड़कियाँ खोल दीं। बाहर वर्षा हो रही थी। दूर-दूर तक हिमानी चादर फैलती नजर आ रही थी। नैनी झील पर वर्षा की बूँदों ने अपना साम्राज्य जमा लिया था। सब धुँधला-धुँधला हो गया था। उसने कहा, ''इधर आओ हिमांशु, यहाँ से देखो, इस दूरबीन से देखो, नजरें झूम उठेंगी यह नृत्य देखते हुए, उछलते शोर मचाते हुए गली के बच्चों की तरह माँओं की आवाजें किसी घिसे रिकॉर्ड सी उभरती हैं, 'लौट आ, सुनता नहीं है। कब से भीग रहा है। सर्दी-जुकाम हो गई तो···नहीं मानेगा? कोई असर नहीं। वही मस्ती, वही धमाल और वही उछल-कूद मैंने देखी है। देख अब भी रही हूँ। सिर्फ सुन नहीं पा रही हूँ, समझ जरूर रही हूँ।'' इसी के साथ वेट्रेस वुल्ला ने दूरबीन हिमांशु को थमा दी और आँख उसकी ग्रीवा पर गड़ा दी।

हिमांशु को प्रोफेसर वुल्ला की साड़ी की सरसराहट का अनुभव हुआ। उसे लगा कि बड़ी-बड़ी बरौनियोंवाली नीली-नीली आँखें उसको घूरे जा रही हैं। उसकी रीढ़ की हड्डी पर छिपकली आ बैठी हैं। मानो कोई उसके मन में बहुत धीरे और मादक ध्वनि में गुनगुनाता जा रहा है—अति पवित्र, अति कमनीय, अति मधुर, अति स्वप्निल और काल्पनिक ज्वार-भाटे सा अनाविल प्यार, समुद्र नीला होकर इंद्रधनुष सा सतरंगी बनकर लगातार अपनी ओर आमंत्रित कर रहा है। निष्कंप स्वर, आत्मविश्वासी चहुँ ओर परिवेश उसे लगा कि वह अंगारे के अलाव में उतरकर भी हिम सा बना हुआ है। वह बाहर नहीं देख पा रहा था। वह बाहर देखता तो कभी उसके सामने शालू की चुनरी हवा में उड़ती नजर आने लगती और कभी वुल्ला की शालीन और रंगीन मुसकान उसके हृदय में उतर जाती। उसने घबराकर मुँह घुमाया, वहाँ कोई नहीं था—न सामने बरसात थी और न बच्चे। फिर वह क्या देख रहा था और क्या अनुभव करने लगा था, पर क्यों? यह उसे क्या हुआ? इससे पहले उसके साथ ऐसा कभी नहीं हुआ था। उसने निश्चय किया कि आगे वह ऐसा नहीं होने देगा।

वेट्रेस वुल्ला बुला रही थी। कह रही थी, ''तुम्हारे लिए खास पेय, शायद जायकेदार और स्वादिष्ट भी।''

''क्या है?''

''जहर, पीओगे नहीं क्या?''

''जब अमरता संभव नहीं तो जहर पीने में क्यों एतराज?''

''सच कहते हो?''

''झूठ सच से ज्यादा आकर्षक होता है।''

''तो इसका अर्थ यह हुआ कि पुण्य से पाप ज्यादा आकर्षक है?'' वेट्रेस वुल्ला ने गिलास में चम्मच हिलाते हुए कहा।

''तभी तो दुनिया का झुकाव उधर है। दुनिया पुण्य, करुणा, अहिंसा, सत्य, प्रेम आदि की बात करती है ऊपरी मन से। अंदर से तो पाप, अकरुणा, हिंसा, असत्य व घृणा ही उसके मन में तह-दर-तह जमी बसी है।''

वेट्रेस वुल्ला बोली, ''कहते हैं, जहर को जहर मारता है।''

''सुना मैंने भी है, पर शुद्ध जहर भी आज कहाँ है? जहर पीकर मीरा अमर हो गई थी।''

''प्रेम-दीवानी मीरा न?''

''हाँ, वही। जहर पीकर राँझे की हीर अमर हो गई थी।'' हिमांशु ने गहरे सोच के साथ बड़ी शिद्दत से कहा।

''मैंने वारिसशाह का 'हीरनामा' पढ़ा है। जबरदस्त है वह मुहब्बतनामा! हर फनकार की वह रूह है, अदा है और प्राण है। क्या बात है उस हीर की, राँझे की! आँखें पनीली हो जाती हैं। सच में हिमांशु, जब मैं इन महान् आत्माओं के बारे में फनकारों-चित्रकारों को पढ़ती-सुनती और देखती हूँ तो लगता है कि हम जिन्हें इतिहास की तीसरी आँख कहते हैं, वे वे नहीं, ये हैं, जिनके लिए आज तक कोई ताबूत नहीं बन सका और जो मजहब से बहुत ऊपर हैं।'' वेट्रेस वुल्ला ने गिलास में चम्मच चलाना भूलकर एक ऐसी दुनिया में दबे पाँव प्रवेश कर लिया था, जहाँ त्रिकाल का प्रवेश वर्जित था। वह पूछ रही थी, ''तुमने गेटे को पढ़ा है?''

''नहीं।''

''कीट्स?''

''जहाँ-तहाँ से।''

''पढ़ो, उनकी आँखों से देखो तो अणु-परमाणु पर खड़ी अपसंस्कृति की मीनारें ढहती नजर आएँगी। कभी सोचती हूँ कि आइंस्टीन नहीं हुआ होता तो दुनिया को तबाह करने की तैयारी पर जो बेजा खर्च हुआ है, वह आधी दुनिया को गरीबी के जबड़े में बाहर खींच लाता और याराना तबीयत की संस्कृति में सराबोर कर देता अपने आपको तथा अपने माहौल को। लेकिन अफसोस, ऐसा नहीं हो सका।''

वेट्रेस वुल्ला का मुरौवती और मोमिन दिल जैसे नैनी झील सी आँखें खोले हीर की खुशबू पाकर मदहोश हो चला हो और वह अपने राँझा को पुकार उठी हो, हिमांशु को ऐसा लगा। उसने वुल्ला की ओर देखा और पाया कि उसकी नीली आँखों में दुनिया को दहशत से निकालकर सुखमय जीवन के ख्वाब जवान होने लगे हैं।

इस बीच बारिश फिर शुरू हो गई।

''यह क्या है?''

''जहर, यानी नीबू-शहद।'' वेट्रेस वुल्ला ने कहा, ''मैं अपने गिलास में ब्रांडी

और मिलाऊँगी। तुम पसंद करोगे, हिमांशु! इसमें थोड़ी ब्रांडी सर्दी का स्वागत करती नजर आती है। नशा ब्रांडी में नहीं, पीनेवाले में है।''

''नहीं, वुल्ला।''

''नहीं तो नहीं न।'' फुरती से कहते हुए वेट्रेस वुल्ला ने उसे रोक दिया और जान लिया कि वह टस-से-मस नहीं होगा।

''मुझे ब्रांडी नहीं चाहिए। आप ब्रांडी मिलाइए, मुझे एतराज नहीं है।'' हिमांशु ने कहा।

''पर मुझे है, हिमांशु। मेरे जेहन में होस्ट···आई मीन आतिथ्यकर्ता भी तो बैठा है। लगता है, तुम्हारे साथ रहकर इस आदत को छोड़ना होगा।'' वेट्रेस वुल्ला ने कुछ इस तरह कहा, मानो वह हिमांशु से नहीं, अपने आप से बात कर रही हो।

''आप ऐसा क्यों सोचती हैं? आप वही कीजिए, जिससे आपको प्रसन्नता का अनुभव हो।''

''मुझे अकेले आनंद नहीं चाहिए, हर अकेलेपन में एक तानाशाह बैठा होता है।'' वेट्रेस वुल्ला ने हिमांशु की तरफ गिलास बढ़ाकर दूसरे हाथ से अपना गिलास उठा लिया। हिमांशु ने गिलास जैसे ही लिया, वैसे ही वेट्रेस वुल्ला की गरम उँगलियों का स्पर्श हुआ।

वेट्रेस वुल्ला बोली, ''नीबू-शहद की इस दावत में चीअर्स का स्थान तो सुरक्षित है या वह भी मुमानियत के दायरे में आता है?''

यह सुनते ही हिमांशु ने अपना गिलास उसके गिलास की ओर बढ़ा दिया और कहा, ''तुम्हारे स्वास्थ्य और सुवासित मन के लिए।''

वेट्रेस वुल्ला की मुसकान सुर्ख हो उठी। वह सुर्खी उसके कपोलों को रँगती हुई कनपटी तक पहुँची। वह सोच रही थी ललित ललाम अधरों पर गिलास को लगाए हुए कि ऐसा क्या है हिमांशु में, जो रह-रहकर उसे उसके पास ले जाता है? क्या जिसकी उसे तलाश है, वह हिमांशु ही है या··· ? आचार्य-शिष्य के व्यावसायिक रिश्ते को समझने में उसे कितना वक्त लगा था! प्यार किसी रिश्ते की हदबंदी नहीं मानता। क्या वह प्यार के दौर से गुजरने लगी है!

हिमांशु से पहले उसे ब्रानो शहर के रहनेवाले हांस वेर्नर रिष्टर लॉरेंस और अर्ल बरुस्टर, जो हामबुर्ग के रहनेवाले थे, की मुलाकातें याद आने लगीं, जिन्होंने उसे वैलेंटाइन डे पर एक साथ आमंत्रित किया था, दूरस्थ एक होटल में, यह कहकर कि वे तीनों उससे बहुत प्यार करते हैं और चाहते हैं कि उन तीनों में से वह किसी एक का चयन कर ले। उसके समाज में इस प्रकार के आमंत्रण मिलते ही रहते हैं। उसमें बुरा नहीं माना जाता। उसने उन्हें समझाया था, मेरे सोच लेने के निर्णय तक उन्हें प्रतीक्षा करनी चाहिए। क्या

पता, मेरा मन क्या चाहता है? मुझे पढ़ने से ही अभी फुरसत कहाँ है?

"वुल्ला, आपका यह पेय अत्यंत स्वादिष्ट और उत्तम है।" हिमांशु ने प्रसन्न होकर कहा।

वेट्रेस वुल्ला का अतीत प्रसंग तितर-बितर हो गया और वह चहकती हुई कहने लगी, "चलो, मेरी पसंद से तुम कहीं आकर तो जुड़े और शायद तुम्हें मेरी दूसरी पसंद" इसी के साथ वह उठ खड़ी हुई और शेल्वज में से दो-तीन चीजें लेकर लौटी। उसके सामने उनको रखते हुए बोली, "ये बाल मिठाई और चॉकलेट अल्मोड़ा की प्रसिद्ध मिठाई है।"

"लेकिन आप तो मिठाई की शौकीन नहीं हैं?"

"तुम तो हो।"

"तो क्या यह सब मेरे लिए?"

"कुछ अपने लिए भी। मुझे चॉकलेट मिठाई बहुत पसंद आई। साथ-साथ वे मिठाइयाँ उसके सामने रखी प्लेट पर रखती जा रही थी।

"बस, बस।"

"क्यों, क्या तुम मुझे भी खाने से रोक दोगे? तुम्हारे सामने रखी प्लेट का यह अर्थ तो नहीं है कि उसमें जो कुछ रखा जाएगा, वह तुम्हारे ही लिए होगा!"

हिमांशु कुछ नहीं बोला। चुपचाप उसने एक चॉकलेट उठा ली। वेट्रेस वुल्ला उसकी ओर ध्यान से देखती रही और सोचती रही कि क्या वह मिठाई उसको खिला सकेगा? संकोच घेरता रहा है उसे। शायद वह इतना साहस कभी नहीं जुटा पाएगा। हिमांशु ने अपने हाथ में ली हुई मिठाई उसकी ओर बढ़ाते हुए कहा, "यह आपके लिए, आपकी सेहत के लिए प्लीज।" वेट्रेस वुल्ला ने कुछ देर तक नीची निगाह किए हिमांशु को कनखियों से देखा। हिमांशु का हाथ पहले की अपेक्षा उसकी तरफ ज्यादा बढ़ आया। उसका मन हुआ कि मिठाई सहित उसकी उँगली को होंठों से कस ले, पर वह ऐसा नहीं कर सकी। उसने चॉकलेट उसके हाथ से ली। जलतरंग की लहर सी दौड़ गई।

बारिश थम गई तो हिमांशु उठ खड़ा हुआ, लेकिन वेट्रेस वुल्ला यथावत् बैठी रही, यही सोचते हुए कि क्या वास्तव में सुख एक 'इंपल्स' है, जो हवा के तेज झोंके की तरह आता है और तुरंत चला जाता है? क्या कभी कोई उसे बाँध पाया है? कुछ देर तक उसे खड़ा देखकर वेट्रेस वुल्ला बोली, "जाओगे, हिमांशु? क्या वहाँ तुम्हारा कोई इंतजार कर रहा है?"

हिमांशु सकपकाया जरूर, परंतु अपने आपको सँभालते हुए बोला, "कौन करेगा वहाँ इंतजार? सबको वक्त का इंतजार करना होता है।"

अब वे दोनों कॉरिडोर में आ गए थे, रुके थे। हिमांशु चलने को हुआ तो वेट्रेस वुल्ला बोली, "कल तो मिलने आओगे न? मुझे तुम्हारा इंतजार रहेगा।"

हिमांशु 'हाँ' करके आगे बढ़ गया। वह उसके पीछे-पीछे नहीं आई। सिर्फ उसे देखती रही, सोच को पीछे ढकेलकर। धीरे-धीरे वह लौट ली चुपचाप। अतीत बनते वर्तमान ने चुपके से उसके जेहन में झाँका और पसर गया। जहाँ से फिल्म छोड़ी थी, वहीं से शुरू करते हुए वह फुसफुसाने लगा। हांस बेर्नर रिष्टर को अकेले स्थान पर अपने सामने पाकर वेट्रेस वुल्ला पूछ बैठी, ''रिष्टर, आखिर तुम क्या चाहते हो?''

''वह तुम भी अच्छी तरह समझती हो।''

''तभी तो पूछ रही हूँ।''

''तुम्हें, वेट्रेस वुल्ला, सिर्फ तुम्हें।''

''लेकिन मुझे तुम पसंद नहीं हो।''

''इसीलिए इस घने निर्जन में तुम्हारे सामने आने का साहस जुटा पाया हूँ।'' हांस बेर्नर रिष्टर की घनी मूँछें मुसकरा रही थीं और उसने कमीज की बाँहें ऊपर चढ़ा ली थीं। वेट्रेस वुल्ला घबरा उठी थी, उसकी मुसकान में बर्बरता का आभास पाकर वह चीख पड़ा, ''तुम्हें अपने जर्मन होने पर बहुत गर्व है तो सुनो, मैं यहूदी हूँ। तुम यहूदी होने का अर्थ तो समझती हो? वियना—मेरी बहन को चार जर्मन लड़के जबरदस्ती ले गए थे। जानती हो, क्या हश्र हुआ था? अब वही तुम्हारा होगा। तुम्हें वह असह्य वेदना और गहरा अवसाद झेलना होगा। जानना होगा कि बलात्कार की पीड़ा क्या होती है!''

''रिष्टर, तुम मेरे कुलीग हो। मुझसे अपने प्यार का इजहार भी कई बार कर चुके हो, फिर यह सब क्यों?''

''क्योंकि हर पक्का यहूदी तुमसे अंदर-ही-अंदर नफरत करता है।'' वेट्रेस वुल्ला की ओर अर्थ भरी नजर डालते हुए हांस वेर्नर रिष्टर ने होंठ चबाने शुरू कर दिए। वह खखारकर आगे कहने लगा, ''मुझे अपूर्ण प्रतिद्वंद्वितावाद वाहियात लगता है।''

''तुम्हारे मन को समझ सकती हूँ।''

''लेकिन मैं यहाँ अपने मन को समझाने नहीं आया हूँ।'' हांस बेर्नर रिष्टर कह रहा था, ''विश्वास, शक्ति, नेतृत्व, सम्मान, सत्ता आदि के छिन जाने की दर्दनाक कहानी का अंत भरभराकर नहीं रह जाएगा। मैं उन विभ्रमित इनसानों में से नहीं हूँ, जो अपना गम और अपनी राह अँधेरे बंद सिनेमा हॉल में ढूँढ़ते हैं। मैंने अपने परिवार को तड़पकर मरते देखा है। पहली बार तुम बच गई थीं वुल्ला, क्योंकि मेरे साथ दो जर्मन भी तुम्हारे प्रेमी थे। आज भी उसी तरह का वैलेंटाइन डे है। प्रेमियों और शांतिप्रिय युवक-युवतियों का उत्सव-पर्व। मैं कल्पना जगत् का प्राणी नहीं हूँ। मुझे मालूम है और तुम भी बखूबी परिचित हो कि इस पर्व की आड़ में क्या-क्या चलता है! बिना प्यार के प्यार का दिन मनाना क्या अर्थ रखता है और क्या संदेश देता है?'' वह जोर से अट्टहास करता गया। उसकी आवाज उन पहाड़ियों में गूँज रही थी।

वेट्रेस वुल्ला ने सोचा था कि वह इस कृत्रिम प्रेमोत्सव में हिस्सा नहीं लेगी, लेकिन एकांत में जाकर वह प्रेमियों के लिए प्रार्थना अवश्य करेगी कि प्यार का यह दिन प्यार की अमर कहानी बनकर हर एक के जेहन को खुशबुओं से भर दे।

चीखना वह कमजोरी समझाती थी और यह भी सच था कि बारह-तेरह वर्ष की किशोरियाँ इस पर्व के नाम पर मात्र यौन सुख से ही नहीं, बल्कि गर्भपात के दौर से भी गुजर चुकी हैं। और शायद वह भी इस अंधी दलदल में धँस जाती, यदि उस दिन वह रूसी समाजशास्त्र के मनीषी ओल्गा इवनोन्ना का व्याख्यान नहीं सुन पाती।

उसने उसी दिन निर्णय कर लिया था कि यौनाचार की धारा में वह नहीं बहेगी। अभी तक वह शरीर और आत्मा से पवित्र बनी हुई है, लेकिन अब? रिष्टर कह रहा था, ''वुल्ला सहयोग करेगी या?''

''ठहरो, रिष्टर, मुझे यकीन कर लेने दो कि तुम इसके बाद अपनी संतान से नफरत नहीं करोगे।''

''कैसी संतान?'' रिष्टर गुर्राया।

''इसके बाद की संभावना से तुम इनकार नहीं कर सकते, रिष्टर!'' वेट्रेस वुल्ला ने विनम्र होकर कहा।

''तुम जर्मन हो।''

''हाँ, हूँ।''

''और मैं जर्मन जाति से घृणा करता हूँ।''

''करनी भी चाहिए, रिष्टर, लेकिन...''

''लेकिन-वेकिन क्या? ...कुछ नहीं। आगे एक शब्द नहीं। समझ में आ रहा है?'' वह चीखता हुआ कह रहा था।

वेट्रेस वुल्ला ने चेस्टर उतारकर एक ओर रख दिया। रिष्टर का भारी मन कुछ हलका हुआ। उसके शरीर में फुरफुरी दौड़ पड़ी। वह कह रही थी, ''जानते हो, रिष्टर, हमारी संतान आधी जर्मन और आधी यहूदी होगी। यदि ऐसा हुआ, तुम्हारे सिर की कसम, तुम चाहे मुझसे शादी करना या न करना, लेकिन मैं पहले प्यार के उस बेशकीमती उपहार का अपमान नहीं करूँगी, उसे गिराऊँगी नहीं। तुम यह क्यों नहीं सोचते कि अपनी नफरत को प्यार में बदलने का यह भी एक तरीका है। मात्र शरीर से ही नहीं, दिमाग और हृदय से भी काम लो, तो तुम्हें प्रतिशोध के रूपांतरण का भी भरपूर आनंद मिल सकेगा।''

रिष्टर पागल हो उठा।

''तुम दो संस्कृतियों और सभ्यताओं के सम्मिलन का इतिहास रचने जा रहे हो। पिता यहूदी, माँ जर्मन! उसमें पिता के भी गुण होंगे और माँ के भी। काश! यह तुमने मुझे पहले बता दिया होता तो इससे पहले का वैलेंटाइन डे इस बार एक नए इतिहास का रचयिता

होता।'' यह कहकर वेट्रेस वुल्ला रिष्टर की ओर बढ़ने लगी। रिष्टर भी वेट्रेस वुल्ला की ओर उन्मादित, उत्तेजित और असंतुलित होकर आगे आने लगा।

रिष्टर ने जैसे ही अपनी बाँहों में उसे भरा, वैसे ही वुल्ला ने चाकू से उसके पेट को चीर डाला। वह चाकू मारती ही गई, रुकी नहीं। रिष्टर चीखता-चिल्लाता रहा—अपनी आँतों को दोनों हाथों से दबाए हुए। उसने इतने वार किए और इस तरह से किए कि रिष्टर सँभल नहीं पाया। खून से लथपथ होकर वहीं गिर पड़ा—चीखता-चिल्लाता और अंत में रो पड़ा।

वेट्रेस वुल्ला कह रही थी, ''भेड़िया की कोई जाति नहीं होती, धर्म नहीं होता और न कोई देश। भेड़िया सिर्फ भेड़िया होता है और उसकी एक ही सजा है—मौत।'' इसी के साथ उसने एक भारी-भरकम पत्थर उसके सिर पर दे मारा। दूर तक आवाज गूँजी। घाटियों ने सुनी। हवाओं ने उनका प्रसारण किया। उसने चेस्टर उठाया। स्वेटर कंधे पर डाला और पहाड़ी से नीचे उतरने लगी परिणाम की चिंता किए बिना।

अब रात हो चुकी थी। आकाश जितना स्याह था, उतने ही तारे चमकीले और तरोताजा। आकाश में तारों का मेला लगा हुआ था। स्मृतियाँ कितनी पारदर्शी हमसफर होती हैं कि उनके सहारे भी जी लेना संभव हो जाता है। पता नहीं, हिमांशु को कुछ पता भी है या नहीं, या वह भी उसे अभारतीय प्रवासी समझकर ट्रीट कर रहा है। क्या कभी मनुष्य विश्व-नागरिक नहीं हो पाएगा? क्या कभी नस्ल, धर्म, रंग, वर्ग आदि कठघरों से उसे मुक्ति नहीं मिलेगी? क्या उसके सिर से कभी राष्ट्रांधता का भूत नहीं उतरेगा? क्या वह विश्व को एक परिवार के रूप में देखने की कल्पना मात्र करता रहेगा और प्यार, अहिंसा व सह-अस्तित्व के नाम पर चर्चा भर करके रह जाएगा? कैसे देगा इतिहास उसे सहजीवन-अस्तित्व की दृष्टि?

वेट्रेस वुल्ला अँधेरे में बैठी हुई उजाले की संभावना का विश्लेषण करने में लगी हुई थी। उसने लाइट ऑन की। कमरा सकपकाकर चमक उठा। उसने बची मिठाइयाँ शेल्व्ज में रख दीं। उसे इस होटल का वह अंदाज पसंद आया कि एक छोटी अलमारी तीन शेल्वजवाली, कमरे में खूबसूरत जगह पर रखी है।

समय कभी घुटनों के बल चलने लगता है, कभी तीन टाँग की दौड़ में भाग ले उठता है और हवा हो जाता है। साढ़े नौ बज चुके थे। डिनर नीचे जाकर ले या कमरे में मँगवाए! वह इस सोच के चक्कर में बाहर आ गई। कमरे में चाबी घुमा दी और अनिर्णय की स्थिति में धीरे-धीरे लिफ्ट तक आई, फिर कुछ सोचकर सीढ़ियों से नीचे उतरने लगी—सीढ़ियों की बनावट और कलात्मकता को परखते हुए उसका मन प्रसन्न हो उठा।

□

गुडबाई

"मैंने सुना है…।"

दिव्या ने ब्रीफकेस खोलते हुए रुककर तेजी से कहा, "देखा तो नहीं।"

"नहीं।"

"तो सुने पर बात नहीं। अफवाहों पर ध्यान नहीं। नो कॉमेंट।" दिव्या भारती ने ब्रीफकेस से एक फाइल निकालकर कहा और स्टडी टेबुल के सामने टेबुल लैंप ऑन कर जा बैठी। राजेश तिलमिला उठा। देख लेता तो क्या वह उसे छोड़ देता! फिर क्या रह जाता उन दोनों के बीच—सिर्फ थार के अंतहीन रेगिस्तान के अलावा। हर बार दिव्या भारती उसे इस तर्क के साथ ही चुप हो जाने के लिए बाध्य कर दिया करती थी। उसका यह तर्क नहीं, 'वीटो पावर' का प्रयोग था। लेकिन आज उसने निश्चय कर लिया था कि बात को अधरझूल में लटके नहीं रहने देगा। निर्णय लेकर ही हटेगा।

फोन खनखना उठा। खनखनाता रहा। न दिव्या भारती उठी और न राजेश रोशन। आखिर फोन खनखना-खनखनाकर खुद ही बंद हो गया।

राजेश रोशन का तो फोन हो नहीं सकता था, क्योंकि न उसके फोन-दोस्त थे और न वह किसी बड़े पद की गरिमा में चार चाँद लगाए हुए था। वह नगरपालिका में बाबू था। हालाँकि उसने एम.एस-सी. प्रथम श्रेणी में किया था, तथापि वह इसके अलावा कोई नौकरी नहीं पा सका। दिव्या मात्र बी.ए. पास थी। कंपिटीशन में बैठी और सलेक्ट होकर कुछ सालों में सिटी मजिस्ट्रेट हो गई।

पता नहीं उसके मन में यह विचार कैसे आया? वह भी तीन बार कंपिटीशन में बैठा था और तीनों बार रिटन एग्जामिनेशन में अच्छे नंबर लेकर पास हुआ था, लेकिन वाइवा में उसके भाग्य ने उसका साथ नहीं दिया। धीरे-धीरे दिव्या भारती का स्टेट्स बढ़ता गया, रोब गालिब होता गया और ऊपर की सर्किल में भी उसकी पैठ गहराती

चली गई। दिन-पर-दिन वह बहुत बड़ी होती गई और वह बहुत छोटा। और अब उसकी पहचान सिमटकर घर की चहारदीवारी में रह गई। फोन की घंटी फिर खनखना उठी। दिव्या भारती ने तनिक उत्तेजित होकर कहा, ''जरा देखो, कौन है?'' लेकिन राजेश रोशन नहीं उठा। सोफे पर बैठा सिगरेट फूँकता रहा।

'ओह माई गॉड' कहती हुई दिव्या भारती उठी, पाँव पटके और 'हैलो, किया। पल भर में घिर आई घटाएँ साफ। मौसम का मिजाज बदल गया। फाइल ब्रीफकेस के अंदर और गाऊन कुरसी के कंधों पर। उसने धीरे से गुसलखाने में प्रवेश किया और आहिस्ता से अंदर से दरवाजा बंद कर चिटकनी चढ़ा ली।

आज राजेश रोशन ने जान-बूझकर खानसामा को छुट्टी दी थी, ताकि मन में चल रही महाभारत की रिहर्सल को मंच दे सके। परंतु उसे अपने सारे मसूबों पर पानी फिरता नजर आने लगा। फोन में ऐसा क्या जादू था कि वह फिर से तरो-ताजा होने लगी! उसे इस बात का मलाल था कि उसने फोन क्यों नहीं उठाया।

वह आनन-फानन में तैयार होकर बाहर आ गई। बादामी जार्जेट की साड़ी पर महरून रंग का कश्मीरी शॉल बहुत फब रहा था।

राजेश रोशन को लगता था कि दिव्या भारती दिन-पर-दिन जवान होती जा रही है और उसका अंग-प्रत्यंग शोख कली सा चटक के साथ खिलता जा रहा है। उसकी झील सी आँखों में सुरूर लौट आया है। वह चिढ़कर पूछ बैठा, ''अब कहाँ?''

''इतना बड़ा शहर है कि यहाँ मरने की भी फुरसत नहीं।'' दिव्या भारती ने आईने में अपने को घूरते हुए कहा।

''इधर आई नहीं कि उधर…।''

''काश, तुम सिटी मजिस्ट्रेट होते तो पता चलता। और फिर इस जैसे संवेदनशील शहर में तो ओ गॉड दिन-रात क्या नहीं होता!'' दिव्या भारती अपना मूड ऑफ नहीं करना चाहती थी। वह घर में घुसते ही जान गई थी कि राजेश ने उसके लिए क्या चक्रव्यूह रचना की है! इसलिए उसने यह बताना मुनासिब नहीं समझा कि वह डिनर बाहर लेगी। निस्संदेह यह सूचना विस्फोटक पदार्थ पर फेंकी गई जली हुई तीली का काम करती।

दिव्या भारती में न केवल प्रशासन की पकड़ जज्ब हुई थी, अपितु वह प्रशासन के मायाजाल के प्रदर्शन में भी नंबर वन पर जा पहुँची थी। आग के साथ खेलने के लिए जिस कौशल और फन की आवश्यकता होनी चाहिए, उसे उसने अपने में पूर्णतया विकसित कर लिया था। वह पुरुषों के बीच तितली बनी जरूर घूमती नजर आती थी, परंतु वह उसकी दुखती रग पर हाथ रखना कभी नहीं भूलती थी। वह जा चुकी थी और राजेश रोशन हाथ मलता रह गया था। खिसियानी बिल्ली खंभा नोचे वाली बात प्रकट

होने लगी। उसने उसका ब्रीफकेस बेदर्दी और लापरवाही से टटोल डाला। उसके सारे कागज बिखरा दिए और मन-ही-मन निश्चय कर डाला, आज लौटकर तो आने दो उसे, फिर ऐसी चटनी बटूँगा कि··· ।

□

दिव्या भारती अनुभव कर रही थी कि रोशन मुरदा खयालात का बेमजा मर्द है—कुंठाओं, आत्महीनता, उपेक्षा आदि से घिरा हुआ है। उसकी जिंदगी बुझ चली है और वह समय से पहले ठंडी होती राख के ढेर पर जा बैठा है तथा उसका इरादा उसे भी राख करने का है। न वह डैशिंग नेचर का इनसान है और न खुले मन का मुक्ताकाश! उसके मन में ठूँठ बन चुकी गाँठें हैं, जो उसने खुद लगाई हैं।

वह चरित्र की मरी बंदरी के बच्चे को सीने से लगाए लगातार किसी ईश्वरीय चमत्कार की प्रतीक्षा में बैठा हुआ है—अपने समय से आँख फेरकर। वह उसूल, सत्य, अहिंसा, खुद्दारी, त्याग, अथक परिश्रम, जनसेवा··· ईमानदारी आदि का अपने मस्तिष्क में जंगल उगाए बेसिरपाँव की हरकतें करता रहता है। यह जानते हुए भी कि जहाँ वह नौकरी करता है, वहाँ उसे लोग इसीलिए नापसंद करते हैं। वह उसे कई बार समझा चुकी थी कि व्यर्थ के मिथक पालकर शुतुर्मुर्गीय आचरण करना छोड़ दे। यह कलयुगी महाभारत है, जिसमें पांडव, श्रीकृष्ण आदि कोई नहीं, हैं तो सिर्फ कौरव! जब दोनों तरफ ही कौरव हैं, तब पांडव बनने की कोशिश करना भयंकर छलावा है, और वह इस छलावे के अंधे कुएँ में उसके साथ छलाँग लगाने के लिए कतई तैयार नहीं है।

यह सब सुनकर राजेश रोशन ने अपना निर्णय सुना दिया था कि वह इस दुनिया का आदमी नहीं और न कभी हो सकता है, चाहे परिणाम कुछ भी भोगने पड़ें और जिंदगी कितनी भी दागदार, जलील और नाकारा समझ ली जाए। दिव्या भारती भी कब चूकने वाली थी। वह धुएँ में घर बनाकर नहीं जी सकती थी। उसने शुरू से जिंदगी में इंद्रधनुषीय गगन, कलकल करती नदियाँ, भाप बनाकर नर्तन करते झरने और अजनबियों के बीच में आत्मीयता की तलाश करती हुई आँखों का अपने में अहसास पाया था। वह चाहती थी कि हर लम्हा वह संपूर्ण होकर जिए और बेइंतहा खुशी, मौज-मस्ती, पूरे रुआब-दुआब, शान-शौकत से जिए—घृणा, कुढ़न, उपेक्षा, नकार आदि से कतई घिरी नहीं रहे। वह नहीं चाहती थी कि बाद में पश्चात्ताप का भारी पत्थर बाँधकर जवान होती नदी में तैरने के नाम पर खुदकुशी कर ले, क्योंकि पश्चात्ताप में महारत रखनेवाले दिव्य प्राणी सदा वर्तमान में अतीत जीते हैं और यही अतीत होता है उनके वर्तमान का बुढ़ापा यानी निरंतर क्षय—बिना बसंत का पतझड़! दिन-पर-दिन क्षय होने की आशंकाओं से घिरा इनसान या समाज अथवा राज्य कभी भी अपने में गुलाब, मोगरा, चंपा-चमेली आदि की सुवास को अनुभव नहीं कर सकता।

इसलिए दिव्या ने राजेश से स्पष्ट शब्दों में कह दिया था कि उसकी परछाइयों के पीछे दौड़ने में कोई रुचि नहीं है और न कभी थी। हकीकत का हौसले से सामना करने की उसकी फितरत बन चुकी है वह अपने आज को भरपूर जीना चाहती है, वह कल की प्रतीक्षा नहीं कर सकती। ···हालाँकि गाड़ी में एक छोटा और एक बड़ा पहिया कभी होता-लगता नहीं, लेकिन लोग अपनी जिंदगी में जबरदस्ती यह प्रयोग करके महान् बनने के स्वप्न देखते हैं और ऐसी गाड़ी का जो हाल होता है, वही उनका होता। गोकि···। फिर वह चुप हो गई।

इस पर राजेश उफन पड़ा और बोला, ''ऐसी गाड़ी कुछ दूर चलकर ही घुटने टेक देती है या चरमराकर किसी खाई या खड्ड में पड़ी-पड़ी गीली लकड़ी की तरह सुबकती रहती है। है न यही बात! मैं जान भी रहा था। यह तुमने अच्छा किया कि छोटे पहिए को सावधान कर दिया। थैंक गॉड! तेरा बहुत-बहुत धन्यवाद।''

वह उठकर उस समय वहाँ से नहीं चली जाती तो न जाने कब तक वह शेक्सपीयर के आत्मालापी चरित्रों के संवाद दोहराता रहता।

राकेश का चित्ती हुआ अकालग्रस्त सोच, संशय-छिद्रों से फिसलकर रोज आत्महत्या के मुहाने पर आ बैठता था और रोज ही वह अपने को शहीद हो जाने से बचाकर सुरक्षित घर लौट आता था—यह सोचकर कि आज नहीं, कल मरेंगे। जो मरने की प्रतीक्षा में जीने की बुनावट डालता हो, उसके साथ रोज-रोज सती होने से तो अच्छा है कि···।

''आखिर तुम चाहती क्या हो?'' राजेश की आवाज बिना गुंबद के मकान में गूँज रही थी।

''जीना।'' दिव्या भारती ने धीमे से एक शब्द में कह डाला, जिसके लिए राजेश को एक पूरे निबंध में बड़बड़ाना पड़ सकता था और तब भी गुंजाइश बनी रह जाती।

''तो क्या तुम मेरे साथ मर रही हो।'' होंठ भींचते हुए राजेश ने उत्तेजित स्वर में कहा।

''अच्छा हो कि हम इस टॉपिक पर बात नहीं करें।''

''क्यों?''

''यह मैं नहीं जानती और···''

''न जानना चाहती, क्योंकि···''

''मैं मेनका हूँ।'' खीझकर दिव्या ने उसके मन की बात को उलटा कर डाला। कुछ देर के लिए धमाका सन्नाटे में बदल गया। इससे आगे राजेश के पास कुछ कहने के लिए था ही नहीं।

दिव्या अकेली बैठी-बैठी रोने लगी। फोन पर तो···। उसने अपनी कलाई पर बँधी घड़ी में झाँका और फिर आहिस्ता से दीवार घड़ी की ओर देखा। दोनों घड़ियाँ लगभग

एक ही वक्त का संकेत दे रही थीं।

वह अकेली बैठी कॉफी पीने लगी। अचानक उसके अरुण अधरों पर स्मित दौड़ गई, यह सोचते हुए कि वह कॉफी नहीं, समय पी रही है।

उसने अनुभूति के इस असोचे और अजनबी रोमांच से भरकर खिड़की पर से परदा हटाया और खिली धूप को अंदर आकर गरमाने दिया, फिर वह पलंग पर आ बैठी और अपने आपको शरदीय धूप के हवाले करके मुसकरा उठी। काश! वह धूप बन पाती और बेरोक-टोक जहाँ मन चाहती, पहुँच जाती।

□

होटल था। शहर के शोरगुल से बहूत दूर। दिव्या को वहाँ आना अच्छा लगता था। उसे सुकून मिलता था, क्योंकि वहाँ के माहौल में सन्नाटा बतियाता घर और देवलोक की झाँकी प्रस्तुत करता था।

टेबल रजनी के नाम ही बुक्ड थी।

रजनी की बच्ची एक बार आ तो जाए, फिर एक-एक लम्हे का हिसाब ले लूँगी। दिव्या में सोच अकड़ने लगा।

"हैलो!"

"हैलो की बच्ची तू अब···।" पीछे मुड़कर देखते हुए दिव्या ने कहा, "और भी यों चोरों की तरह।"

"मैं जनाब का काउंटर पर खड़ी इंतजार कर रही थी।" रजनी चहकी।

"वो क्यों?"

"क्योंकि मैं तुझे सरप्राइज देना चाहती थी।"

"क्या?"

"क्या-क्या! अरे बाबा वह तो दे दिया न अब तक!"

"कहाँ?"

"यहाँ और कहाँ?"

"अकेले बैठाने का···मरी मछली हो जाने का।"

"क्यों क्या यह सरप्राइज नहीं है, माई स्वीट हार्ट?" रजनी खड़ी-खड़ी ही कहे जा रही थी।

"जनाब बैठेंगी या खड़े-खड़े तमाशा बनकर सबको एक और सरप्राइज देंगी।" दिव्या छलक पड़ी प्यार से। रजनी बैठ गई। कॉफी आ गई। वह कॉफी सिप करती हुई दिव्या की ओर कनखियों से देखने लगी। दोनों चुप होकर बतियाती रहीं।

दिव्या सोच रही थी कि रजनी में कुछ नहीं बदला। रजनी जज है, पर अब तक अकेली है। शुरू में ही उसने अकेले रहने का फैसला कर लिया था। इसीलिए उसने

अपनी जिंदगी में किसी को झाँकने नहीं दिया। खाली वक्त को वह आलीशान पेंटिंग्स और तानपूरा के साथ सराबोर होकर गुजारा करती है। उसे कोई चिंता-फिक्र नहीं। एकदम मुक्त गगन! रजनी सोच रही थी, दिव्या जिंदगी को डूबने से बचा ले जाना चाहती है। कोई हादसा भी न हो और जिंदगी भी बच जाए।

"तो!" दिव्या ने शायद अपने से कहना चाहा, लेकिन सुन दूसरे ने लिया।

"क्या है, दिव्या?"

"कहाँ?"

"उड़े मत।"

"इरादा पक्का कर लिया है।

"वह तू जाने, लेकिन हमने तेरा काम कर दिया है।"

"क्या?"

"क्या तू वास्तव में इतनी नरवस रहने लगी है?"

"नो, यार।...नैवर।"

"जज से छिपाना चाहती है क्या?"

"नहीं।"

"डर लगता है क्या?"

"किससे?"

"अपने से और किससे?" रजनी का गुलाब सा चेहरा दिव्या से जा टकराया। रजनी कह रही थी—"आदमी को आँख खोलकर चलना चाहिए। कभी-कभी खुली आँखें भी बंद रह जाती हैं और आदमी को किसी से टकराए बिना यह पता भी नहीं चलता। पता चलता है तब, जब एक अंधा कहता है—भद्र पुरुष, तुम्हें तो सृष्टा ने इतनी खूबसूरत आँखें दी हैं! तब उसे याद आता है कि वह अंधा नहीं है।"

"ये सब तू मुझसे क्यों कह रही है?"

"क्योंकि मैं आँख होते हुए भी अंधी हूँ।"

"दिव्या मुसकरा दी और बोली, "तूने तो रिकाड्‌र्स बनाया है। डबल-ट्रबल सेंचुरी ठोकी हैं एक ही पारी में।"

"अरे नहीं, यार।"

"इंडिया टुडे में अपने छुपे रुस्तम का इंटरव्यू पढ़ा था। मुकदमों के फैसले इतने जल्दी और इतने सुदृढ़ कि सुप्रीम कोर्ट तक टस-से-मस नहीं हुई। ये क्या कम गौरव और...।"

"बस-बस। ये बातें छपने-पढ़ने में अच्छी लगती हैं आमने-सामने नहीं।" रजनी ने धीरे से, पर तेजी से कहा।

''इतनी सी मदद तू मेरी भी कर दे।''

''क्या?''

''मेरा भी जजमेंट सुना दे।''

''ओह माई गॉड।'' रजनी ने पर्स से चाबी का गुच्छा और एक कागज निकालकर उसे देते हुए कहा, ''ये जनाब के फ्लैट की चाबी और ये हैं।''

''क्या!'' चौंककर दिव्या ने उसकी ओर देखा।

''फ्लैट के कागजात सूटकेस में हैं। ये है जनाब का ट्रांसफर ऑर्डर।''

''जयपुर!'' यह कहते हुए वह चहकी। कुछ देर बाद बोली, ''तो ये हुआ असली सरप्राइज। मेनी-मेनी थैंक्स, माई डीयर।''

''नो मसका। तूने चाहा था तो⋯।''

''अब मैं⋯।''

''वो तू जाने।''

''तू क्यों नहीं?''

क्योंकि ऐसी अदालत खुद लगानी पड़ती है और खुद ही जज बनकर अपने आपको फैसला सुनाना पड़ता है और फैसला मानना पड़ता है। वहाँ कोई गवाह नहीं होता और न कोई वकील वहाँ पैरवी करने पहुँचता है। रजनी सन्नाटे को जजमेंट सुनाने के मूड में बोले जा रही थी—''मुझे तेरे पत्रों को पढ़कर लगा था कि⋯। खैर, वह तू जाने यार।''

''तू ठहरी कहाँ है?''

''क्यों?''

''क्या आज ही⋯''

''नहीं, इस बार नहीं।''

''तो घर चल।''

''मैंने यहीं कमरा बुक करा रखा है।''

''घर काटता है क्या?''

''नहीं।''

''तो।''

रजनी ने गहरी साँस ली। सामने टँगी आदिवासी युवती की फोटो की तरफ देखा। वह युवती अपने बच्चे को स्तनपान करा रही थी और देख कहीं और रही थी—संशय की अनजानी पीड़ा को लिये।

''दरअसल मैं यहाँ पैंटिंग्स के लिए आई हूँ। बुरा मत मान, यार। मैंने कभी जिंदगी के साथ समझौता नहीं किया है और न कभी करूँगी। इसलिए मेरे पास कुछ छिपाने को

नहीं है। जो है, अपने लिए है, अधूरा नहीं, मुकम्मल है। हो सकता है कि दूसरों की दृष्टि में वह मुकम्मल न हो और मैं उसे मुकम्मल मानूँ। सबकुछ मानने से ही तो है, दिव्या। ना मानो तो कुछ भी नहीं है। फिर पटाक्षेप।''

दिव्या गुमसुम। जैसे सोचते-विचारने के लिए उसके पास कुछ रहा ही न हो। वह एकदम खाली हो गई हो शून्यता से भरकर। आज तक उसने खुद कोई निर्णय नहीं लिया था। जो होता रहा था, वह दूसरों के निर्णय से। वह अपनी जज कभी नहीं बन सकी थी। हाँ, जज बनने के निकट पहुँचकर वह अपने आप ही लौट अवश्य पड़ी थी। और लौटकर वह एक प्रकार का सम्मोहन पैदा करने में जरूर सफल हो रही थी या नहीं, लेकिन उसे ऐसा लग जरूर रहा था।

दिव्या यकायक बोली, ''क्या आज मैं तेरे साथ ठहर सकती हूँ?''

रजनी ने ध्यान से उसकी ओर देखा, कुछ सोचा। फिर धीरे से कहा, ''ओ.के.।''

डिनर के बाद दोनों उठीं। कमरे की ओर चल पड़ीं। फिर दोनों में कोई बात नहीं हुई। सुबह हुई।

दिव्या रजनी के जागने की प्रतीक्षा कर रही थी। वह रात भर सो नहीं पाई थी। रजनी को जगता न पाकर उसने फोन किया और बताया—''मैं दिव्या, राजेश···हाँ, मैं··· बहुत सोचा और पाया कि यही एक रास्ता हमारे-तुम्हारे लिए शेष बचता है। शायद क्यों परफेक्टली···। सुन रहे हो अब मैं कभी नहीं लौटूँगी। मेरा ट्रांसफर भी हो गया है और जयपुर रहूँगी। नो···नो···अब कुछ नहीं। गुडबाई···अलविदा!'' इसके साथ ही दिव्या भारती ने फोन रख दिया चुपचाप।

□

दीया तले अँधेरा

धनिया की नींद उचट गई। अभी काफी रात पड़ी थी। आजकल उसे यह क्या हो गया है कि नींद जल्दी टूट जाती है। जी में धुकधुकी तेज हो जाती है और पाँव तले से जमीन खिसकती महसूस होती है। उसके करवट बदलने की आहट सुनकर कटोरी बोल पड़ती है, "क्यों जी, थारेकू चिंता आधी रात को भी घेरे रहती है?"

"आँख खुल गई, री!"

"जरूर कोई बुरा सपना देखा होगा। सिव-सिव हरे, संकट कटे भजो, सब संकट दूर हो जाएगा।" कटोरी इसी के साथ फतूरी की जेब से बीड़ी निकाल लेती है।

"जो हो रहा है, का सपना इससे बुरा हो सकता है।" धनिया माचिस तलाशता हुआ कह जाता।

कटोरी चुप रह जाती।

"ये मोतिया को क्या हुआ है कि आजकल उसने भूँकना बंद कर दिया है।"

"तोहे कित्ते बार बता चुकी हूँ कि वह निपूता भूख-प्यास से दम तोड़ चुका है।"

"अरे हाँ, तूने बताया था, याद आया।" माचिस ढूँढ़कर कहाँ; बीड़ी जला।

कटोरी ने माचिस लपक ली। बीड़ी निकाली। उसे हथेली पर ठोंका। गहरी साँस लेते हुए उठी। तीली जलाई। बीड़ी हथेली की ओट कर सुलगाई। फिर हथेली हटाकर हवा के साथ सुलगने दी। बीड़ी सुलग गई।

धनिया खाँस उठा। खाँसते हुए उसकी सारी देह काँप गई। घुटनों को उसने पेट में समेट लिया।

कटोरी ने हथेली पर बीड़ी की राख झाड़ी और फाँकी लगा ली।

रात घनी अँधेरी थी। उमस गहरी थी। हवा ऊँघ रही थी। धनिया और कटोरी चौड़े में खटिया डाले पड़े थे। वे इस गाँव में जनमे थे। कटोरी पास की ढाणी की थी।

चालीस-पचास घर का वह गाँव सुस्त जरूर था, पर था सुखी अपने सीमित साधनों में, अपनी सीमित आमदनी में। धनिया बोला, ''ला बीड़ी इधर बढ़ा।''

''रात-दिन खों-खों करते रहते हो, फिर भी बीड़ी से तौबा नहीं। डागडर ने मना किया है लेकिन...।''

''भागवान, कबर में पाँव फैलाए बैठा हूँ। का फिर भी मोह जंजाल का फंदा गले में डाले रहूँ? डागडर अमर है। जो आया है, वह जाएगा। न उसे तेरा किसन मुरारी बचा सकेगा, न डागडर और न वैद्य-हकीमं। जे सब तो टोटके हैं। मानो तो, न मानो तो बराबर चलते रहेंगे। ला बीड़ी पकड़ा।'' धनिया धीरे-धीरे कह गया पर साँस की लय भंग नहीं हुई।

कटोरी ने उसके हाथ में बीड़ी थमा दी और फाँकी लगा ली। धनिया ने बीड़ी सूँती। धुआँ कुछ रुककर नाक से निकाला। छाती में कुछ चैन पड़ा। उसने इस बार बीड़ी को बीच की उँगली में दबाकर चिलम की तरह खींचा और धीरे-धीरे हवा में धुआँ छोड़ दिया। धुआँ के साथ उसे पहले धुँधला, फिर साफ-साफ याद आने लगा। पहले-पहल उसको काका ने बीड़ी सुलगाकर दी थी। बीड़ी सूँती तो खाँसी उखड़ आई थी। काका ने पीठ सहलाई और कहा था, 'दो-चार दिन में रफत पड़ जाएगी।' वैसा ही हुआ। तब उसकी उमर कच्ची थी। रेख तक नहीं भीजी थी। मजा आने लगा था। अब भी उससे तनिक राहत मिलती है। सोचकर दर्द धीमा पड़ जाता है।

''ला बीड़ी इधर बढ़ा।'' कटोरी की बारीक आवाज में उसे पायल की सी अनन-झुनन सुनाई पड़ी। धनिया ने बीड़ी तो उसकी तरफ बढ़ा दी, परंतु अँधेरा उसमें कुलकुला उठा। उसने आँखें जोर से भींच लीं, लेकिन अँधेरा कब्जे में नहीं आया। उसकी फुफकारें तेज हो गईं। वह जज्बे को लाँघ आया था। झुरियाँ उसमें उतरकर बेल सी फैल गई थीं।

कटोरी ने उसे कुरेदा, ''का सोचता है? पंच का कह रहा था? सरपंच का चाहता है?''

धनिया ने बीड़ी कटोरी की ओर बढ़ा दी। पंच पहले भी थे, हर जाति से थे, योग्य और विश्वासी थे। समाज में उनकी साख थी। लेकिन अब पंचायती राज कायम कर दिया है। चुनाव होने लगे हैं। कोई भी चुना जा सकता है, कोई भी खड़ा हो सकता है। जो चुनकर आए हैं, उनके बारे में वह क्या कहे!

धनिया ने बीड़ी का एक कश जोर से खींचा। फिर उसके धुएँ को तेजी से उछाल दिया और बीड़ी कटोरी की ओर बढ़ा दी। उसमें बुझी हुई चिनगारी हलके से सुलगी। सोच अँधेरे से टकराकर लौट लिया। उसने आहिस्ता से थूक निगला। वह दबे स्वर में कसमसाते हुए कहने लगा, ''कहता था कि जल्दी राहत काम शुरू होने वाला है।''

''यह झाँसा तो वह कब से देता आ रहा है!''

धनिया ने गहरी साँस छोड़ी। वह जानता है, पर वह और कर भी क्या सकता है!

वह चुप रहकर आसमान पर टँगे सितारों को बाँचने का प्रयत्न करने लगा। तीसरी बार ऐसा हुआ है कि धरती पर पपड़ी उछल आई। वह जगह-जगह से चिरती गई। उसमें दरारों का जाल बिछ गया। लेकिन दाना···।

"यों गूँगे बने रहने से काम नहीं चलेगा, जी। कितने घर ढाणियाँ छोड़कर जा चुके हैं। जिन्हें तुम्हारी बात पर एतबार था, अब वे भी डाँवाँडोल हो गए।" कटोरी एक-एक शब्द सोचकर बोल रही थी। उसके मर्द ने गाँव में सपने बोए थे, सपनों के साथ मेहनत करना सिखलाया था और उनको साकार करने का अनुभव भी कराया था। सारा गाँव उनकी अकेली आवाज के पीछे था।

"तो क्या करूँ? कहाँ से दाना लाऊँ, कटोरी? आगे कछु सूझता नाहीं। तभी तो कह डाला, जिसको जो सूझे वह करे। मैंने ढोर-डंगरों को भूख-प्यास से दम तोड़ते देखा, वह पाप म्हारे सिर पर है। मुझे तो पहले ही कह देना चाहिए था, पर···।" धनिया के खाँसी उखड़ आई। कटोरी ने उठकर उसकी पीठ सहलाई। नीचे रखे गडुवा को उठाया और कहा, "लो, पानी पी लो।"

धनिया ने कुछ रुककर चुल्लू से पानी पिया। पानी फटी बनियान को भिगोता हुआ हिया को राहत देने लगा।

कटोरी की आँख भर आई। वह भर्राए स्वर में बोली, "सारा गाँव तिहारे को देवता जैसी इज्जत देता है, मानता है।"

"वह यही तो गलती करता रहा है। बाही का जे फल है कि···"

"जे का कइत हो? जो मुँह में आया, बक डाला। जे जानते हुए कि सब तिहारे पीछे हैं। का सूखा तुम बुलाकर लाए!" कटोरी ताव खा उठी।

"तो कौन लाया री! दूर-दूर से ढाणीवालों को यहाँ लाकर बसाया। संग-साथ रहने के लाभ बताए। मिल-बाँटकर खाने की टेव डलवाई।··· का इन ना जोगे दिनन के लिए। का जवाब दूँ उन्हें! वह लावार पंच···उससे दो हाथ वो सरपंच··· का करूँ उनका। सबसे म्हाने ही तो कहा था, सबकू म्हाने ही भरोसा दिलाया था कि वे इंतजाम में लगे हैं। कछु दिनन की बात है। सब ठीक हो जाएगा। का ठीक हुआ। किसने खोज-खबर ली कि वे मरे हैं या जीते हैं। आज चार-पाँच माह से ऊपर हो चला है।" धनिया उखड़ उठा। उसकी साँस धोकनी सी चलने लगी। उसके झुर्रीदार चेहरे पर पसीने की बूँदें झलकने लगीं।

"तिहारे को कित्ता समझाया था कि तिहारी उमर बीच में पड़ने की नाही है। जे उसी का नतीजा है कि तिहारे में गुस्सा मरोड़ ले रहा है। गुस्सा गुस्सा करनेवाले का ही खून पीता है। वो जोंक से भी बदतर है। थे जरा दम लो और भूल जाओ बाकी सबकुछ।" कटोरी ने आँखें तिरेरकर कुछ तेजी से कहा और पल्लू सिर पर खींच लिया।

"कैसे भूल जाऊँ। वे सब अपने ही तो दिल के टुकड़े हैं। का मैं भी स्वार्थी हो जाऊँ। उनसे आँखें फेर लूँ। आज उन्हें म्हारी जरूरत है। ना··· ना ऐसा नाहीं होगा।"

"करा तो, जो कर सकते थे। ये का हाकिम-कलक्टर हो जो हुकुम दे डालो। नाहक परेशानी मत ओढ़ो। चलो चुपचाप सो जाओ और मोहे भी सोने दो।" कटोरी खड़ी हो जाती। अंदर से पानी भरी मटकी उठा लाती। धनिया करवट बदलकर पाटी का सहारा ले लेता और धीरे-धीरे बड़बड़ाता रहता। कटोरी आकर कहती, "जरा गोड़ अदवान से बाहर लटकाओ।"

"काहे री?"

"ताकि गोड़ों पर मटकी उलट दूँ। थोड़ी गरमी जाती रहे और नींद आ जाए।"

"ना री ना, जे चोचले नाहीं।"

तब तक कटोरी ने दोनों गोड़ अदवान से बाहर खींचकर उन पर मटकी उलट दी। साथ ही बोलती रही, "थारे कूं जे गेरुई रोग कहाँ से लगा बैठा या चौथेपन में।"

"मैं का गेहूँ जौ हूँ।"

"नाहीं हो तो बनने क्यों लगते हो। सारी जिंदगी तरोंटे बनकर गुजार दी। कभी तलब नाहीं की। सदा दगधते पजरते ही रहे। अब गोड़ ऊपर खींचो और खटभर को दिमाग से निकाल बार फेंको।" कटोरी मटकी रखने अंदर चली गई।

धनिया का जी पिघल पड़ा। सिगरी जिंदगी जाने तावड़े में काट डाली, कभी जोन्हाई का सुख नाहीं जाना। न कभी कछु चाहा। गीली लकड़ी सी बलती-घुटती रही। पर उसे जरा सी दुःख-तकलीफ में नाहीं देख सकी।

कटोरी आ सोई। धनिया ने आँख बंद करके गहरी साँस ली और छोड़ी। नींद लाने का यह टोटका था उसके पास।

तारों को भी झपकी लग गई। वे दोनों भी सो गए।

"बापू, अब तो मान भी जाओ। लगभग सारा गाँव जा चुका है। अब यहाँ का रह गयो है जाके लिए ये जिद किए हो।" ननुआ नाराज होकर मनुहार कर रहा था। उसकी बड़ी-बड़ी आँखों में घनी पीड़ा उबाल ले रही थी।

धनिया चुप खींचे बैठा रहा। बहू-बच्चे नाड़ नीचे किए उसे टुकुर-टुकुर देखते रहे।

तीन बरस का मधुवा बोला, "दादा, मान जाओ। चलो भी।"

डेढ़ बरस की गुड़िया बोली, "दादा मान जाओ। चलो··· चलो।" इसके साथ उसने धनिया को झकझोर डाला। उसकी पीठ पर लद गई। मधुना बोल पड़ा—"दादा मान गए।"

धनिया भौंचक्का-सा देखता रह गया। उसकी निगाहें तेरह-चौदह वर्ष की पोती

राधा पर जा ठहरीं। बहू की देह भी ताँबे सी खिलती है। वह सुंदर है और शहर शैतान का घर। वह इसी टोह में रहता है कि··कितने किस्म के किस्से बिखरे पड़े थे चारों तरफ।

कौन बैठा है उनका शहर में? मजूरी मिली न मिली। न घर वहाँ, न ठौर। लाज-शरम तो वहाँ खूँटी पर टँगी है। कुछ ऊँच-नीच हो गई तो··। अब उसमें ताकत भी नाही है। सब पगला जाएँगे, तिनके से पल भर में बिखर जाएँगे। यहाँ मर-खप भी गए तो आबरू तो बची रहेगी न। जिदंगी आबरू का ही तो नाम है।'' वह बोला, ''बहू, जरा अपनी सास को भेज।''

सब चले गए। बस गुड़िया रह गई। वह कहने लगी, ''दादा, मेले जाएँगे। खिलौने लेंगे।''

मधुवा भी आ गया। आते ही बोला, ''दादा, वहाँ खाना खूब मिलेगा ना।''

''यहाँ का भूखे रहते हो?''

''अब आधी बासी रोटी नमक से हम दोनों को मिलती है, दादा।''

''हम भूखे रहते हैं, दादा।'' गुड़िया ने गीले स्वर में कहा, ''माँ तो एक टुकड़ा खाकर ही रह जाती है।''

यों ही दोनों बोलते रहे। धनिया की आँखों में आँसू आ गए। तभी कटोरी आ गई और उन दोनों को डाँटते हुए बोली, ''जाओ, नटखटो, अपनी अम्मा के पास जाओ। वह गुड़दानी लिये बैठी है।''

दोनों फुरती से भाग गए।

धनिया बोल पड़ा, ''गुड़दानी कहाँ से आ गई?''

''म्हारे सिर से।''

''काहे भगवान्?''

''उन शैतानों को उनकी अम्मा कब से टेर रही थी।''

''तो झूठ बोला।''

''तो और का सच बोलती। अब घर में रहा का है। ननुआ ठीक कहता है कि म्हारा तो वही गाँव, वही घर, जहाँ टिक्कड़ मिल जाए दो बखत।''

''वहाँ कौन है अपना?''

''यहाँ कौन है?''

''गाँव है, घर है और कौन चाहिए?''

''जहाँ रोटी है?'' कल से तो रोटी का नाम-निशान नहीं मिलेगा। जीते जी मर जाएँगें सिगरे। नाहीं··म्हारे जीते जी ऐसा नाहीं होगा, ननुआ के बापू।'' कटोरी में कसक उमेठी। उसे दर्द ने झकझोर डाला।

“वहाँ खतरे कित्ते हैं?”

“पर बचने की आशा तो है। यहाँ तो ये भी नाहीं हैं। ढोर-डंगर भैया के हवाले कर दिए। नाहीं तो वे कब की आँख नटेर जाते। अब सोचना नाहीं, चलबो है।”

“कल सुबह, समझे का।” कटोरी ने दो टूक फैसला सुना दिया।

धनिया होंठ चबाते हुए जुगाली सी करता रहा। उसे ठीक से कुछ सूझता नहीं। उसने प्रार्थना की पर न कुल देवता राजी हुए और न ग्रामदेवता। सबने मुँह मोड़ लिया। मानो उनसे कोई ऐसा बड़ा पाप हो गया हो, जिसके लिए पश्चात्ताप भी संभव नहीं।

“जे कैसा स्वराज, भगवान्, कि किसी को पता ही न हो कि परबतसर में दो मुट्ठी अनाज नाहीं रहा। गाँव भूख ने खाली करवा दिया।” धनिया बिना प्रसंग के बड़बड़ाता जा रहा था, “जे है, अपने लोगों का राज! वाह! वाह!! क्या खूब है, अपना सुरग। अपना राज।”

“किसे सुना रहे हो, ननुआ के बापू। का दीवारें सुनती हैं। अब चुप भी करो। कहने-सुनने से का लाभ?” कटोरी दबे हुए स्वर से कह रही थी। गाँव छूटेगा, इसका सदमा उसको गहरा है, पर उपाय क्या है।

“माँ जी, जे...।” कहकर बहू ने कटोरा आगे कर दिया।

“जा में का है?”

“थोड़े से भुने हुए चने पोटली में पड़े मिल गए थे।”

“तो सबको बाँट दे। तू भी ले। पहले सब, बहू, तब हम।”

“जी माँजी, सबको बाँट दिए। कल से आप दोनों ने कछु नहीं खाया। अपने हिस्से का मधुवा गुड़िया को चुपचाप खिला दिया। ऐसा नाहीं चलेगा, माँजी। कटोरा आगे रखकर वह कहती गई, “थारेकूं अपने पोता-पोती की सौंह।”

“बहू!”

गीली आँखों और भरे कंठ से उसने इतना और कह दिया, “सौंह की लाज रखना माँजी।” उसके बाद वह वहाँ रुकी नहीं, चली गई।

धनिया ने कटोरे की ओर देखा। उसके झुर्रीदार चेहरे पर फीकी हँसी गूँगी होकर तैर गई। उसने मुट्ठी भर-भरकर पक्षियों को दाना चुगाया था और आज वह उन पक्षियों से भी गया-बीता हो गया। उसने सूने आसमान की ओर आह भरकर देखा और मन-ही-मन कहा, ‘तिहारे न्याय को जै राम जी की’ और सचमुच उसने हाथ जोड़ दिए।

कटोरी चमक उठी, “का अकल पर पत्थर पड़ गए हैं?”

“का हुआ?” धनिया के हाथ अभी तक जुड़े हुए थे।

“जे हाथ काहे जोड़ रहे हो? अपने चौथेपन में म्हारे कूं काहे कोस रहे हो। म्हारे

पर रहम करो। म्हारे को अपनी मरजादा में जी लेने दो।'' कटोरी का कलेजा मुँह को आने लगा उससे ऐसा क्या अपराध बना पड़ा है। हे राम।

धनिया घबरा गया। उसने अपने हाथ पीछे कर लिये। कटोरी बाहर चली गई बड़बड़ाते हुए।

पौ फटने में देर थी। घर में हलचल होने लगी। लत्ता-पत्ता तो रात में ही बाँध लिये थे। बरतन डलिया में समेट लिये थे। घर खाली-खाली सा हो गया था।

''बहू, जादे कबाड़ नाहीं। बस इतना जितना ये मरियल बैल खींच सकें और गाड़ी में समा सकें।'' कटोरी के स्वर में आवेश था।

''माँजी, राधा के पिता ने··· ?''

''वह क्या जानता है, बहू। जे सब गठरी बाँधकर लटका दे।''

''जैसी आज्ञा, माँजी।''

''पर अम्मा, घर तो बनाना होगा।'' ननुआ ने प्रवेश करते हुए बीच में ही कहा।

''इन फटे-पुराने चीथड़ों से का?''

''धूप बरखा से कुछ राहत मिल जाएगी।''

''···ओट भी हो जाएगी, अम्मा।''

''नाहीं रे, नाहीं, वह ऊपरवाले ने जब म्हारे कूं नंगा ही कर दिया है, तब कैसा परदा और किससे? उसे अपना कलेजा ठंडा कर लेने दे। उससे बाकी छाती में चैन पड़ जाएगी।'' कटोरी का दिल छलनी हो चुका था। अब उसकी आँखों में आँसू नहीं थे। अंगारे थे। उसकी चकरी धूम गई थी। अचानक उसे क्या हुआ कि हँसी का दौरा पड़ गया। वह पागलों की तरह जोर-जोर से हँसने लगी। बहू घबरा उठी। ननुआ की ओर देखा। ननुआ चीख पड़ा, ''अम्माऽ अम्माऽ जे का है।'' उसकी चीख सात समंदर पार कर गई।

अचानक कटोरी चुप। उसकी आँखें भी गुमसुम चित्र जैसी। सबकी हरकत शांत। घना सन्नाटा। वह कुछ रुककर बोली, ''पगले तूने बरखा से बचने का नाम लिया था न।''

''तो?'' ननुआ ने पूछा।

''तू वाहे रोकन की बात कैसे सोच गई। वाही के कारण तो गाँव समसान भयो है।''

''अरे अकल के दुश्मन, बरखा आ जाए तो कौन मुआ जहाँ से जाने का नाम लेगा। क्या तू बाको रोकने का टोटका कर रहा है?'' कटोरी फिर हँसी।

ननुआ की आँखें गीली हो गईं। उसने दोनों कान पकड़कर कहा, ''अम्मा, थोड़ी देर कूं सिर चकरा गया था। छिमा, अम्मा, छिमाँ।''

"ठीक है, ठीक है। जा जल्दी जल्दी काम कर। सूरज उगने से पहले घर छोड़ देना है। समझा तो?"

"समझ गयो।" कहकर ननुआ चला गया। राधा बासन उठाकर चल दी। मधुवा के हाथ में डंडा था। वह गुड़िया से कह रहा था, "अब मजा आएगा। मेला देखेंगे।"

"चुप करो नासपीटो।" बहू की आवाज फट पड़ी। वे दोनों जमे-जमाए सामान को बिखेरकर बतिया रहे थे।

कटोरी ने कहा, "बहू, बच्चों को ऐसे नहीं डाँटते। उन्हें डाँटना हो तो प्यार से डाँटो। तेज आवाज में नाहीं, धीमी आवाज में। वे ही तो म्हारी आँखों के तारे हैं। फिर अब तो हम चल रहे हैं जहाँ से। वाहे रे भगवान्, वाह!"

"आगे ध्यान रखूँगी, माँजी।"

मधुवा और गुड़िया सुन रहे थे। गुड़िया बोली, "भैया, अम्मा को दादी ने डाँट दिया।"

"अम्मा की सारी हेकड़ी जाती रही।"

"नहीं भैया, ऐसा नहीं कहते। वह बड़ी अम्मा है, हमें बहोत पाल कलती हैं।"

"करती तो हैं।"

"फिल।"

अंदर से उन दोनों की पुकार हुई। दोनों चुप्पी साध गए।

"अम्मा, सामान गाड़ी में जमा दिया है।"

"तो अब काहे की देर है?"

"बापू मंदिर से नहीं लौटे हैं।"

"तूने उनसे कह तो दिया था, ननुआ।"

"हाँ, अम्मा।"

"हर काम में लेटलतीफ। जे टेब उन्हें शुरू से है। जा उन्हें टेर ले।"

ननुआ चला गया।

बच्चे आ गए। दादी से चिपकने लगे। पूछने लगे, "मेले जा रहे हैं न, दादी?"

कटोरी ने उन प्यारे-प्यारे बच्चों की ओर देखा। उसका दिल भर आया। वह उनसे क्या कहे। फिर भी मुसकराकर कहा, "गाड़ी में जा रहे हैं ना?"

"मेले तो गाड़ी में ही जाते हैं, दादी।"

"हाँ, बेटे जाते हैं।" कटोरी की आवाज काँप-सी गई। आगे बढ़कर वह बाहर आई और वहीं से बोली, "बहू, चलो बाहर चलो। दरवाजे पर ताला लगा दो। ननुआ जाने कहाँ चला गया। उन्हें रास्ते में से ले लेता। सूरज उगने को है। तावड़े में इन बच्चों को परेशानी होगी। उनको जरा भी चिंता-फिकर नाहीं है कि दूर जाना है। का पता कहाँ

डेरा पड़े? पर वह तो अपनी मरजी के मालिक हैं। आने तो दो।'' कटोरी बड़बड़ाती गई। बच्चे भाग गए। बहू नाड़ झुकाए खड़ी रही।

समय सरका।

सूरज ने जोर आजमाई की। कटोरी के झुर्रीदार चेहरे से गुस्से ने छेड़छाड़ की।

बहू ने सँभाला, ''माँजी, गाँव छोड़ रहे हैं न।''

''तो?''

''मनौती तो करके चलेंगे न। इस कारण अबेर हो गई। उनका मन मंदिर में बहुत लगता है ना।''

''का मतलब मंदिर से? का मिला उन्हें मंदिर की लौ से? घर से बेघर हो रहे हैं और उन्हें पत्थर पूजन की लगी है।'' कटोरी कहे तो जा रही थी, लेकिन ऊपर से, अंदर से वह भी नास्तिक नहीं थी।

''अम्माऽऽऽ।'' चीख पड़ा आसमान।

कटोरी ने आवाज की तरफ मुँह घुमाया। बहू ने भी वैसा किया। देखा, ननुआ भागता हुआ आ रहा है।

''का फिर नट गए। ऐसा जा गाँव में का धरो है। उनका दिल बड़ा कच्चा है, बहू। कित्ती बार जा बात पर उनसे म्हारी झड़प हो चुकी है। पर उनका दिल माने तब ना!'' कटोरी ऐसे कहती रही, जैसे वह अपने आप से बतिया रही हो।

अब ननुआ की चाल धीमी पड़ गई थी। कटोरी कह रही थी, ''वो म्हारे सूं भी सूधो है। रस्सी जल गई पण बट नाहीं गए।'' कटोरी का कंठ सूख चला था। उसे कैसा फूल सा रखा था। क्या मजाल कि उससे कोई कुछ कह दे। उसने जो चाहा, वही हुआ। टर्र-टर्र करने से वह कभी बाज नहीं आए। भोलेपन का जवाब नहीं। दिन ढले घर में पाँव रखते ही वह कहने लगते, 'थोबड़ा काहे फुलाए है। रिसाकर कछु का कछु बोल गया तो कहा। हुआ तो वही न, जो थाने चाहा।'

'जादे बड़बड़ नाहीं। हाथ-मुँह धोकर आओ।'

सूँघने की कोशिश करते हुए धनिया कहता, 'का राँधा है, म्हारी ततैया?'

'पहले हाथ-मुँह धोकर तो आओ।' कटोरी ने घूँघट में झाँकते हुए मधुर स्वर में कहा। अंदर-ही-अंदर उसे धनिया पर प्यार उमड़ रहा था। कैसो प्यारा, सूधा और विश्वासी बीन। उसकी हथेली पर मेहँदी चोखी रचती थी और जब-तब मेले-ठेले में पान खाने पर उसके होंठ एकदम सुर्ख चमकीले हो उठते थे। इस पर आस-पास की बय्यर कहती थीं, 'जाकी हथेली पर मेहँदी और होंठों पर पान रचे हैं, बाको धनी अपनी बींधनी पर जान देवत है। अपनी कटोरी को बाका बीण सिर आँखों पर बिठलाएगा।'

कटोरी सुनकर सिर पर पाँव रखकर भाग खड़ी होती। देर तक उनकी ये बातें पीछा

करती होतीं। इतने में सामने ननुआ नाड़ नीचे किए आ खड़ा हुआ। वह पूछ बैठी, ''अब बुढऊ ने और का बखेड़ा कर डाला। वह जन्म का ही बखेड़बाज है। पर तू कछु बोल तो!''

''अम्मा, अम्मा।'' कहकर ननुआ सिसकियाँ भर उठा। उसके हाथ-पाँव फूल उठे।

कटोरी ने हिम्मत से काम लिया और कड़ककर पूछा, ''लुगाइयों की तरह सिसकियाँ बहाता रहेगा या कछु फूटेगा भी।''

ननुआ ने अपने को सँभाला। नाक सटकी। साफी से मुँह पोंछा। हृदय तो फटा जा रहा था। जुबान तालू से जा लगी थी। आँखों के सामने अँधेरा छा गया था। जैसे-तैसे वह हकलाता हुआ, भरी हुई आवाज में टुकड़े-टुकड़ों में इतना ही बोल पाया, ''अम्मा बापू...हम से...सदा के लिए...रूठ गयो।''

''का!'' कटोरी पछाड़ खाकर गिर पड़ी। बहू गिरती-पड़ती आगे बढ़ी। ननुआ चीख पड़ा। राधा भागी हुई आई। उसके पीछे बच्चे।

□

प्यार की मंजिल

प्रतिभा देवल ने गंभीरता से पूछा, ''तुम क्या चाहते हो, साफ-साफ कहो। यह रोज-रोज का किस्सा, नफरत, घृणा, मारपीट किसलिए? तुम्हें मैं पसंद नहीं हूँ तो मैं स्वेच्छा से अलग हो जाती हूँ, पर कम-से-कम ईश्वर के लिए आप सब लोग मिलकर मेरे साथ ऐसा सलूक मत करो। मैं आप सबके हाथ जोड़ती हूँ, पाँव पड़ती हूँ।'' प्रतिभा के स्वर संयत थे। उसके गौरवर्णीय मुखमंडल पर शांति थी। उसकी बड़ी-बड़ी और बेहद आकर्षक आँखों में संन्यासिनी की तप छाया थी।

राजीव प्रतिभा की बात सुनकर विचलित हो उठा। प्रतिभा उसकी पहली पसंद थी। वह सुसंस्कृतशील और सौंदर्य में अद्वितीय थी। वह उसे देखते ही अपना दिल हार बैठा था।

उनके विवाह को चौथा वर्ष चल रहा था। तीसरा वर्ष खत्म होते-होते उनके जीवन में तूफान आने लगे। प्रतिभा का अप्रतिम सौंदर्य और शील-स्वभाव उनकी आँखों में चुभने लगे। सास, ससुर, देवर, ननद आदि एक-एक करके उसके विरुद्ध हो गए।

एक शांत तथा सुखी परिवार में महाभारत शुरू हो गया। उसके देवर की शादी ऊँचे घराने में हुई। बहू पैसा खूब लाई। उसके पैसे की चमक-दमक के आगे परिवार के सदस्यों की मत मारी गई।

राजीव ने एम.एस-सी. किया था। वह नौकरी न करके अपने पिताजी की कपड़े की दुकान पर बैठने लगा था। कहाँ वह परधन की छाया से नफरत करता था और कहाँ वह परधन की चाह में पागल हो बैठा।

''बोलते क्यों नहीं? जवाब दो। आप लोग मुझे मारना चाहते हैं, मार दें। एक दिन मरना तो है ही··· और सबको मरना है आगे-पीछे, कभी भी, पर ऐसा बरताव न करो। यह अब मुझसे नहीं सहा जाता।'' प्रतिभा का कंठ अवरुद्ध होने लगा था। उसके रक्ताभ अधर काँप गए थे।

"मैं कुछ नहीं समझ-सोच पाता हूँ कि क्या करूँ, क्या नहीं! तुम अपने पिताजी को पत्र लिख क्यों नहीं देती? इस वक्त जरूरत है, छोटे भाई की बहू के घर वाले लाख-दो लाख और ज्यादा भी लगाने को तैयार हैं। इस वक्त मैं कमजोर पड़ रहा हूँ।" राजीव ने बिना सोचे-समझे प्रतिभा से अपने संबंधों की ऊष्मा की अनुभूति पाकर कहा।

"यह संभव नहीं होगा।" प्रतिभा ने दृढ़ता से कहा।

"क्यों नहीं होगा? क्या कमी है तुम्हारे पिताजी के पास? भगवान् का दिया सब कुछ तो है उनके पास। और फिर फिलहाल ये लोग एक लाख पर स्वयं आ गए हैं।" राजीव ने व्यापारिक व्यायाम का अभ्यास करते हुए कहा और छत की ओर देखने लगा।

"यह गलत है।"

"क्यों?"

"क्योंकि उनकी संपत्ति हमारी नहीं है।"

"क्यों नहीं है? अब तो पिता की संपत्ति में उसकी लड़की का भी हक होता है। दहेज में वह जो लाती है, वह पिता की संपत्ति का अंशदान मात्र है। प्रतिभा, जरा सोचो तो, उन पैसों से हम नया कारोबार खोल सकेंगे और आगे बढ़ सकेंगे।" राजीव ने सोच-सोचकर धीमे-धीमे कहा।

जनवरी की शीत-लहर अपने यौवन पर थी और रह-रहकर खिड़की-दरवाजों पर थपकी मारकर उन्मादिनी लहर सी लौट रही थी। वह किनारों का अस्तित्व मिटाने का प्रयत्न कर रही थी। इससे उन दोनों की एकाग्रता भंग हो गई थी और वे परस्पर कुछ तीखे होने लगे थे।

"राजीव, कुछ समझ की बात करो। मन से लालच त्यागो। माँगना सम्मान खोना है।" प्रतिभा देवल इतना ही कह पाई कि राजीव बीच में ही बोल पड़ा, "यह तुम्हारा अधिकार है, प्रतिभा। इसमें माँगना कैसा और क्यों? तुम अपने पिताजी से कुछ लाओगी, किसी गैर या़ अजनबी से नहीं। और वह भी जरूरत है इसलिए, अन्यथा इससे पहले क्या यह सवाल उठा था?"

"पहले कैसे उठता? मेरे पिताजी ने साफ-साफ कह जो दिया था कि वे दहेज के विरुद्ध हैं। उनके उसूलों के कुछ अर्थ हैं। अब, जब से छोटी बहू आई है, तब से आप सब लोगों का ध्यान इस ओर गया है। छोटी बहू के पिताजी ने बहुत कुछ दिया है और आगे भी वे बहुत कुछ दे सकते हैं।" प्रतिभा देवल ने दृढ़ स्वर में वह सब उगल डाला, जिसे लेकर वह मन-ही-मन अपनेआप से लड़ रही थी और लोक-लाज के कारण कहने में संकोच कर रही थी। इस बीच राजीव चीख पड़ा, "प्रतिभा, छोटी बहू और उसके घर वालों को गाली मत दो, अन्यथा¨ ¨!" उसका हाथ हवा में उठ गया था।

"सच काटता है। कमजोर हाथ उठता है, राजीव। शक्तिशाली के हाथ दूसरों की

रक्षा करने के लिए होते हैं। मैं वही करूँगी, जो उचित होगा। यह मेरा अंतिम निर्णय है।'' प्रतिभा देवल ने संयत स्वर में कहा।

राजीव सकपका गया। जामुनी साड़ी में प्रतिभा कितनी सुंदर लग रही थी। अनायास प्रतिभा के साथ एकांत में व्यतीत किए अनेकानेक क्षण राजीव की स्मृति में सुवास से महक उठे। उसने अपने को सँभालते हुए कहा, ''मेरे सबसे छोटे भाई की शादी निश्चित हुई है, उसे सगाई में एक लाख मिला है। वे तीन-चार लाख शादी में लगाएँगे।''

''लगाने दो, यह उनकी इच्छा है।''

''इस तरह मैं सबसे कमजोर पड़ रहा हूँ। नया काम शुरू करने के लिए वे मुझसे भी कुछ चाहते हैं।'' राजीव ने सीधी-सच्ची बात कह डाली।

कभी-कभी वह भी, जो चल रहा है, उसके विरुद्ध हो जाता था। उस दिन उससे नहीं रहा गया, जब देवर ने प्रतिभा पर हाथ उठा दिया। वह प्रतिभा के अपने कमरे में चले जाने के बाद घर वालों से खूब लड़ा। उसके पिता ने बीच-बचाव करते हुए उसे समझाया था, 'राजीव, तुम यह अच्छी तरह जानते हो कि छापा पड़ जाने के बाद से हम लोगों की माली हालत लगातार गिरती गई है। अब कुछ उठने के लिए मदद मिल रही है। उसमें तुम्हारा हिस्सा बराबर का नहीं तो कुछ कम ही सही, पर होना जरूर चाहिए। यदि तुमने भावुकता से काम लिया तो हो सकता है कि तुम्हारे भाई, एक बार वे चाहें भी तो उनकी बहुएँ जो पैसा ला रही हैं, तुम्हें इस नए कारोबार में शामिल नहीं करें। तुम जानते हो, दुकान पर खासी पगड़ी मिल रही है। वह चली ही जाएगी। तब तुम क्या करोगे? है कोई तुम्हारे सामने रास्ता?'

उसकी माँ ने कहा था, 'बेटा, तू अपने यार-दोस्तों को देख ले कि जब उनके घरवालों ने बहू की नाक में नकेल डाली, तभी पैसा आया और आज वे मजे में हैं।'

''सामू, रवि, मुरली की बहुओं ने तो…'' राजीव इतना ही कह पाया।

''अपनी जिद पर अड़ी रही तो इस दुनिया से जाना पड़ा न उन्हें!'' उसकी माँ ने कहा।

''पर कितनी फजीहत हुई!''

''अब सब ठीक है। उन सबकी दूसरी शादी हो चुकी। बहुएँ खूब लाई हैं। आज वे मजे में हैं।'' उसकी माँ ने समझाया।

''तो?'' राजीव ने घबराकर पूछा।

''तुम्हारे लिए एक से बढ़कर एक रिश्ता तैयार है। यह तू मुझ पर छोड़ दे, बेटा।'' उसकी माँ ने उसका हौसला बँधाया।

''तो हमें अलग हो जाना चाहिए।''

प्रतिभा देवल ने उसका स्वप्न भंग करते हुए कहा।

"अलग⋯?" राजीव दोहराकर रह गया।

"वक्त का यही तकाजा है, राजीव। घुटन भरे जीवन से यह कहीं अच्छा है। एक बेटा है तुम्हारा। तुम जिद करोगे तो उसे तुम्हारे पास रहने दूँगी। नई बहू उसके साथ कैसा सलूक करे, वह तुम जानो। बाद में तुम्हें लगे कि उसे मेरे पास छोड़ा जा सकता है, तो छोड़ जाना। मैं उस दिन की प्रतीक्षा करूँगी।" प्रतिभा देवल ने सहज ढंग से सबकुछ कह डाला।

"प्रतिभा⋯" राजीव ने चौंककर कहा।

"मैं कोई झगड़ा-टंटा या अभद्र प्रदर्शन खड़ा नहीं करूँगी। किसी को कानो-कान पता नहीं चलेगा कि क्या हुआ? जो कुछ मैं साथ लाई थी, वह ज्यों-का-त्यों छोड़ जाऊँगी। कहिएगा तो लिख जाऊँगी कि ऐसा मैंने बिना किसी दबाव के, स्वेच्छा से किया है। सब कुछ निर्विघ्न हो जाएगा।" प्रतिभा देवल ने समझाते हुए शांत स्वर में कहा।

राजीव ने ध्यान से उसकी ओर देखा। उसे वह आज भी नववधू सी लग रही थी। कितना सौम्य मुखमंडल और कितनी मधुर मुद्रा थी उसकी। वह उसे अपलक निहारता रह गया। उसे लगा कि वह पहली बार उसे देख रहा है। अचानक उसका ध्यान उसके कानों, गले पर गया। न कानों में बुँदे थे और न गले में मटरमाला। हाथ भी खाली थे। वह पूछ बैठा।

"प्रतिभा, यह सब क्या है?" उसने संकेत से अपनी बात पूरी की।

"सब अलमारी में सुरक्षित रख दिए हैं।"

"पर क्यों?"

"मुझे अब उनकी जरूरत नहीं है।"

"यह क्या कहती हो?"

"जो मुझे पत्नी होने के नाते कहना चाहिए।" प्रतिभा ने मद्धिम स्वर में कहा, "मैंने वही किया और स्वेच्छा से किया, ताकि आपको रास्ता निर्विध्न मंजिल तक ले जाए।"

"तुम गलत समझ रही हो।"

"वह मैं नहीं जानती।"

"वही तो मैं तुम्हें समझाना चाहता हूँ।"

"अब कोई जरूरत नहीं है, राजीव।"

"यह तुम क्या कह रही हो?"

"धीरे-धीरे सब समझ में आ जाएगा। समय सब समझा जाएगा।" प्रतिभा ने तटस्थ होकर कहा, "समय सबसे बड़ा राजवैद्य है।"

"तो तुमने…"

"हाँ, मैंने… तुमने ठीक समझा, राजीव।"

"पागल हो गई हो क्या?"

"पूरे होशहवास में हूँ।"

"जानती हो, तुम क्या कह रही हो? उसका क्या अर्थ है?" राजीव ने कुछ-कुछ घबराकर पूछा। प्रतिभा देवल के अधर काँप उठे।

इस समय उनके शयनकक्ष में जीरो वॉल्ट का नीला बल्ब जल रहा था। खिड़की में से चौदहवीं का चाँद झील में तैरती किसी सुंदरी सा प्रतीत हो रहा था। हालाँकि खिड़की बंद थी और यदा-कदा शीत लहर से काँप-काँप जाती थी। तथापि चंद्रमा की आभा मुसकरा रही थी। उस पर शीत लहर का कोई असर नहीं हो रहा था।

राजीव ने आत्मीयता से कहा, "प्रतिभा, समझ से काम लो। बिखरने और बिखेरने से कुछ नहीं होगा।"

"ध्यान से सुनो राजीव, यदि कुछ हो गया, माना कि कानून की पकड़ से तुम साफ बच भी जाओगे, तो भी कोर्ट-कचहरी की जलालत झेलनी पड़ेगी और पुलिस की मिन्नतें करनी पड़ेंगी। मैं नहीं चाहती कि तुम्हें किसी प्रकार की जलालत या फजीहत का सामना करना पड़े।" प्रतिभा देवल अत्यंत सहज भाव से कहे जा रही थी। उसके मुखमंडल पर जरा सी भी उद्विग्नता नहीं थी।

"मुझे गलत मत समझो, प्रतिभा।"

"गलत समझती तो यों सब नहीं करती। मैंने बहुत सोच-समझकर यह कदम उठाया है। इस समय तुम्हें पैसों की जरूरत है और वह तुम्हें नई शादी रचाकर ही मिल सकता है। मैंने इस लिफाफे में पत्र रख दिया है और तुम्हें स्वतंत्र कर दिया है।" प्रतिभा ने स्पष्ट किया।

"क्या मैं यह चाहता हूँ, प्रतिभा?"

"तुम नहीं तो तुम्हारे माँ-बाप तो चाहते हैं।"

"उनके सामने मजबूरी है। उस पर भी तो ध्यान दो, प्रतिभा।"

"वही तो दिया है।"

"मैं नहीं चाहता कि…"

"वे चाहते हैं, वही करो। मैं भी चाहती हूँ।" प्रतिभा ने थूक गटककर कहा।

"लेकिन मैं वह नहीं कर सकता।"

"वही करना पड़ेगा, करना भी चाहिए। वही अंतिम रास्ता है।" प्रतिभा ने समझाया।

"यह तुम्हें क्या हुआ है? तुम कभी इतनी जिद्दी तो नहीं थीं, प्रतिभा!" राजीव

ने थके-हारे स्वर में कहा। प्रतिभा ने दीर्घ निश्वास छोड़ने के बाद कहा, ''स्वभाव का क्या है राजीव, वह जब-तब बदल भी जाता है। वह अपने हाथ में नहीं है।''

''ऐसा नहीं हो सकता है।''

''हो चुका है।''

''कुछ नहीं हुआ है।''

''मेरी एक प्रार्थना है।''

''तुम्हें यह क्या हो गया है, प्रतिभा?''

''कुछ भी नहीं''' पहले मेरे मन में पाप पैदा हुआ। मैंने वह सब टेप कर लिया, जो मुझे नहीं करना चाहिए था।''

''क्या टेप किया है?''

''मेरे जाने के बाद स्वयं सुन लेना।''

''तुम कहाँ जाओगी?''

''मेरी गाड़ी दो पंद्रह पर रात को जाएगी।''

''यह क्या बक रही हो?''

''शोर मत करो, राजीव। कोई जाग गया तो मुसीबत खड़ी हो जाएगी।'' प्रतिभा ने धीमे से कहा।

''तो क्या करूँ?''

''मुझे जाना है।''

''कहाँ?''

''जानना जरूरी है क्या?''

''तुम कहीं नहीं जाओगी।''

''जाऊँगी'' प्रतिभा देवल ने कहा, ''मेरी दृढ़ इच्छाशक्ति के सामने किसी की नहीं चल सकेगी। अब वही होगा, जो मैं निश्चित कर चुकी हूँ।''

राजीव ने साफ देखा कि इस बार उसके मुखमंडल पर कठोरता आ जमी थी। उसमें तनाव कुलबुलाया था। वह चट्टान बन गई थी थोड़ी देर के लिए। उसका भावशून्य होता मुखमंडल ग्रहण लगे चंद्रमा सा क्षुब्ध प्रतीत हुआ था। उसकी बड़ी-बड़ी मोटी आँखों में सन्नाटा पसरकर अमावस्या सा नजर आ रहा था। राजीव ने सहमते हुए उसके मन को टटोला, ''कहाँ जाओगी?''

''मैंने पुष्पा बहन को चिट्ठी लिखी थी। वे आचार्य भावे की प्रिय शिष्या हैं और वर्धा में ग्रामीण क्षेत्र के उत्थान के लिए काम कर रही हैं। मैं वहाँ जा रही हूँ। यह पत्र देखो।''

उसने ब्लाउज से पत्र निकालते हुए कहा, ''वे मुझे लेने कल स्टेशन आएँगी। देख

लीजिए। मैंने स्वेच्छा से यह बाना ओढ़ा है, दबाव या अन्याय से नहीं। न यहाँ के किस्से-कहानी लिखे हैं।''

राजीव पत्र पढ़ रहा था। उसमें एक जगह लिखा था—''मैं तुम्हारे विचारों का आदर करती हूँ बहन। तुमने सिद्धार्थ का उदाहरण दिया है कि वह महाज्ञान के लिए अपनी पत्नी यशोधरा को अर्द्धरात्रि में चुपचाप छोड़कर चले गए थे। उन्होंने अपने नन्हे राजकुमार की भी परवाह नहीं की थी। वे महान् थे। उनमें जग को त्रिताप से बचाने के लिए महान् इच्छा ने जन्म लिया था। मैं बहुत छोटी हूँ। मेरे मन में संसार के मायाजाल के प्रति वितृष्णा पैदा हुई है। हालाँकि मेरे भी एक पुत्र है। मैं पति से आज्ञा पाकर इस नए संसार में कदम रखना चाहती हूँ—मन, वचन और कर्म से मैं मानव-सेवा के आपके महाव्रत में एक बूँद बनकर मिलने की आदेशानुकंपा चाहती हूँ, मुझे तुम्हारे इन पवित्र विचारों ने आकृष्ट किया है और मुझे लगा है कि तुम में दृढ़ इच्छाशक्ति है, परवेदना अनुभूति है और अगाध प्रेम-भावना है। बेटी, तुम एक माँ के पास आ रही हो। जरूर आओ और इस दुखियारे जग के ताप-संकट को दूर करने में जो कुछ कर सको, जरूर करो।'' राजीव घबरा उठा। उसकी समझ में कुछ नहीं आया। वह हडबड़ाकर बोला, ''यह क्या करने जा रही हो, कुछ जानती-समझती भी हो?''

''कुछ-कुछ तो जानती हूँ और शेष बाद में जान जाऊँगी।'' प्रतिभा देवल ने कहा, ''मेरे लिए एक कष्ट कीजिए, मुझे हृदयानुभूति के साथ गाड़ी में बैठा आइए। मैंने कभी नहीं सोचा था कि मुझे ऐसा अवसर मिल सकेगा, जब मैं किसी महान् उद्देश्य के लिए अपने आपको समर्पित करने का अवसर पा सकूँगी और गृहस्थी की परिधि को लाँघकर जी सकूँगी।''

राजीव भौंचक्का सा उसकी ओर देखता रह गया। प्रतिभा देवल के मन में अद्भुत शांति थी। अब उद्विग्नता की लहर भी उसके मुखमंडल पर नहीं थी।

''तुमने यह निर्णय कैसे लिया?'' राजीव ने कुछ असंयत होकर तेजी से कहा।

''मुझे जो करना था, कर चुकी। अब तुम्हें यह निर्णय लेना है राजीव कि तुम अपने बेटे को मेरे साथ जाने दोगे या अपने साथ रखना चाहोगे। आश्रम में मैं अपने पुत्र सहित भी रह सकती हूँ।'' प्रतिभा देवल ने सहज होकर कहा और अपने पुत्र नीरज की ओर देखा। वह मुँह पर हाथ रखे सो रहा था।

''तुम मुझे और अपने शिशु, जिसको तुम्हारी बहुत जरूरत है, कैसे छोड़ सकती हो?'' राजीव ने अचरज से उसकी ओर देखते हुए कहा, ''वह तुम्हारा बेटा है। वह तुम्हारे बिना नहीं रह सकता है, प्रतिभा। क्या इस पर विचार किया है?''

''तो उसे मेरे साथ जाने दो।''

''क्या तुम मुझसे दूर जा सकती हो?''

“जा नहीं सकती, जा चुकी हूँ राजीव।”

“नहीं, तुम नहीं जा सकती हो।”

“अब मुझे तुम रोक नहीं सकते।”

“क्यों नहीं रोक सकता?”

“वह अधिकार तुम खो चुके हो, राजीव।”

“क्या मतलब?”

“एक बज रहा है। मुझे चलना है।”

“नहीं।” इस बार उसके स्वर में कठोरता थी।

“तो यहाँ पुलिस आ जाएगी।” प्रतिभा ने अनुनय-विनय के स्वर में कहा, “मैं कोई फजीहत करके नहीं जाना चाहती हूँ। सब शांतिपूर्वक हो जाए, यही मेरी इच्छा है।”

“प्रतिभा, क्या आज किसी ने कुछ कहा है?”

“राजीव, मेरे पास वक्त कम है। मुझे किसी से शिकायत नहीं है। तुम से भी नहीं। मैं स्वेच्छा से जा रही हूँ और प्रसन्नता से। जानना चाहती हूँ कि सेवा से क्या अनुभूति हो सकती है? तुम मुझे खुशी-खुशी जाने दो। मेरी इतनी सी प्रार्थना स्वीकार कर लो।” प्रतिभा ने उठते हुए कहा।

“रुको प्रतिभा,” राजीव का माथा ठनका, वह कहने लगा, “कृपया जरा बैठो।”

राजीव टेप उठाकर लाया। टेप चढ़ाया ही था कि प्रतिभा देवल ने कहा, “राजीव, इसे अभी रहने दो।”

राजीव ने उसकी बात पर ध्यान नहीं दिया। टेप शुरू हो गया। प्रतिभा देवल असहाय होकर रह गई। टेप से आवाज आने लगी, ‘भाभी, बहुत हो गया। भाई साहब सीधे-सादे हैं, इसलिए तुम उनकी बात पर ध्यान नहीं देती हो। अपने पूजनीय पिताजी से रुपया लेकर आओ।’ प्रतिभा देवल के देवर सुनील की आवाज थी।

‘सुनील, यह नहीं हो सकेगा। मेरे पिताजी सिद्धांत पर चलने वाले हैं। मैं उन्हें उनके व्रत से कदापि नहीं डिगा सकती।’

‘तो तुम भाई साहब के रास्ते से हट जाओ।’

‘वे मेरे पति हैं।’

‘यह नाटक अब नहीं चलेगा, भाभी!’

‘क्या पति-पत्नी के संबंध नाटकीय होते हैं?’

‘तो तुम अपने पिताजी से रुपया क्यों नहीं ला देतीं?’

‘नहीं, यह नहीं होगा। कितनी बार कहा है।’

‘तो भाई साहब की जिंदगी से दूर हो जाओ। यह तो हो सकेगा?’

‘नहीं, यह भी नहीं होगा।’

'बेटा, तू इस कमजात के मुँह मत लग, यह तो डायन है।'

'लातों के भूत बातों से नहीं मानते हैं।' सुनील का स्वर था।

'कभी सीधी उँगली से भी घी निकला है?' प्रतिभा देवल की ननद का स्वर था।

'अब निकलेगा।'

'कृपया आप लोग जा सकते हैं।' प्रतिभा ने कहा।

'जाएँगे, पर तुम्हारे हाथ-पाँव तोड़कर।' इसके साथ लात-घूँसे और घसीटने की तेज आवाज हुई। प्रतिभा चीखती-चिल्लाती रही। कुछ समय बाद सुनील की आवाज पुनः सुनाई पड़ी, 'तू अपने बाप से रुपए नहीं ला सकती है तो भाई साहब के रास्ते से हट जा।'

'नहीं तो···?'

'वह भी तू जान जाएगी। तू रास्ते से हट गई तो रुपए देनेवाली हमारी भाभी आ सकेगी। नहीं हटी, तो हम हटा देंगे।'

'तो··· मुझे मार दो।'

'हमें क्या फाँसी पर चढ़ना है? तू यहाँ से नहीं गई तो तेरे पर दो-एक पट्ठे हाथ साफ करेंगे और तुझे दुश्चरित्र साबित कर घर से बाहर निकलवा दिया जाएगा। अब यह निर्णय तुझे लेना है कि तुझे अपनी बेइज्जती करवानी है या चुपचाप भाई साहब के रास्ते से हटना है।'

इसके बाद सबके जाने की आवाज। राजीव ने टेपरिकॉर्डर बंद कर दिया और कहा—

"तो यह बात है। उनकी यह हिम्मत कि···"

"कृपया उनसे कुछ न कहना। मैं तुम्हारे पाँव पड़ती हूँ। तुम्हें वास्तव में पैसों की जरूरत है। अतः मैं खुशी से तुम्हारे रास्ते से हट रही हूँ।" प्रतिभा ने धीमे स्वर में कहा।

राजीव आगे बढ़ा, उसने एकदम प्रतिभा देवल की साड़ी ऊपर से हटा दी। वह चौंक पड़ा। वह सक्रोध बोला, "तुम्हारी पीठ पर ये निशान! इतना सब हो गया और तुम चुप रहीं? मुझसे कहा तक नहीं?"

"कृपया अब मुझे जाने दीजिए।"

"मैं भी तुम्हारे साथ चलूँगा, प्रतिभा। मैं एम.एस-सी. हूँ। कहीं भी नौकरी पा जाऊँगा। मुझे रुपया नहीं चाहिए। मुझे तो तुम जैसा जीवनसाथी चाहिए। मैंने घरवालों को समझाया था। उन्होंने आश्वासन दिया था कि···! ओह! मैं भी कितना मूर्ख हूँ। तुम पर सुनील ने हाथ उठाया। मैं उसके उन हाथों को तोड़ दूँगा।" राजीव तेज आवाज में बोलता गया। प्रतिभा देवल ने उसे बहुत रोका, लेकिन वह रुका नहीं। सारा घर जाग गया।

"अब हमें यहाँ नहीं रहना। कमीना सुनील कहाँ है? उसे बता दूँ कि भाभी पर हाथ उठाने का परिणाम क्या हो सकता है?" राजीव बोले जा रहा था और साथ ही सूटकेस में सामान रखता जा रहा था। उसने रुककर कहा, "प्रतिभा, मुझे क्षमा करना। तुम्हारा अपराधी मैं हूँ। काश! मुझमें भी तुम्हारे जैसी दृढ़ इच्छाशक्ति होती तो तुम्हारा अपमान कदापि न होता।"

प्रतिभा देवल किंकर्तव्यविमूढ़ हो गई। राजीव ने सूटकेस उठाते हुए तेज स्वर में कहा, "नीरज को उठाओ प्रतिभा और चलो।"

राजीव ने किसी की भी नहीं सुनी। प्रतिभा उसके क्रोध से डर गई। उनको कोई रोक नहीं सका। प्रतिभा विवश सी नीरज को कंधे से लगाए उसके पीछे-पीछे चल पड़ी। उसे लग रहा था कि पहली बार वे प्यार की मंजिल की ओर बढ़ रहे हैं।

□

लुप्त होती नदी

"पता नहीं, डॉक्टर निरंजना को क्या हुआ। एकदम अचानक जहाँ की तहाँ बैठ गईं छाती पर हाथ रखकर। तड़प उठीं। सारी देह पसीने-पसीने हो गई।"

"इससे पहले कभी ऐसा हुआ क्या?"

"नहीं मालूम, डॉक्टर।"

"कोई टेंशन?"

"नो डॉक्टर, डेढ़ेक साल से मैं उनके साथ हूँ। बहुत हँसमुख हैं। इनका व्यवहार मित्रवत् है। कभी किसी को डाँटती-डपटती नहीं, चाहे कितनी बड़ी गलती क्यों न हो जाए। बराबर समझाती रहती हैं कि हर स्थिति में व्यक्ति को प्रसन्न रहना चाहिए।"

"फिर भी, कोई व्यक्तिगत टीस...कसक।"

"नो डॉक्टर, उनके साथ ऐसा कुछ भी नहीं है।"

"वे एकदम अकेली हैं।"

"नहीं डॉक्टर, काम उनका साथी है। वे रात-दिन काम में जुटी रहती हैं। काम का आनंद लेती हैं। अब निरंजना नदी के आस-पास काम चल रहा है।" निरंजना लुप्त होती नदी है। कभी सदाबहार नदी थी। उरविला का घना जंगल निरंजना का ऐश्वर्य था, वैभव था और पशु-पक्षियों का आनंद निकेतन था। भगवान् बुद्ध के बोधि प्राप्ति का वह स्थल। कुछ याद करते हुए प्रो. सुनंदा ने कहा, "हाँ, उनकी एक पीड़ा है।"

प्रो. सुनंदा को चुप होता देखकर डॉक्टर मटियाल ने तपाक से पूछा, "क्या प्रोफेसर?"

वे पुरातत्त्व के कार्य को संजीवनी मानती हैं। तीन हजार साल से पहले से निरंजना बह रही है। उसके साथ-साथ गाँव भी थे—संपन्न और खुशहाल गाँव। परंतु किसी ने निरंजना पर ध्यान नहीं दिया। यह मानकर चले कि बहना उसका काम है, और वह बहती

रहेगी। पेड़ कटते गए। पशु-पक्षियों का परिवार घटता गया। धीरे-धीरे निरंजना निराश रहने लगी। उसको चिंता सताने लगी। वह सूखने लगी।···परंतु किसी ने उसकी चिंता नहीं की। उसका परिणाम यह हुआ कि आज उसकी गिनती लुप्त होती नदियों में होने लगी।

''अर्थात्···'' कहकर डॉ. मटियाल रुका। उसने अपनी ऐनक को ठीक किया। धीरे से बोला, ''वे बहुत भावुक हैं और अत्यंत कल्पनाशील भी। व्यक्ति को प्रैक्टीकल होना चाहिए। इतना भावुक नहीं कि दूसरों का दर्द जीने लगे। वह भी एक रोग है।''

''यह मैं नहीं मान सकती, डॉक्टर। वे रोग से परे हैं, उनकी दुनिया निराली है। कहती हैं—हर नदी एक नारी है। उन्होंने मुझसे पूछा था, 'क्या तुमने निरंजना के दिल की मंद होती धड़कन को सुना?' तब मुझे शंका हुई थी कि वे सनकी हैं और सनकी के साथ काम करना मेरी आदत में नहीं है। उधर वे मुझे अपने साथ काम करने का निमंत्रण दे रही थीं। मैंने मना किया तो बोलीं, ''तुम मुझे सनकी समझ रही हो, प्रो. सुनंदा, समझो। मैं तुम्हारे निर्णय को बदलना नहीं चाहूँगी, परंतु यह कहना अवश्य चाहूँगी कि अपने काम में डूबकर आनंद लेने वाला हर व्यक्ति दूसरे के लिए सनकी होता है, क्योंकि उसके लिए काम रोजी-रोटी अथवा भौतिक सुख-सुभीता और संपदा बटोरने का साधन है। तुम सोचकर उत्तर देना, सुनंदा कि क्या आनंद के लिए काम करना चाहोगी?' वह चली गई। मैं सोचती रही। मैंने नालंदा, भागलपुर में काम किया था और पी-एच.डी. ले ली थी। पी-एच.डी. जरूरी थी प्रमोशन के लिए। मुझे उससे और कुछ खास मतलब नहीं था, डॉक्टर।''

रात करवट बदल रही थी। डॉ. मटियाल में जिज्ञासा की रुचि चटकी। उनका ध्यान प्रो. सुनंदा के गोद में आ गिरे आँचल पर जा टिका और उनको लगा कि सुनंदा अति रूपवती है।

प्रो. सुनंदा की समझ में आया। वह मुसकराती बोली, ''डॉक्टर, हमें यहाँ कहानी खत्म कर देनी चाहिए।''

डॉ. मटियाल झेंप गया। तुरंत सँभलकर बोला, ''मेरे लिए मरीज को समझना बहुत जरूरी है, प्रो. सुनंदा। कृपया मदद कीजिए।''

''दिल से चाहते हैं।''

''हाँ, सुनंदा! एकदम दिल से।''

''तो कहानी खत्म, डॉक्टर···।''

''क्यों?''

''क्योंकि डॉक्टर, तुम एक काबिल सर्जन हो। सर्जन दिल से नहीं, सिर्फ दिमाग से काम करता हैं। मैं नहीं चाहूँगी कि दिमाग दिल हो जाए, क्योंकि मरीज मेरा है।'' प्रो. सुनंदा भाँप गई थी कि डॉक्टर···।

डॉ. मटियाल गंभीर हो गया था। उसने पुनः कहा, ''प्रो. सुनंदा, आप गलत समझ रही हैं। मेरा दिल से मतलब दिमाग से था। यह तो तुम्हें मालूम ही है कि मैं दिल का डॉक्टर हूँ और मेरे लिए दिल एक यंत्र है, जिसकी मुझे मरम्मत करनी होती है। प्लीज कंटिन्यू।''

प्रो. सुनंदा कहने लगीं, ''मेरे दिल ने कहा कि एक सनकी के साथ काम करने का अवसर फिर नहीं मिलेगा। और मैं बुद्धं शरणं गच्छामि हो गई। धीरे-धीरे मुझे यह समझ में आने लगा कि निरंजना मेरे दिल में भी बहने लगी है। मैं भी उनकी तरह चाँदनी रात में निरंजना के एकांत में उतरकर उसकी मंद होती धड़कनें सुनने लगी हूँ। उन्हें बताया तो वे बोलीं, काश! मनुष्य नदी को समझ पाता, उसे अपनी धड़कनों में उतार पाता तो नारी कदापि आम्रपाली नहीं होती। आम्रपाली को तो बुद्ध ने शरण में ले लिया था। परंतु निरंजना ने कभी नहीं सोचा था कि उसे आम्रपाली से भी नीचे कई सीढ़ियाँ उतरनी पड़ सकती है, तब कौन होगा उसका बुद्ध। पायल की आवाज सुनने का आदी मन कलकल अंतस्तल की धुन कैसे सुन पाएगा? नदी संपूर्ण संस्कृति है। सत् के अतिरिक्त उसके पास कुछ भी नहीं है। ममता उसका संसार है—स्नेह-प्यार उसका लास्य। कल्पना करो जब निरंजना नहीं होगी तब बौद्धगया में खड़े किए विभिन्न देशों के भव्य बौद्ध मंदिरों का क्या होगा? कौन देखने आएगा उसके शिल्प सौंदर्य की अनगढ़ छवियों के वसंत को? कौन पढ़ेगा उन कृतियों के आनंद सर्ग को? क्या होगा उन अननुज्ञात अंतस्तस की अनुभूतियों का? पुरातत्त्व का हर खँडहर अपने समय का अक्षय वसंत है। जरा सरस्वती से पूछो, अब वह रो भी नहीं सकती। पथरा गया है उसका यौवन-वसंत, जलकर राख हो गया है उसकी संवेदना का स्वप्न-संसार। सुनंदा, निरंजना नहीं रही तो उसका समय भी नहीं रहेगा। जिसका समय नहीं रहता, वह रेत के टीलों में दबकर निष्प्राण हो जाता है।''

डॉ. महिपाल खो से गए। उनकी चेतना की धड़कन मंद पड़ने लगीं। उन्होंने अपने को दिशाहीन थार के रेगिस्तान में प्यास से तड़पता और बेसुध होता पाया। उनके मन में एक सवाल बवंडर की तरह उठा, चक्रवात की तरह घूमा और आकाशीय गुंबद में गूँजा। कितनों को दिल का ऑपरेशन करके बचा पाओगे तुम? और जिनको बचा पाओगे, वे भी मात्र यंत्र होंगे? वह घबराकर पूछने लगा, ''फिर, सुनंदा?''

प्रो. सुनंदा में कहानी 'ट्विस्ट' ले रही थी। कमरे से दीवारें, छत और फर्श हट गए थे। हवा का कंठ तड़कने लगा था। एक गहरा व काला स्याह सन्नाटा पहाड़ों पर उतरती बदरिया सा दबे पाँव सरकता आ रहा था। वह कहने लगी, ''डॉ. महिपाल, हमें अच्छा, विश्वनीय तथा हित चिंतक पड़ोसी होना चाहिए। हर पड़ोसी में हमें अपना अक्स नजर आना चाहिए। तुम आज भी निरंजना को हाथ-डेढ़ हाथ खोदो तो ढबढबाता जल

उभरकर सामने आने लगेगा। तुम नीचे झुककर कोशिश करोगे तो तुम्हें कुछ धुँधला, अस्पष्ट और अधूरा सा अपना अक्स नजर आने लगेगा, जो तुम्हारी कहानी की अंदरूनी ग्रंथियों, उनकी उलझी गाँठों और अचेत पड़े घावों को परत दर परत खोलता प्रतीत होगा।··· क्या दोगे तुम उनका उत्तर?··· तुम तो स्वयं एक प्रश्न होगे। ऐसा प्रश्न, जिसका उत्तर नहीं होता। ऐसे प्रश्न बाँझ होते हैं।''

बाँझ प्रश्न की प्रतिध्वनि अनुगूँजती रही। डॉ. मटियाल के मनोमस्तिष्क में पतझड़ के पत्तों पर चलने की किसी आहट की आह की तरह। शायद वह लौट रहे थे, गली के अंतिम मकान को ताले जड़ा पाकर कि तभी सुनंदा कहने लगी, ''उस दिन दूज का चाँद रात के नौ बजे तक नजर नहीं आया। निरंजना अँधेरे की फटी-पुरानी चादर अपने पर लिये खुली आँखों से वीरान थार के मंजर को देखे जा रही थी और अंदर-ही-अंदर सुबक रही थी।'' वे आगे बोलीं, ''सुनंदा, उसकी अंतर्व्यथा अब तक तुम्हें नहीं भिगो पाई? क्या तुम मेरी तरह निरंजना को सुन पा रही हो? वह कह रही है, तुम मेरी ही संतान हो। एक बार मेरी ओर देखो, महसूस करो, मैं तुम्हें गहरी आपदाओं के बीच में छोड़कर नहीं जाना चाहती। मैं लुप्त होती नदी अवश्य हूँ, परंतु अभी पूरी तरह लुप्त नहीं हुई। मैं अपने को और तुम्हें अब भी बचा सकती हूँ, यदि तुम मेरा साथ दो। बस डॉक्टर, इसके थोड़ी देर बाद वह दर्द से छटपटाती हुई वहीं धम्म से बैठे गईं और अचेत हो गईं। क्यों डॉक्टर वह बच तो जाएँगी? बोलो डॉक्टर, कुछ तो जवाब दो।''

□

बदले की आग

''अब आप जा सकते हैं।'' डॉ. अनीता ने खुले दरवाजे की ओर संकेत करते हुए कहा। ''यह कैसा मजाक, अनीताजी?'' तपेश्वर ने अपने को सँभालने की कोशिश करते हुए कहा।

''यह मजाक नहीं है, तपेश्वर, यह सच है। अब आप चले जाइए।'' डॉ. अनीता ने कुछ शब्दों को चबाते हुए तपेश्वर की ओर उपेक्षा मिश्रित घृणा से देखा।

''आपको कोई गलतफहमी हुई है, डॉक्टर।''

तपेश्वर ने अपने माथे का पसीना पोंछते हुए बदली हुई स्थिति को समझना चाहा। अनीता वही है। उसी ने उसे आमंत्रण दिया था। वही तो तमाम दूरियाँ मिटाती हुई उससे कहने लगी थी, तपेश, मेरे जीवन में यह कैसी आँधी उठी है। मैं अपने आपको सँभाल नहीं पा रही हूँ। मेरी आज्ञा··· मेरा संकल्प सब के सब···ओह तपेश···तुमने क्या जादू किया मेरा अंग अंग···''

''डॉक्टर अनीता, मैं आपका छात्र हूँ।''

''तुम सिर्फ पुरुष हो, तपेश और मैं मात्र स्त्री, ये दो ही रिश्ते हैं और इस सृष्टि के आदि से आ रहे हैं। बाकी रिश्ते-नाते समाज ने गढ़े हैं, अपने मतलब के लिए, स्वार्थवश। मैं उन्हें नहीं मानती।'' डॉ. अनीता ने अपनी नंगी बाँहें फैलाकर पूछा था, 'तुम्हें कोई एतराज तो नहीं है?' तपेश्वर ने हकलाते हुए कहा था, 'डॉक्टर, आप रीडर है। आपकी प्रतिष्ठा है। बड़े लोगों में उठना-बैठना है। और मैं तो···'

'यह मेरे प्रश्न का उत्तर नहीं है। मुझे दो टूक उत्तर चाहिए—सिर्फ हाँ या नहीं। लेकिन ध्यान रहे, मेरी ओर से कोई दबाव नहीं है। तुम्हें कोई आपत्ति तो नहीं?' डॉ. अनीता ने अपनी लंबी बाँहें समेटते हुए छत की ओर देखा और धीमे स्वर में कहा, 'आपत्ति हो तो जाने दो। हम फिर से अजनबी बन जाएँगे।'

इस बार तपेश्वर की दृष्टि डॉ. अनीता के बाजू रहित ब्लाउज कर पड़ी। वह ब्रा नहीं पहने थी, फिर भी उसके उरोज तने हुए साफ नजर आ रहे थे। उसकी देह मानो साँचे में ढली थी। नाक-नक्श तीखे थे। रंग गोरा था और कपोल एकदम सुर्ख। उसको देखकर कोई नहीं कह सकता था कि वह पैंतीस की दहलीज पार कर चुकी थी। तपेश्वर जानता था कि उसके घर की हालत फटीचर है। वह अपनी जिंदगी में ऐसा सुंदर प्रस्ताव कभी नहीं पा सकेगा। इसलिए उसने हलका सा मुसकराकर उसके प्रस्ताव का स्वागत किया। तब से वे दोनों बिना विवाह की रस्म अदा किए पति-पत्नी के रूप में एक-दूसरे के हो गए। अभी तो मुशकिल से पाँच माह ही हुए होंगे कि···और वह भी अचानक ही, बिना दस्तक दिए। कोई झगड़ा भी तो नहीं हुआ। कोई भी तो ऐसी बात नहीं हुई थी, जिससे···

डॉ. अनीता बराबर एक ही रट लगाए जा रही थी, "मुझे छुओ मत। मुझसे दूर हट जाओ। मुझे भूल जाओ। यह दरवाजा अब से तुम्हारे लिए हमेशा-हमेशा के लिए बंद हो चुका है।"

"लेकिन मेरा कसूर?" तपेश्वर उससे सचमुच प्यार करने लगा था। वह उसके बिना रह नहीं सकता था। वह कहने लगा, "मुझे बताओ तो बात क्या है। क्या मैंने कोई धोखा किया है? कोई अपराध किया है? मैं तुमसे इतना प्यार करने लगा हूँ कि मुझे अपना होश नहीं रहा। अनीता, यह तुम्हें क्या हो गया है? मेरी ऐसी अग्निपरीक्षा मत लो।"

उसके स्वर में रुँआसापन था। वह हताश था और पेड़ से गिरने वाले पत्ते की तरह काँप रहा था। उसके सामने पल भर के लिए अनीता और उसका सजा हुआ ड्राइंग-रूम घूम गया था।

अनीता ने तेज आँखों से घूरते हुए पाँव पटककर कहा, "तपेश्वर! जरा होश से बात करो। कुछ शर्म करो। तुम मेरे छात्र हो। मुझे बदनाम करना चाहते हो।" उसकी साँस फूलने लगी थी। उसका भोला तथा आकर्षक चेहरा तमतमा उठा था। उसके नथुने फड़क रहे थे। उसने अंत में जोर से कहा, "मैं कहती हूँ तपेश, यहाँ से अभी चले जाओ और फिर कभी इधर आने की हिम्मत मत करना।"

"लेकिन···" पानी-पानी हुआ तपेश्वर हकलाकर इतना ही कह पाया। उसे नहीं सूझ रहा था कि वह अब क्या करे। उसे कैसे समझाए? आखिर उसका ऐसा बरताव क्यों? क्या हुआ है उसे? उसने अपने को टटोलकर भी देखा। उसने तो अनीता के बारे में किसी से कुछ नहीं बताया। उन दोनों को लेकर किसी ने उँगली भी नहीं उठाई। फिर यह सब क्यों? किसलिए? वह बिना कुछ कहे सोफे पर बैठ गया। उसका सिर चकरा रहा था और वह अपने को इतना अपमानित समझ रहा था कि बाहर जाने की भी हिम्मत उसमें नहीं रह गई थी।

कल रात ही तो अनीता उसका हाथ अपने कंधे पर रखे हुए उसे अपने पलंग पर ले गई थी। उससे वह कह रही थी, 'तपी, औरत आदमी के बिना कितनी अधूरी है। मैंने कैसी मूर्खता की बात सोची थी कि शादी नहीं करूँगी। आदमी से औरत को कितना सुकून मिलता है। तुमसे पहले तपी, मेरा जीवन रेगिस्तान सा वीरान और बेजान था। यहाँ तक कि मैंने अपने को लेकर सोचना भी बंद कर दिया था। मुझे अपने होने या न होने का भी अहसास नहीं रहा था। हर औरत के लिए आदमी कितना जरूरी है।'

'उतनी ही औरत भी आदमी के लिए।'

'झूठ!' अनीता की आँखों में आमंत्रण था। गुलाबी नाइटी उसकी गुलाबी देह पर खूब फब रही थी। नाइटी के ऊपर के दोनों बटन खुले हुए थे। इससे उसके उरोजों का तीखा उभार और तनाव तपेश्वर को बेकाबू किए जा रहा था। उसने कितनी बार, कितने रंगों में उसके बैडरूम का इस्तेमाल बिना बत्ती बुझाए किया था। उसके तन-मन की गहराई को कितनी बार मापा था। लेकिन हर बार वह उसमें समाता गया। सब भूल गया। तब वही रही, वह नहीं।

वह उसको अपनी बाँहों के घेरे में समेटते हुए बोला, 'अनीता, तुम्हारी चंदन सी देह के स्पर्श मात्र से मेरी देह का तार-तार बज उठता है। मन रूपी आकाश में हजारों बिजलियाँ कौंधने लगती हैं। मैं पागल हो जाता हूँ।' उसने नाइटी के बटन खोलते हुए अनगिनत चुंबनों से उसकी नंगी होती हुई देहलता को गुदगदा डाला। उसके गरम होंठों पर होंठ सटाकर उसे अपनी बाँहों में इतनी जोर से भींचा था कि उसकी चीख सी निकल गई और फिर…

चलते हुए तपेश्वर ने कहा, 'अनी, कब तक यों चलेगा! इसमें कुछ डर तो है। क्यों न कोर्ट मैरिज कर ली जाए और निडर होकर बाँहों में आसमान झुलाकर उछाल दिया जाए, ताकि प्यार का समंदर अंग-अंग में समा जाए।'

''तपी, साहित्य पढ़ने के लिए होता है, जीने के लिए नहीं। लगता है, तुम उत्तर मध्य कालीन हिंदी साहित्य में प्रेम पर शोध करते-करते प्रेम के उस पलाश वन में खोने लगे हो, जो जीने के लिए नहीं, मन बहलाने और व्यक्ति को आक्रामक बनने के लिए हमेशा उकसाता रहता है।' अनीता ने उसकी बालों से ढकी छाती पर उँगली से क्रॉस बनाते हुए उसे गुदगुदाया।

तपेश्वर कुछ नहीं समझा। उसने कनखियों से अनीता की ओर देखा। वह मुसकरा रही थी। उसके दाएँ कपोल पर गहरा गड्ढा बन रहा था। और आज यह क्या हुआ उसे। वह एकदम अचानक इतनी बदल सकती है, यह तो उसने कभी सपने में भी नहीं सोचा था। इस समय उसके दाएँ कपोल पर गड्ढा नहीं बन रहा था और न ही उसकी आँखों में सम्मोहन की लालिमा थी।

''तपेश, तुम यहाँ से चले जाओ हमेशा के लिए। तुम जैसा स्टूडेंट शोध नहीं कर सकता, कम-से-कम मेरे निर्देशन में तो कतई नहीं।'' इस बार उसका स्वर पहले से ऊँचा था। और वह उसकी ओर आगे बढ़ आई थी।

''शोध भी नहीं? इतनी बड़ी सजा! कम-से-कम मेरा अपराध तो बता दीजिए। बस, मैं सच कहता हूँ, फिर इधर कभी नहीं आऊँगा। और हाँ, शोध भी नहीं करूँगा।'' तपेश्वर के स्वर में दीनता थी और आँखों में आर्द्रता।

''यह मैं कुछ नहीं बता सकती। मैं तुमसे घृणा करती हूँ। समझे? तुम यहाँ से तुरंत चले जाओ। फिर कभी यह मनहूस सूरत मत दिखाना।'' अनीता ने मध्यम स्वर में कहा और उसके दरवाजे से बाहर जाने की प्रतीक्षा करने लगी।

तपेश्वर हारे हुए जुआरी सा वहाँ से लौट पड़ा। अनीता ने तपाक से दरवाजा बंद किया और चटकनी चढ़ा दी।

अनीता ने गहरी साँस ली और कुछ देर बाद वह जोरों से हँसने लगी, फिर वह रुक गई। उसने तेज स्वर में आवाज लगाई, ''मनी आ जाओ। पागल चला गया है।''

मनीता बाहर आ गई ड्राइंगरूम में। आते ही वह बोली, ''अनी, यह क्या बदतमीजी है! तुम इतनी बेवकूफ हो सकती हो, यह मैंने कभी नहीं सोचा था। वह तुमसे प्यार करता है, तुमने उसे निराश कर दिया। कितना प्यारा है वह, तुम्हें उसके साथ ऐसा बरताव नहीं करना चाहिए था।''

अनीता फिर जोर से खिलखिला पड़ी। मनीता को उसकी यह हँसी खतरनाक लगी। उस हँसी में क्रूरता थी। वह पूछ रही थी, ''अनी, अपने आप को धोखा मत दो। मुझे देखती हो। जरा अक्ल से काम लो। तपेश्वर सीधा और होनहार युवक है। तुमने मुझे इसी के बारे में लिखा था न! क्या इसी की तुमने तारीफ न की थी?''

''मनी, भावुकता में मत बहो। सब पुरुष एक से हैं। पुरुष खुद को भोक्ता करार देता है और हमें भोग्या। हमें बाजार में बैठाता है और खुद खरीदार बनता है। मुझे उनसे नफरत है।'' अनीता तैश में आ गई थी।

''लेकिन तपेश्वर ऐसा नहीं है।''

''तुम उसकी गारंटी कैसे लेती हो?'' अनीता के स्वर का तीखापन बिखरकर फैलता जा रहा था। वह आगे कहने लगी थी, ''काली भी ऐसा नहीं था। तुम तो काली की ही क्लास में थीं। उसे अच्छी तरह जानती थीं। और मेरी बहन अंजु कितनी सुंदर, गुणवती और साक्षात् देवी स्वरूपा।''

''वह तो··· लेकिन हरेक पुरुष काली तो नहीं होता।''

''हरेक ही काली होता है। हर पुरुष के मन में काली छिपा है। वह अलग बात है कि कुछ लोग उसे छिपा जाते हैं और कुछ से काली होने की संभावना स्वतः फूटने

लगती है।'' वह टहलते हुए रुक-रुककर कहे जा रही थी, ''पुरुष रावण है, मनी। किसी सीता का न राम हो सका और न रावण। वह भोग्या मानकर त्याग दी गई। उसे उपेक्षित और अपमानित कर दिया गया। उसे कुलच्छनी, कुलटा, वेश्या, नगरवधू न जाने कितने घिनौने नामों से पुकारा गया! मेरे सामने काली है, मनी। उच्च सभ्यता और संस्कृति के ताबूत का प्रतीक मात्र। मेरी बहन, ओह!'' वह धम से सोफे पर एक तरफ बैठ गई। उसकी आँखें भर आई थीं।

मनीता मानती थी कि अनीता के पिताजी ने उसकी बड़ी बहन का विवाह अपनी हैसियत से कहीं ज्यादा शान-शौकत से किया था। अनीता ने रोका भी था, 'पिताजी, आप जीजी को वह सब देने का जो प्रोग्राम बना चुके हैं, मैं इसके खिलाफ हूँ।'

'बेटी, हर बाप अपनी बेटी को अपनी हैसियत के अनुसार देता है।'

'नहीं, पिताजी! यह गलत है। दरअसल, यह उस लड़की का अपमान है।...और आज तो वह उसी लड़की के गले का फंदा बनता जा रहा है।' अनीता का स्वर कुछ तेज था।

'अनु!' उसके पिताजी चीख पड़े थे।

'मैं अपनी शादी में यह सबकुछ नहीं होने दूँगी।' बस यह कहकर वह वहाँ से चली गई थी।

वही हुआ। अनीता अपनी बहन के यहाँ ही थी। उसका पत्र पाकर ही वह वहाँ गई थी। वे लोग उसकी बहन को घर भेजते ही नहीं थे। रुपया माँगते थे और उसकी बहन को पीटते थे। एम.ए. पास थी उसकी बहन। बहुत सुंदर! संगीत में गहरी रुचि रखने वाली। कुछ लिख-लिखा भी लेती थी। वह अन्याय का विरोध नहीं कर पा रही थी। भीगी बिल्ली बनी गीली लकड़ी की तरह अंदर-ही-अंदर सुलग रही थी। उसकी हालत पर उसे तरस नहीं, गुस्सा आया था। उसने वहाँ जाकर उसकी ही खबर ली थी।

तब उसकी बहन ने करुणाजनक स्वर में कहा था, 'अनी, आज लड़की का वधू के रूप में किसी घर में प्रवेश करने का अर्थ है—चक्रव्यूह में अभिमन्यु का प्रवेश। वे सब एक हैं। और तो और, मेरी ननद भी, जिसे उसके पति ने छोड़ दिया है। कम-से-कम औरत होने के नाते तो वह मेरे पक्ष में होती पर नहीं। मुझे इस नरक से निकाल ले चलो। मुझे यहाँ नहीं रहना। यह घर नहीं, यहाँ आतंकवाद का नरक है। राक्षस हैं यहाँ के लोग। पति जालिम है। उसकी पढ़ाई-लिखाई बकवास है।'

मनीता के सामने वह कहानी चलचित्र सी घूम उठी थी। वह सोच रही थी कि जब घर ही आतंकवाद के अड्डे बन रहे हैं, तब देश से आतंकवाद कैसे निष्कासित किया जा सकता है?

अनीता गुमसुम बैठी हुई थी। उसके चेहरे पर आक्रमण के भय से खाली हुआ शहर चस्पाँ हो गया था। एक सुनसान शहर, जिसमें नए-से-नए मकानात, चौड़ी सड़कें, बाग-बागीचे, आलीशान इमारतें थीं। परंतु सब खाली। उनमें रहने वाला कोई नहीं था सिर्फ दहशत। मनीता ने उसके कंधे पर हाथ रखकर कहा, ''अनी, मैं तेरा दर्द समझती हूँ, लेकिन तू जो कुछ करने पर तुली है, वह ठीक नहीं है।''

''मैं ठीक-बेठीक कुछ नहीं जानती। मैं तो इतना समझ चुकी हूँ कि तीसरा महायुद्ध शुरू हो चुका है। और यह महायुद्ध किन्हीं देशों के बीच नहीं, स्त्री-पुरुष के बीच में है। इसे खतरनाक से खतरनाक हथियार एटम बम आदि नष्ट नहीं करेंगे। उनके इस्तेमाल की जरूरत ही नहीं पड़ेगी। क्योंकि उससे पहले आदमी और औरत एक-दूसरे को फाड़कर खा जाएँगे। और,…और यह महान् कंकाल सभ्यता खुदबखुद काल के गाल में समा जाएगी, अपने से तंग आकर। अमरीकी पत्रिका में वहाँ की शादीशुदा औरतों का हाल पढ़ा है। वहाँ स्त्री को उसका पति बेतरह से पीट रहा है और पीट-पीटकर अधमरा कर रहा है। मुझे साफ नजर आ रहा है कि…''

अनीता आगे कुछ कहती कि मनीता ने बीच में टोककर उसके तूफानी जोश पर रोक लगा दी, ''तूने बहुत भयानक तसवीर उतार ली है अपने मस्तिष्क में।''

''तू मुझे स्त्री के त्याग-बलिदान के उदाहरण देकर और परेशान मत करना। मुझे हकीकत मालूम है।'' अनीता किसी भयावह स्वप्न के सामने आ खड़ी हुई थी। आदमकद दर्पण में शैतान को देखकर वह चौंक पड़ी थी दहशत से भरी।

कुछ देर तक दोनों चुपचाप एक-दूसरे को अनदेखा करने की कोशिश करती रहीं। दोनों के सामने चौराहे पर लटकी नंगी लाश ठहर गई थी। उसे भी तो उसके पति ने… यह कैसा अपवाद! घर की दीवारें ही हिल उठी हैं। फ्रेम में जड़े चित्र हिलने लगे हैं। ऐसी दुष्कल्पना से जकड़ी उसकी क्षत-विक्षत मानसिकता उसे बेतरह तोड़ती जा रही थी। वह विवश हो रही थी।

''मनी, वह रात मेरे जेहन से हटाए नहीं हटती। कहाँ गई थी मेरी शक्ति! मेरी आजादी की दीवानगी! मैं… ओह!'' अनीता ने अपना सिर अपनी हथेलियों से दबोच लिया था।

'मुझे शीला ने लिखा था कि तू अनी के पास जरूर जा। वह…'

'वह पागल हो गई है। उसने डॉक्टर नाग की हरी-भरी गृहस्थी को आग लगा दी। उसने प्रोफेसर दीपक को सरेआम बदनाम किया। उसने मिस्टर तोतला, रजिस्ट्रार नाथ जैसे खूसट को नंगा कर दिया। और अब वह इस नए विश्वविद्यालय में चली आई है—नए सिरे से हंगामे खड़े करने के लिए। तू जा और उस आँधी को रोक वह इतने बड़े पद पर होकर शर्मनाक हादसे खड़े कर रही है।'

'अनी, कुछ सुन तो…'

'मुझे कुछ नहीं सुनना, मनी! मैं सब जानती हूँ। मैं जो कुछ कर रही हूँ, उसे भी बखूबी जानती हूँ। और वह मैं सोच-समझकर ही कर रही हूँ। अभी जो कुछ किया, वह तू देख-सुन चुकी है। मैं इतना जातनी हूँ कि मैं भोग्या नहीं हूँ। मैंने तपेश्वर को भोगा और फल के छिलके की तरह उतारकर फेंक दिया। मैं आदमी की जिंदगी में उस चरम अवस्था को नहीं आने दूँगी, जिसके नशे से उसमें चीरहरण का स्वप्न आँख खोलता है। मैं उन आँखों को फोड़ डालना चाहती हूँ, जिसमें दैत्य मचलता रहता है।'' अनीता में आक्रोश तिलमिलाने लगा। वह अपने आपे में नहीं रही।

''परंतु अनी, तू इतना पढ़-लिखकर भी अपने को बिखेरकर क्या पाएगी? कुछ तो सोच, तेरी प्रतिष्ठा है। तू अच्छा लिखती है। इसे भी अपने लेखन में उतार।'' मनीता ने समझाने का एक नया रास्ता तलाश किया।

''नहीं, अब वह मुझसे नहीं होता है। लिखना जिंदगी से कितना हटकर और बेमानी हो रहा है, इसे मैं मान चुकी हूँ। तू चाहती है कि मैं इस कब्रगाह में अपने आपको दफना दूँ! यह मुझसे नहीं होगा। कदापि नहीं।''

''तू मुझे समझने की कोशिश तो कर। मैं तेरी शुभचिंतक हूँ।'' मनीता का स्वर हारा-थका सा था।

''जब व्यक्ति अपने से लगातार हारता ही जाता है, तब वह शुतुरमुर्ग की तरह पढ़ी-लिखी जमात के रहनुमाओं में अपना नाम लिखवाने की कोशिश करता है। तब उसमें बूढ़े भेड़िए की चालाकी उपजती है और अपने खूँखार और नापाक इरादों को वह इनसानियत की खाल ओढ़कर पूरा करने लगता है। मैं ऐसे नकली ईमानदार और खूँसट भेड़ियों को बखूबी पहचानती हूँ। हमें यह नरक उनका ही दिया हुआ है, मनी। आज भी जब वह रात सामने आ खड़ी होती है, तब मेरे में शैतान कुलाँचे भरने लगता है और मैं चाहती हूँ कि आदमी की खाल में भूसा भरकर आग लगा दूँ। वह धू-धू कर जल उठे। उसकी मैं नापाक तमन्ना, आरजू, मंसूबे, सब-के-सब राख हो जाएँ।'' उसने कुछ रुककर आगे कहा, ''वह बदसूरत रात कितनी खौफनाक थी, कितनी दहशत भरी! ओह… ।''

''जब तेरी दीदी ने आत्महत्या की थी!'' मनीता ने उसे सहारा दिया।

''नहीं!'' वह चीख पड़ी। वह सोफे से उछल पड़ी। बोली, ''यह सब सफेद झूठ है। दरअसल, मैं अपनी जीजी के पास बिना पत्र दिए गई थी। मेरे रहने से जीजाजी में बदलाव आने लगा था। घर में फिर से खुशनुमा माहौल बनने लगा था। मुझे वह सब अच्छा लग रहा था। मैं सोच रही थी कि यदि इस तरह मेरी जीजी की जिंदगी महक सके तो मेरा यहाँ रहना सार्थक हो जाएगा। मैंने पिताजी को भी पत्र नहीं लिखा था,

क्योंकि मैं उन्हें यह सुखद आश्चर्य देना चाहती थी। मुझे नहीं पता था कि ओह!'' वह यकायक चुप हो गई।

''फिर?'' मनीता ने पूछा

''छोड़ भी।''

''बता भी दे। न बताना था तो जिक्र ही न छेड़ती।'' मनीता ने कहा।

''उस रात जीजी को उन जालिमों ने मार डाला। मुझे कॉफी में नशे की कोई चीज देकर बेहोश सा कर दिया था। जब मेरी आँख खुली, तब मैं एक अनजाने कमरे में थी। मेरा सिर चकरा रहा था। मेरा शरीर बेतरह टूट रहा था। मैं बिलख पड़ी। मनी, मैं नंगी डबल बैड पर पड़ी हुई थी। यह सब मैं कुछ नहीं समझ सकी। एक तरफ मेरी अटैची पड़ी थी। मैं चीखना चाहती थी। पर मेरी सोच ने जवाब दे दिया था। यह सब कैसे हुआ! कौन है वह दरिंदा? मैं तो घर में थी। मनी, मैंने अपने को सँभाला। अटैची उठाकर नीचे आई। मालूम पड़ा, मैं नटराज होटल के कमरा नंबर १३ में थी। मैं काउंटर तक पहुँची।

'जा रही हैं आप?' एक अदने से होटल कर्मचारी ने पूछा। उसकी आँखें कंजी थीं।

'मुझे यहाँ कौन लाया था?'

'आप खुद आई थीं मैडम।'

'खुद?'

'कब?'

'उसने रजिस्टर मेरी ओर बढ़ा दिया था। मैं चौंक पड़ी थी। उस रजिस्टर से सिद्ध होता था कि मैं सात दिन से उसी होटल में ठहरी हुई थी।'

'यह झूठ है।' मेरा स्वर तेज था।

'वह चुप रहा। उसने ७७० रुपए का बिल मेरी ओर बढ़ा दिया। उसी समय कई स्त्री-पुरुष वहाँ आ गए। मैं बिल चुकाकर बाहर आ गई। बाहर सबकुछ अनपहचाना था। पहली बार मुझे लगा कि मैं अनजाने शहर में अजनबी सड़क पर एकदम अकेली आ खड़ी हुई हूँ। मेरे आगे-पीछे कोई नहीं है। सिर्फ मैं हूँ, जिसे मैं भी नहीं पहचानती कि मैं कौन हूँ, क्या हूँ, और क्यों हूँ?'

'सब हो गया। जीजी गई। मेरा संसार उजड़ गया। जो हुआ, सो हो गया। अब लकीर पीटने से कोई लाभ नहीं। जीजी की हत्या की गई या उसने आत्महत्या की, यह रहस्य एक पहेली बन चुका था। सबूत नहीं थे, होंगे भी तो मिटा डाले होंगे। पुलिस उनके पक्ष में थी। पिताजी रोते थे।''

''मैंने निर्णय किया कि मुझे ही कुछ करना होगा। मैं यह सिद्ध तो नहीं कर सकती

थी कि मेरी जीजी को मारने वाले उसके ससुराल वाले हैं। लेकिन मैं सब समझ गई। जीजा की बदल रही निगाहें मुझे अँधेरे में रास्ता दिखलाने लगीं। मैं उन तक पहुँची। उन्हें उस होटल तक लाई। इस बार कमरा उनके नाम से बुक था। मैंने उनके साथ कोई आपत्ति नहीं की। ऐसे खतरनाक अपराधी को जो चाहिए था, वह दिया और अंत में उस रात मैंने उसे खूब पिलाई। मैंने उसकी एक न चलने दी। औरत आदमी की कमजोरी है। मैंने उस कमजोरी का पूरा फायदा उठाया। शराब में नींद की गोलियाँ थीं। मैं चुपचाप निकल आई। सुबह अखबार की सुर्खियों में आत्महत्या का एक केस था।

"तब से मनी, आदमी मेरा शिकार हो गया। मुझे आदमीजाति से नफरत हो गई। जिस औरत ने जंगली इनसान को घर दिया था, समाज दिया था, तहजीब और संस्कृति दी थी, यदि उसे ही कोई फाड़कर खाने की तैयारी करे, घर को होटल माने, समाज को बाजार और तहजीब व संस्कृति को फैशन, तो वह औरत उसको आग भी लगा सकती है। सबकुछ स्वाहा भी कर सकती है। यही होना भी है। आदमी संसार को निष्प्राण बनाकर सोच रहा है कि अब वह इस्पात के घर में आ बैठा है। एकदम सुरक्षित है। अब उसका कोई कुछ नहीं बिगाड़ सकता तो यह उसका वहम है। बिना इस वहम को मिटाए कुछ नहीं हो सकता।" अनीता के स्वर में आर्द्रता थी। फन कुचली नागिन की सी जड़ता थी।

मनीता एकबारगी बुत सी बनकर रह गई। उसका अपना अनुभव उसे छीलने लगा।

"मनी, सच यही है।"

"सच इतना बदसूरत, नहीं अनी, एक बार और सोच! तू बदले की आग की लपटों के बीच खड़ी है। दूसरों को जलाने के लिए खुद जल रही है। जलने-जलाने के लिए सोच-विचार की जरूरत कहाँ पड़ती है। तपेश्वर उनमें से नहीं है। तू अभी तक भागती ही रही। तूने दम भर के लिए साँस नहीं ली। तू जरा ठहरकर सोच तो, जो तूने किया, वह तपेश्वर के साथ कहीं वैसा ही तो नहीं, जैसा तेरे साथ हुआ है और जिससे तू आज तक जल रही है, जंगल में लगी बेकाबू आग सी। कहीं वह भी तेरी तरह बदले की आग में जल उठा तब?"

"नहीं, मनी, ऐसा कभी नहीं होगा।"

"क्यों नहीं होगा? वह भी तो तेरी तरह ही पवित्र है। उसके प्यार में सौदेबाजी नहीं है। वह चाहता तो तुझे छोड़कर जा सकता था। वह तेरे से ज्यादा जवान है। कोई भी लड़की उसका हाथ थाम लेगी। लेकिन तेरी ओर जो हाथ बढ़ाएगा, उसकी नीयत खरी नहीं होगी। उसका हाथ तेरी ओर नहीं, तेरे पैसे की ओर बढ़ेगा।"

"मेरे तक किसी की ऐसी पहुँच नहीं हो सकेगी, मनी। मैं आदमी को चरम अवस्था (क्लाईमैक्स) पर लाकर खंदक में ढकेल देती हूँ।" अनीता के स्वर में नतीजे की दृढ़ता थी।

"और यदि कभी उलटा हो गया तो?" मनीता ने संशय फैलाकर कहा, "काश! तू अपने आपको क्षमा कर सके। बदले मनुष्य दूसरे से नहीं, अपने आप से लेता है। मुझे तेरा खयाल ही यहाँ तक घेर लाया है। मैं तेरे निर्णय लेने तक यहीं हूँ।" इसके साथ ही वह उठकर अंदर वाले कमरे की ओर चल पड़ी। अनीता गुमसुम सी उसे देखती रह गई।

□

लाजो

जिंदगी कोई बेमतलब और चुपचाप सिर नीचा किए गुजार सकता है, इस बात का अनुमान ठाकुर वीरभद्र सिंह को इससे पहले कभी नहीं हुआ था।

चिरौंजी हवेली के घर-आँगन और धूप-छाँह में पली तथा किशोर हुई। वह एकदम मखमल सी मलूक, तीखे नाक-नक्शवाली और अच्छा उठान-भरत्त्व लिए राजकुमारी सी लगती थी। उसे देखकर कोई नहीं कह सकता था कि वह लाजो की बेटी है। लाजो एकदम चीकट, काली-कलूटी, नाटे कद की, छोटे हाथ वाली थी, पर उसकी देह कसी सुती और बैगनी रंग लिये थी। उसकी आँखों में सदा ज्वार पेंग मारता रहता था। पत्थर के टुकड़े से रगड़-रगड़कर साफ की गई उसकी एड़ी एकदम संगमरमर सी चिकनी और पलाश के फूल सी लाल थी। इसमें कोई संदेह नहीं था कि काली और नाई जाति की होने के बाद भी उसमें अनचाहा आकर्षण था, भरपूर जवानी थी और भोलापन भी।

लाजो को बोलना जैसे आता ही नहीं था। वह प्रायः संकेतों से बात करती और बोलने पर आ बनती तो वह इतनी धीमी और पतली आवाज में बोलती कि पूछनेवाले के अलावा मजाल है कि कोई दूसरा सुन पाता।

लाजो अलस्सुबह से लेकर देर रात तक बिना एक पल साँस लिये और आलस किए खटती रहती थी—एकदम मशीन की तरह। बड़ी ठकुराइन तो इसी कारण उस पर लट्टू थी। कभी नागा नहीं। देर-सबेर नहीं। हारी-बीमारी नहीं। चिरौरी-बरौरी नहीं। शिकवा-शिकायत नहीं। चाह-वाह नहीं। सदा चरिंदे-परिंदे की तरह अपने हाल में मस्त!

लाजो सिर नीचा किए हवेली में घुसती और घूँघट मारे-मारे हवेली के खटरागों में खो जाती। उसे जीने का यह तरीका रास आ गया था।

गबरू था लाजो का मरद। पर गबरू जैसा उसमें कुछ नहीं था। वह था एकदम

निकम्मा, गँवार-जाहिल, काला-कंजड़, मरगिल्ला खजैला पिल्ला, डेढ़ पसली का नंबर एक का हरामी। उसका मरद दारू में धुत पड़ा रहता। दारू पीकर भूँकता और जब-तब बेमतलब लाजो को कूट बैठता।

लाजो कभी-कभी पिटकर लहूलुहान भी हो जाती, लेकिन चीखती-चिल्लाती नहीं। न उसके लिए किसी से कुछ कहती-बतियाती। गुमसुम बनी रहती।

लाजो हाड़ पेलकर उसका पेट भरती और उससे जो बच जाए, उसे वह स्वेच्छा से अपने निखट्टू मरद की हथेली पर रख देती। पर उसका निकम्मा मरद दो-चार दिन छोड़कर किसी-न-किसी बदहवास नाली के कीड़े को अपने साथ ले आता। लाजो भाग खड़ी होती। रात-रात भर, चाहे पूस की रात हो या जेठ-आसाढ़ की, वह जहाँ-तहाँ छिपती-छिपती अपने को मरने से बचा ले जाती।

लाजो में शायद काम ने कभी आँख नहीं खोली। उसका मरद नाम का मरद था। एकदम बेकार। फिर भी लाजो पेट से रह गई। उसने चिरौंजी को जन्म दिया। चाँद सी सुंदर और सलौनी गुड़िया को पाकर वह खुश थी।

हवेली में टोकरी के झूले में चिरौंजी को डालकर और आते-जाते झोंटे देकर वह सारे काम निपटाती रहती थी। जब तब फुरसत मिलती, चिरौंजी को झूले से उठाकर अपना दूध पिला जाती। यदि दूध पिलाते हुए बीच में पुकार पड़ जाती तो वह उसे झूले के हवाले कर और बिना उसकी ओर देखे, बड़ी ठकुराइन के सामने जा खड़ी होती।

कोई नहीं जानता कि लाजो को चिरौंजी की याद आती है या नहीं, क्योंकि उसके काम में कभी चिरौंजी आड़े नहीं आई। बड़ी ठकुराइन ने खुश होकर उसे जो दिया, वह उसने सिर-माथे लगाकर ले लिया, कभी कुछ माँगा-चाहा नहीं। बड़ी ठकुराइन ने कहा, ''छोरी के काजल का टीका लगा दिया कर। इस गंडे को उसके गले में डाल दे। आल-बाल से बची रहेगी।'' उसने मान लिया। उसके गले में गंडा डाल दिया।

बड़े ठाकुर सत्तर पार कर चुके थे, लेकिन उनके सिर के बहुत कम बाल सफेद हुए थे। कद-काठी अभी भी मजबूत, आँखों में वही रोब, मूँछों पर वही अकड़, वही शान। हालाँकि हवेली का जहाँ-तहाँ से पलस्तर उखड़ने लगा था। जमीन-जायदाद बिकती रही थी, परंतु इस पर भी बड़े ठाकुर को सारा गाँव चाहता था। उस पर जान देता था। देता क्यों नहीं, वह भी उन्हें अपनी परजा मानता था, अपनी संतान!

उस रोज ठकुराइन अपने कमरे में बैठी थी। फुरसत में थी। लाजो ने धीमे से कहा, ''ठकुराइन माँ, तेल लगाऊँ!''

बड़ी ठाकुराइन की मानो नींद खुल गई। वह हलकी सी चौंकी। बिना निगाह उठाए कुछ देर सोचती रही। कुछ नहीं सोच पाने पर सोचना कैसा फीका-फीका आस्वाद भर जाता है, वह उससे भी बेखबर थी।

लाजो सिर झुकाए आदेश की प्रतीक्षा में खड़ी रही। कुछ पल बीते रीते पड़े घट से। कोई आहट नहीं। बेआवाज सारा वातावरण।

बड़ी ठकुराइन ने अपने पतले और रक्तिम होंठों पर जीभ फेरकर लाजो को आँख के इशारे से इजाजत दे दी।

लाजो तेल ले आई। चटाई बिछा दी। ठकुराइन आ बैठी। वह धीरे-धीरे तेल मालिश करने लगी। वह मालिश बहुत ढंग से करती थी।

बहुत दिनों से लाजो के मन में एक बात दिन-रात घर किए थी। उसका मरद भी नहीं रहा था। जोड़ा-बचाया उसने कुछ नहीं था। आखिर चिरौंजी के हाथ पीले करने थे। वह कैसे कहे? यह सोचकर उसका मन धक सा रह जाता था। अचानक उसके मुँह से निकल गया, ''ठकुराइन माँ!''

बड़ी ठकुराइन ने कुछ देर बाद उसकी ओर देखा और आँखों-ही-आँखों में कहा कि बोल!

लाजो के होंठ चिपके रह गए। दिल घबराने लगा। वह क्या कहे! कुछ देर सन्नाटा कुलबुलाता रहा। बड़ी ठकुराइन ने फिर पूछा, ''क्या बात है, लाजो बेटी।''

लाजो बड़ी मुश्किल से इतना ही कह पाई, ''चिरौंजी⋯।''

''क्या हुआ है उसे?'' बड़ी ठकुराइन ने पूछा। लाजो क्या बताए। वह कुछ तेजी से पाँव सूतने लगी। बड़ी ठकुराइन कह रही थी, ''चिरौंजी सयानी हो रही है। धूप-चाँदनी सी खिल उठी है। क्या हुआ उसे?''

लाजो ने पाँव सूतना कुछ धीमा किया। जी पक्का कर उसने कहा, ''ठकुराइन माँ, लड़की पराया धन है। बाप की छाया रही नहीं।''

''तो⋯।'' बड़ी ठकुराइन इतना कहकर तुरंत सँभल गई। बोली, ''समझी। चिंता-फिकर नहीं। हम तो हैं। अपनी चिरौंजी तो राजकुमारी है। जिस घर में जाएगी, उजाला कर देगी। कहीं से कोई बात चली क्या?''

लाजो ने सिर हिलाकर मना कर दिया। बड़ी ठकुराइन ने पीठ खंभे के सहारे टिका ली। फिर गहरी साँस लेकर उसे समझाया, ''अपनी चिरौंजी को रिश्ते की क्या कमी। अपने बगुरू से कहने भर की देर है कि ड्योढ़ी पर रिश्ते हाथ बाँधे और सिर झुकाए खड़े होंगे। तेरी भी कोई अपनी इच्छा है क्या?''

लाजो ने फिर सिर हिलाकर मना कर दिया।

''तू चिरौंजी की महतारी है। तूने उसे बड़े जतन से पाला-पोसा है। लाजो, बेटी लेकर तेरा भी कोई सपना हो तो बता, संकोच मत करना।'' बड़ी ठकुराइन का हृदय बोल रहा था। उसने लाजो को कभी नौकरानी नहीं माना। सदा अपनी बेटी समझा था। अपने परिवार का सदस्य।

लाजो ने भी चिरौंजी की परवरिश में कोई कसर नहीं छोड़ी थी। खुद रूखा-सूखा खाया, कभी नहीं भी खाया, पर चिरौंजी को अच्छा खिलाया, अच्छा पहनाया। हँसते-हँसते उसके सभी नाज-नखरे उठाए। उसने जो चाहा, उसके लिए किया। लेकिन इस वक्त लाजो गूँगी रह गई। उसके कंठ से कोई बोल नहीं फूटा। उसके हृदय में एक संशय जरूर उठा। प्राय: यह संशय उसमें उठकर धीरे-धीरे उसे दबोच लेता था। वह किंकर्तव्यविमूढ़ होकर रह जाती थी। विवश और लाचार! वह संशय था एक भूतहा डर। लाजो दिन-रात यही विनती करती थी कि चिरौंजी को गबरू जैसा वर न मिले। मिल गया तो···वह क्या कर लेगी! आखिर सबकुछ ऊपर से तै होकर आता है। पूर्व जन्म का किया पाप-पुण्य तो भोगना ही होगा। भाग्य की लकीरें मिटाए नहीं मिटतीं। फिर भी, वह बराबर यही गूँगी-पूँजी करती रहती कि उसके सारे दु:ख-दरद उसे दे दे, पर उसकी चिरौंजी को किसी कष्ट कारा में नहीं डाले।

बड़ी ठकुराइन की एक बाँह अपने कंधे पर रखकर लाजो तेल लगाने लगी। फिर धीरे-धीरे सूतने लगी। इसी तरह उनकी सारी देह की मालिश कर डाली। आज वह मालिश नहीं उनकी पूजा कर रही थी। बड़ी ठकुराइन का जोड़-जोड़ खिल उठा था। उसे बड़ी राहत मिली थी। शरीर फूल सा हलका और मुलायम हो गया था। वह कह रही थीं—"बड़े ठाकुर को इस बात की पहले ही चिंता थी। वो तो तेरे मुँह खोलने की देर थी। आखिर तेरा भी मन है। वह चली जाएगी तो तू एकदम अकेली रह जाएगी। खैर, आज मैं बड़े ठाकुर को तेरी मरजी बतला दूँगी। फिर क्या, चट मँगनी, पट ब्याह। ब्याह बड़ी धूमधाम से होगा।"

लाजो घबरा गई और थूक गटककर बोली, "इतना खरच नहीं, बड़ी ठकुराइन।"

"क्यों···क्यों नहीं?" बड़ी ठकुराइन में ममता और प्यार एक साथ महक उठे। वह कहती रहीं, "पगली, इसमें सबकुछ तेरा है।"

"मेरा!" लाजो कुछ समझी नहीं। कहीं छोटे ठाकुर ने तो···। वह कैसे कुछ कहता। उसने तो उससे कहा था, "तू तो वैसे भी गूँगी है, लाजो। तुझे इसी गूँगेपन का धरम निभाना।"

बड़ी ठकुराइन कह रही थीं, "जब से चिरौंजी हुई, तब से बड़े ठाकुर ने तेरा पगार बढ़ा दिया था पर तुझे बताया नहीं, क्योंकि तेरा निखट्टू मरद सब चटकर जाता और तू कुछ भी नहीं जोड़ पाती।··· चोर-उचक्के अलग हैं।··· कुछ जोड़ भी लेती तो कितना! इतना कदापि नहीं।··· सूद सहित तेरा पैसा साहूकार के यहाँ सँभालकर रखा है।··· अपनी हवेली में भी अब··· खैर, छोड़ इन बातों को। ···तू ब्याह की तैयारी में जुट जा।"

लाजो के नाम की लाटरी खुल गई। कहीं से पड़ा धन मिल गया। वह फूली नहीं समाई। वह किसकी आरती उतारे? किसके चरणों में फूल चढ़ाए? उसने तो झुककर

बड़ी ठकुराइन के पाँव पकड़ लिये और आँसुओं से उनके पाँव धो डाले। बड़ी ठकुराइन ने उठाकर उसे कलेजे से लगा लिया। वह भी रो पड़ीं।

बड़ी मुश्किल से लाजो उठी। हवेली से बाहर आई। बाहर आते ही उसके पंख लग गए। वह हवा से बातें करने लगी।

घर आकर उसने चिरौंजी पर सारी ममता लुटा दी। उसे बेहद प्यार किया। उसकी बलाएँ लीं। उसके काला टीका लगाया। चिरौंजी कुछ समझी नहीं और न उसने कुछ पूछा। वह अपनी माँ की खुशी से खुश हो उठी। वह अपनी माँ के गले में हाथ डाल उससे चिपटी रही। उसकी माँ में सुख का अनंत सागर लहरा उठा, अनगिनत तरंगों के साथ।

ब्याह की तैयारियाँ होने लगीं। लहँगे पर कढ़ाई शुरू हो गई। चिरौंजी का कुछ पता नहीं। सारी तैयारियाँ हवेली में चल रही थीं। देर रात तक हवेली जागती रहती थी। कभी-कभी गीत, ढोलक पर थाप और पायल की झंकार से हवेली का मन-मयूर नाच उठता था। मजाक-ठिठोली होती रहती थी। ब्याह का मन बसंत बनकर हवेली में उतर आया था।

अचानक चीख गूँज उठी।

लाजो ने दोनों हाथों से अपनी आँतों को सँभाले हवेली में प्रवेश किया। सब सहम गए। लाजो अंतिम साँसें ले रही थी। वह घूँघट आज भी रोजमर्रा की तरह डाले हुए थी। वह बहुत धीमे-धीमे बड़बड़ाते हुए कह रही थी—

"ठकुराइन माँ, बड़े ठाकुर को···।"

बड़े ठाकुर ने वैद्य को बुलवाने आदमी भेज दिया था। उनका माथा ठनका। वह खखारते हुए वहाँ पहुँचे और बोले, "लाजो बेटी, हम आ गए। बोल, क्या बात है? कौन है वह? हम उसको जिंदा दफना देंगे।"

बड़ी ठकुराइन लाजो का सिर अपनी गोद में लिये उसके मुँह में पानी डाल रही थीं। लाजो कह रही थी, "सबको हटा दो, ठकुराइन माँ।"

एक-एक कर सब चले गए—लड़के, उनकी बहुएँ और सब। वहाँ बड़े ठाकुर, बड़ी ठकुराइन और लाजो के अलावा और कोई नहीं रहा।

बड़े ठाकुर का मन विचलित हो उठा। उसमें आशंकाओं की घटाएँ घिरने लगीं।

बड़ी ठकुराइन पूछ रही थीं, "बोल, बेटी क्या बात है?"

लाजो के होंठ काँप गए। वह बोली, "बाबा···बाबा, माँ··· बाबा···।"

बड़े ठाकुर का माथा ठनका। वह समझकर डर गए। वह बोले, "रुद्रप्रताप का छोटा लड़का, बेटी?" रुद्र प्रताप सिंह उसका छोटा भाई था और छोटे ठाकुर नाम से पुकारा जाता था।

लाजो ने घूँघट में से सिर हिलाया और कहा, "हाँ।"

बड़े ठाकुर के पाँव तले से धरती खिसक गई। उनकी आँखों में हवेली की कामदार छत तेजी से घूमने लगी। फिर भी उन्होंने सँभलकर पूछा, "क्या किया उसने?"

"उसने···।" बड़ी ठकुराइन घबरा गई।

लाजो की साँस उखड़ रही थी। वह घर से हवेली तक भागती-भागती आई थी। उसकी आँखों के सामने अँधेरे का सूरज उग आया था।

बड़े ठाकुर कह रहे थे, "लाजो बेटी, साफ-साफ कह। बड़े ठाकुर का वायदा है अपराधी कोई क्यों न हो, उसे दंड मिलेगा। कानून उसे दंड दे या न दे, पर हम उसे दंड अवश्य देंगे।"

लाजो बड़े ठाकुर का इनसाफ और गुस्सा दोनों जानती थी। इसी से तो बड़े ठाकुर जमींदारी चले जाने पर भी आज सारे गाँव के ठाकुर बने हुए हैं। उनके कहे बिना वहाँ पत्ता नहीं हिल सकता।

लाजो घबरा उठी। वह बोली, "चि रौं··· जी।"

"क्या हुआ है उसे?" बड़ी ठकुराइन का सिर चकराया।

लाजो की गरदन एक ओर लुढ़कने को हुई तो बड़ी ठकुराइन ने उसे सँभाल लिया।

"क्या हुआ उसे?" इस बार बड़े ठाकुर का स्वर था कड़कदार, पर काँपता हुआ।

"बाबा ने यह किया क्या?" बड़ी ठकुराइन तड़ककर बोल पड़ीं। लाजो में चेतना लौटी। वह जुबान कुतरकर बोली, "जाको क्या? माँ ठकुराइन, जे तो माटी है। एक दिन माटी में ही मिलनी है।" आगे उससे बोला नहीं गया। कितना बड़ा घराना! कितने बड़े लोग। आज भी दूर-दूर तक जिनकी शोहरत के डंके सुनाई पड़ते हैं। ताजिंदगी जिनका नमक खाया। देवी-देवता से बड़ी ठकुराइन और बड़े ठाकुर, उनसे···। नहीं कदापि नहीं। उनका क्या दोष? उसकी साँस तेज हो रही थी। आँखों के सामने यमराज आ खड़े हुए थे। वह अकहे चली गई तो अनर्थ हो जाएगा। मरने पर भी उसकी आत्मा को चैन नहीं मिलेगा।

"बोल बेटी, निर्भय होकर बोल। हम भी तो तेरे माँ-बाप हैं।" बड़ी ठकुराइन ने कुतरते संशय को नजरअंदाज करते हुए कहा।

लाजो की आँखें भर आईं। उसकी आवाज अवरुद्ध हो गई। उसके सामने छोटे ठाकुर आ खड़े हुए। उसी के साथ काली अमावस्या की साँपिन सी फन फुफकारती रात घिर आई। ऊपर से चुड़ैल सी बाल बिखराए बरखा का तेज गुस्सा और कड़कदार आवाज!

लाजो के पीछे भाग रहा था एक मुस्टंडा साँड़! वह हाँफ चली थी। कई बार वह गिरी। चोट खाई। बदहवास हो उठी थी। न उसे कोई दिशा सूझ रही थी और न कोई

बचाव! औरत कितनी कमजोर है! न अपनी हया ढक सकती और न लाज!

वह भागते-भागते बेदम हो गई। उस मुस्टंडे साँड़ की भयानक आवाज उसका तेजी से पीछा कर रही थी, ''स्साली, छिनाल लुगाई, बहुत उड़ती फिरी है। आज मैं तुझे नहीं छोड़ूँगा···फाड़कर खा न गया तो मेरा नाम भी··· ।'' उससे आगे लाजो ने कुछ नहीं सुना। न कुछ जाना। काँटे चुभे कि धँसे, पत्थरों से ठोकर खाई कि काँटो में गिरी। होंठों पर खून की बूँदें छलछला आईं कि बाँह पर, उसे कुछ नहीं मालूम।

पता नहीं, कैसे वह हवेली के पास जा पहुँची। उसकी साँस बेतरह से उखड़ रही थी। वह हवेली में घुस गई और कच्ची दीवार के सहारे बैठ गई। कुछ देर बाद उसकी धौंकनी सी चल रही साँसों को कुछ राहत मिली। कई जगह से उसकी धोती फटी व निकल गई थी। उसने धीरे से उसे सँभाला। उसके जी में जी आया। यद्यपि चुभन-कसक की वेदना धीरे-धीरे उसे सताने लगी थी, तथापि उसे सुरक्षा का सुकून मिल रहा था। सुरक्षा के लिए बने अपने समाज से सुरक्षा··· कौन देगा? आए दिन इस हाड़-मांस की काया को रँगना, लुकना-छिपना। क्या है यह जिंदगी? किसके लिए जीना? कौन है? अपना मरद भी अपना नहीं। फिर··· ।

लाजो ने धोती के पल्लू से होंठों के खून को पोंछा। एक लकीर खिंच गई उसके दिल पर।

जैसे ही उसने सामने की ओर निगाह उठाई, वैसे ही वह घबरा उठी। उसने आँखें मलीं। चौंक पड़ी। सामने छोटे ठाकुर खड़े थे। उसने झट से लाज मार ली। गरदन झुका ली।

''घबराओ नहीं।'' छोटे सरकार की भारी और धीमी आवाज थी, ''इधर आओ।'' लाजो की सुनने की शक्ति खत्म, देखने की क्षमता गोल और सारी देह को फालिज! वह टस-से-मस नहीं हुई। कई बार छोटे ठाकुर ने उसे पुकारा, पर वह कच्ची दीवार हो गई। न हिली, न डुली। उस पर गाज गिर गई।

अंत में खुद छोटे सरकार उसके पास आए। उसे छुआ। वह सिर से पाँव तक काँप गई। वह बोले, ''उठो!''

लाजो और सिमट गई। उकड़ू होकर बैठी रही। छोटे ठाकुर ने उसे बाँह पकड़कर उठा लिया। वह उठ गई। उसकी देह माटी हो गई। छोटे ठाकुर ने उसे बाँहों में भर लिया। वह चमकी। वह गुहारकर उठी, ''नहीं, छोटे सरकार, परजा पर रहम। हम छोटी जाति के हैं मालिक आप···अपना धरम-करम मैला न करें। हमें जाने दें।''

छोटे सरकार ने उसकी एक नहीं सुनी। उसे कसकर भुजाओं में जकड़ लिया। उसके मुँह से दबी सी चीख निकल गई। तभी तेजी से बिजली कड़की। कहीं गिरी। लाजो जड़ होकर रह गई। कुछ बोली-बाली नहीं। न हाथ-पाँव मारे। जो हुआ, चुपचाप

सह लिया। छोटे सरकार चलते हुए कहते गए, "मुँह नहीं खोलना। कुछ नहीं हुआ, यही समझना। याद रखना।"

छोटे ठाकुर जा चुके थे। लाजो के होंठ और कट गए थे। सारी देह सन्न रह गई थी। क्या हुआ? कुछ नहीं। घूँघट अब भी उसके चेहरे पर पड़ा काँप रहा था। बाबा छोटे ठाकुर का लड़का था। दो बरस हो रहे थे उसकी शादी को हुए।

लाजो ने उसे समझा दिया था। बड़े घर के हो, उसका मान रखो। चिरौंजी ने भी उसे झिड़क दिया था। ओह! यह सब क्या हो गया!

लाजो अचेत होने लगी। काफी खून बह चुका था। खून बहना थमा नहीं था।

बड़े ठाकुर की भारी आवाज गूँज रही थी, "अभी तक वैद्य नहीं आया। कहीं वह...।"

बड़ी ठकुराइन ने उसके मुँह में पानी डाला। छपाके दिए। लाजो कुछ हिली-डुली। उसने करवट लेने की कोशिश की, पर ले नहीं पाई। वह कराहकर रह गई।

बड़ी ठकुराइन ने उसे याद दिलाया, "तू कुछ बता रही थी। चिरौंजी के लिए...। तू कुछ कहना चाह रही थी, बेटी, कह डाल। कोई फाँस मत रखना मन में।" बड़ी ठकुराइन को उसका अंतिम समय नजर आ रहा था। वह घबराकर बोली, "चिरौंजी को बुलवा लो।"

बड़े ठाकुर जगे।

लाजो ने कहा, "बा...बा...आ...।"

"क्या बाबा?" बड़ी ठकुराइन ने पूछा।

बड़े ठाकुर का दम ऊपर का ऊपर, नीचे का नीचे रह गया। वह बाहर की ओर देखने लगे।

लाजो की साँस बहुत तेजी से उखड़ने लगी।

"क्या किया बाबा ने?" बड़े ठाकुर ने साहस कर पूछा।

इसी समय छोटा ठाकुर दरवाजे के पास खड़ा नजर आया। वह गुमसुम सा था।

"चिरौंजी को...।" लाजो ने बहुत धीमे से कहा। कुछ देर तक वह अपनी तेज होती साँसों के ज्वार-भाटे से लड़ती रही। फिर वह बोलीं, "बा...ब...अ...।"

"क्या!" बड़ी ठकुराइन ने कुछ-कुछ समझा। बड़े ठाकुर के काटो तो खून नहीं!

छोटे ठाकुर दरवाजे से बाहर की ओर मुड़ गए। लाजो ने सिसकियों के साथ कहा, "छमा माँ, कहा-सुना।" इसके साथ कुछ देर तक वह अचेत बनी रही। अचानक बहुत धीमे स्वर में बोली, "चिरौंजी बाबा की सगी...।"

"क्या सगी?" बड़ी ठकुराइन ने पूछा।

बड़े ठाकुर जड़ हो गए।

लाजो बोली, ''बहिन है, माँ। उसे बचा लो माँ, उस पाक रिश्ते को बचा लो।'' इसके बाद वह बड़ी ठकुराइन की गोद में लुढ़क गई। बड़े ठाकुर ने भी भीत पकड़ ली। नहीं पकड़ते तो वह गिर जाते। वैद्य भी आ गया। उसने नब्ज टटोली। फिर पलकें मूँदीं बड़ी ठकुराइन जैसी-की-तैसी बैठी रह गईं। उसके मुँह से कोई बोल नहीं फूटा। उस पर गाज गिर गई। वह मिट्टी हो गई और ठाकुर राख। अब कुछ नहीं रहा था शेष। मानो सर्वस्व लाजो के साथ ही ढह गया—बाढ़ में बहे जा रहे छप्पर की तरह एकदम मौन और उदास!

□

कैक्टस

झुक आया आसमान बहुत दूर से लगता था, मानो फट सा गया हो। लगभग सूरज अस्त हो चुका था। फुनगियों पर पड़ा तेज रंगों का उजाला उड़ जाने को उद्यत था। मधुरिमा गुमसुम बैठी हुई यह नजारा दृष्टिगत कर रही थी। अर्द्धखुला वातायन निरंतर उसे अपने में दबोच रहा था। आहिस्ता-आहिस्ता उसे ऐसा अनुभव होता जा रहा था, जैसे उसका इन रंगों के उजास से कहीं गहरा रिश्ता है। हठात् वह वहाँ से उठ जाना चाहती थी, लेकिन उससे ऐसा हो नहीं पा रहा था। वह अपने में अजीब सी विवशता भरी ऐंठन पिघलकर जमती पा रही थी।

दिन ढलने को है। उसे दबी हँसी आती, यह सोचते हुए कि जिंदगी तो अभी ढलने को नहीं है। पर लंबी उम्र पाकर वह क्या करेगी? करने के लिए तो चंद लम्हे काफी हैं। क्या उसने कुछ किया नहीं! और करने को रह भी क्या गया! सब तो वह कर ही चुकी है। करने से पहले और कर चुकने के बाद कैसा-कैसा हुआ है मन! पहले रंगों की बारात कैसी शहनाई सी अनुगूँज उठी थी। रह-रहकर बारंबार मन होता था कि नानाविध सुमन खिला आसमान अपने पर झुकाकर झूल जाऊँ और रंग-बिरंगे सुमन निर्झर से झर उठें एक साथ। वासंती पवन में बहता सरसोंई रंग, जी होता था कि रंध्र-रंध्र में तिर-तैर जाए। मदनागमन के प्रथम झोंके सा नामालूम वह कैसा पार्श्व-संगीत था। यायावर की बड़ी झील सी आँखों जैसा मन-मयूर, जीवन-जेतवन में आम्रपाली-सा बँधा रह जाता था अपने आप। सागर मुद्रा होती थी, नत-नयनों में लरज आया गुलाल-बंजारा साँसों के चंदन वन में कहीं दूर नग्न बालक सा संसृति विमुख हुआ सामने आ खड़ा होता था बेशर्म!

''नयन जुड़ जाते हैं री, तब मन होता है कि अपने से बतियाते जिंदगी गुजार दें।'' मनसा कहती और आँखों-ही-आँखों में चुटकी भर अवलोकती रह जाती!

''देख री! तुझे कितनी बार कहा है कि अपने मन की भड़ास दूसरों का सहारा लेकर नहीं निकालते। मुझे ऐसा कुछ नहीं हुआ और न कुछ होने वाला है। तू अपना ही सोचा कर, वही ठीक होगा।'' मधुरिमा अलसाए मन से कहती और तेज होते मन के ज्वार-भाटे को अंदर-ही-अंदर सँजो लेने का प्रयास करती। जानती थी कि मनसा की अंतर्भेदिनी दृष्टि उसे पकड़ लेने को बेताबी से मचल रही है। बात में से बात निकालना उसे खूब आता है। फिर उसकी आदत ही कुछ ऐसी है कि उसका मन दूसरों के दिलों में ताक-झाँककर कुछ-न-कुछ कथा-किस्सा गढ़ लेने को मचलता रहता है। इस कारण वह उससे सतर्क बनी रहना चाहती थी। परंतु कभी-कभी क्या होता है कि मन में पुर गई वासंती पवन बुद्धि की रोक-टोक को अवहेलित कर लोनी खिली धूप सी मुसकरा लेने को उद्यत हो उठती है। तब कुछ ऐसा ही था, क्योंकि अंतर्पट पर नाच उठा सावन तन-मन की सुध खोकर बावरा हुआ जाता था।

''तन्हाई का तिलिस्म ही कुछ ऐसा है, मधुरिका, कि उसमें मेरा-तेरा जोर नहीं चल सकता है। आखिर जोर-जबरदस्ती की भी तो कोई सीमा होगी—होगी ना।'' मनसा सद्य:धुले कुंतलों को ईषद् झटका देती और परिवेश को और रोमांचक बना डालती अल्हड़ भीलिनी के गुदना गुदाने के चाव से भर कर।

''नहीं री, ऐसा कुछ नहीं है।''

''होता नहीं है, पर हो जाता है।''

''क्या हो जाता, हो जाता लगा रखा है?'' दामिनी भट्टाचार्या ने बाहर से अंदर आते हुए कहा।

''आइए दामिनी निमिष, आइए। आपका ही इंतजार था।'' मनसा आँख मटकाकर आगे कहती—''अपनी मधुरिमा है न!''

''वो तो सामने खड़ी है।''

''है तो सामने खड़ी, लेकिन मन कहीं और दे बैठी है?''

''किसे दे बैठी है?''

''घंटे भर से इसीलिए तो इससे माथा-पच्ची कर रही हूँ।''

''फिर… ?''

''फिर क्या, गहरी उतर चुकी है अपनी ये रसवंती। लाख कोशिश करो, पर अपने वर-देवता का नाम नहीं लेना चाहती।''

''चलो नाम न सही, रूप-रंग, आकार-प्रकार ही आने दो, वही चलेगा।'' होंठों में समेटती मुसकान लिए दामिनी मधुरिका से कहती है।

''इस पर कुसुम-बाण का गहरा असर छाया है, दामिनी निमिषजी, पर तुम्हें क्या हो रहा है! जनाब निमिष की पल भर की जुदाई भी क्या अब बरदाश्त नहीं हो पाती?''

मधुरिमा दामिनी पर तीखा बाण छोड़ती। निमिष से उसका 'लव' चल रहा था। वह सब पर उजागर हो चुका था। फलतः सभी उसे 'दामिनी निमिष' के नाम से पुकारते थे।

दामिनी ने बाण को मुसकान की ढाल पर लेते हुए कहा, "अज्ञात यौवना, जरा तुम भी अपना निमिष बोल दो, क्या नाम है उस प्राण-प्यारे का?"

"प्राण-प्यारे का नाम है आलूबुखारा।" नतिन जैना यह रिमार्क पास करती हुई दल-बल के साथ वहाँ प्रवेश करती।

इस पर सब खिलखिला पड़तीं हैं।

"मैं भी तो जानूँ, अभिज्ञान शाकुंतल की नायिका बनने की कोशिश किस गह्वर-कंदरा में चल रही है?" उनमें से एक कहती।

"उसका दुष्यंत कौन है?" एक दूसरी कहती।

"ये मधुरिमा से पूछो।" मनसा तीर खींचते हुए कहती है।

"तुमसे क्यों नहीं?" मधुरिमा तेजी से कह जाती।

"चलो, तुम दोनों में से कोई भी सही।"

"तुममें से कोई क्यों नहीं?"

"और सब तो मेनका हैं, मधुरिमाजी!"

इस पर वे सब खिलखिला पड़ती हैं।

इसी समय मिस केवलिया और विक्टोरिया, जो क्रमशः हॉस्टल की वार्डन और अंग्रेजी की लेक्चरर हैं, आती हैं और होस्टल में अट्टहास के कुल्हड़ फूटते देख तुनक उठती हैं, 'यह क्या है?' नानसेंस? आफ्टर ऑल यू आर ग्रेजुएट। यू विलोंग अ रेप्यूटेटेड फैमिली। इट इज अ वैरी पूअर शो। मैं कितनी दफे कह चुकी हूँ कि मुझे यह सब पसंद नहीं है। इट इज आउट ऑफ एडीकेट। भविष्य में ऐसा न हो, खयाल रहे। प्लीज गो योर रूम।"

आकाश फिर धुँधला गया। सब अपने-अपने रूम की ओर चल दीं। मिस केवलिया काफिले को जाते हुए देखती रहीं। कुछ देर बाद मुड़ीं और मन-ही-मन बुदबुदाया—'पाबंदी...सलीका...सोसाइटी...कल्चर...ह्वाट नॉनसेंस। नथिंग। ऑल गॉपसिंग। रबिश।'

□

"जिंदगी चिड़िया की सी उड़ान भरने के लिए है, आसमान नापने के लिए है और मुक्त चहचहाने के लिए है। खुला आकाश, उस पर छितराए रंगों की बरसात और निर्झर सा उन्मुक्त संगीत—कैसा सम्मोहन बुनता है—मधुरिका। यकीन से कहता हूँ, तुम साथ होओ तो जिंदगी का कुछ अर्थ और ही हो। सच, सपनों का शृंगार तुम

हो, मधुरिका! मैंने कभी सोचा भी नहीं था। सोचता भी कैसे, तरंगों के बहते सरगम को कभी अपलक नहीं निहारा। बादल छूकर निकल गए। कभी जाना ही नहीं कि उन बादलों में तरंगित तरलता मल्हार छेड़े है! रजत रश्मियों की चुभन की पीड़ा कैसी होती है! कैसी होती है अंतर्वीणा के झंकृत होने की क्रीड़ा!

''नागफनी से कुंतलों में सिमट आई थी प्रथम मेघ की सिहरन भरी कणिकाओं की निखिल व्याप्त सुषमा राशि जब तुम्हारे ज्योत्स्नामयी मुखारबिंद के सहज भोलेपन पर छितराई हुई थी और चितवन में सलज्ज कंपनरेखा मुझे ठहर गई थी, तब मुझमें मूर्च्छा राह-विस्मृति यायावर की सन्नाटा बुनती मुद्रा समा गई थी, वह मैं भुलाए नहीं भूल पाता।

''तुम बहुत याद आती हो, बहुत बार। जी चाहता है कि तुम रहो, कालिदास की वह अपूर्व कल्पना बनकर, जिनसे यक्ष और यक्षिणी की गाथा गूँथी है और जिनसे दुष्यंत-शकुंतला की सृजना हुई है। जानता हूँ, ऐसा होगा नहीं। मैं कालिदास तो नहीं हूँ और बन भी नहीं सकता। बनने मात्र से क्या कोई बन जाता है?

''फिर भी तुम मेरे मन में पुष्पवास सी, कौमुदी काणिका सी और नद की कलकल सी मेरे में उतरकर जिंदगी का कैसे संगीत गुनगुना रही हो, वह मैं बता नहीं सकता। यह निर्णय तुम पर है कि तुम मेरे प्रस्ताव की मधुमती रसगांधवी को अंगीकृत करो अथवा नकार दो—तुम्हारा अवधेश!''

मिस केवलिया ने यह पत्र मेज पर रख दिया। वह सोचने लगी कि क्या किया जाए! यहाँ 'कोर्टशिप' किसकी नहीं चल रही है? आखिर इनकी उम्र भी तो है। इस समय जिंदगी का नंदन-वन वासंती मल्लिकाओं के सौरभ से भरा होता है। उसके साथ क्या ऐसा हुआ नहीं था! वह बात दूसरी है कि उसका दुष्यंत उसे पहचान नहीं सका और वह हमेशा-हमेशा के लिए अपने चारों ओर पतझड़ की चाहरदीवारी खींचकर यहाँ आ बैठी, इस तन्हाई के माहौल में 'नन' मुद्रा अख्तियार किए। शनैः-शनैः उसकी भावनाएँ पाषाण के बुत बनने लगीं और जिंदगी के खाली फलसफे से जा चिपटीं।

मधुरिमा में सम्मोहन का यौवन सद्यःखिले शतदल सा महक रहा था। शांत-सहज झील का सा। निश्छल सपना उसकी कामनाओं के मंगल-द्वार पर दस्तक दे रहा था। अबोध यौवना सी मुक्तावस्था के सन्निकट खड़ी वह बाला क्या इस पत्र की मायावी छलना में फँसकर उस जैसा अभिशाप झेलने के लिए शेष जिंदगी नहीं तड़पती रहेगी? फिर कौन होगा उसका मुक्तिदाता प्राणप्रिय? फिर कैसे उसमें श्वासों का मलयज वन महकेगा? क्या उसकी समस्त तन्वी भावनाओं के सुमनहार टूट-टूटकर बिखर नहीं जाएँगे?

''मिस केवलिया, प्यार न आत्मा का विषय है और न मन, तन का। प्यार एक

अलौकिक अनुभूति है, जो वासना में जन्म लेकर हृदयाकाश पर आच्छादित हो जाता है। यह तो मानोगी न, कि कमल का जन्म कीचड़ से होता है।'' प्रो. दिव्यार्थ उससे कह रहे थे। वह मिस केवलिया और सुधीर से उसके बने संबंधों के बारे में जानकारी रखते थे।

''सुधीर, तुम जो चाहते हो, वह नहीं हो सकेगा। मैं नहीं चाहती कि गलतियों की पुनरावृत्ति करती हुई अभिशाप-दर-अभिशाप ढोती रहूँ। मुझे क्षमा कर सको तो कर देना। मुझमें अपने को पुन: तैयार करने की शक्ति अब नहीं रही है।'' उसने शॉल को कंधे पर से ठीक करते हुए कहा।

''मिस केवलिया, जिंदगी निराशा का नाम नहीं है। निराशा से ही आशा का जन्म हुआ है। अनास्था से ही आस्था फूटी है। अंधकार ने ही उजाले को जन्म दिया है। तुम्हें प्यार से छला गया है। इसका मतलब यह तो नहीं होता है, प्यार से संन्यास ले लिया जाए। उससे नफरत की जाए और सारा पुरुष समाज पथभ्रष्ट मान लिया जाए। मैं प्रार्थना करता हूँ कि तुम अपने लिए गए निर्णय पर पुनर्विचार करो और पाओ कि तुम भी अपने में पूर्ण हो, खडिंत नहीं।'' वह यह कहकर चला गया था।

मिस केवलिया उसके लिए अपने को तैयार नहीं कर सकी। वह उस यूनिवर्सिटी को छोड़कर दूसरी यूनिवर्सिटी में चला गया। जाते वक्त उसके नाम एक पत्र छोड़ गया था पत्र यों था—

''प्रो. केवलिया, मुझे अफसोस है कि मैं तुम्हें जिंदगी के रास्ते पर नहीं मोड़ सका। मैं बायोलॉजी का प्रोफेसर हूँ। जानता हूँ कि नारी के शरीर सौंप देने मात्र से यह अपवित्र नहीं हो जाती। दैहिक आवश्यकताएँ संपृक्त हैं। माना कि वे खिलवाड़ के लिए नहीं हैं, परंतु परिस्थितिवश और वासनाभिभूत होकर या भावनोद्दीप्त होकर देह-समर्पण करना अपवित्र नहीं है। देह-पूतता समर्पण की निश्छल भावना से कलुषित नहीं होती है। काश, नारी का माँ बनना स्वेच्छा पर अवलंबित होता तो उसका भी देह-दर्शन पुरुष के समान होता। परभोग्या उपेक्षा योग्य कदापि नहीं है। नारी अपने को लेकर ऐसा सोचती है, तब वह निस्सर्ग विरुद्ध आचरण व व्यवहार करती है, जो उसे संदिग्ध बनाता है और लोकमंगल से विमुख कर वर्जना, कुंठा व अनस्तित्व के मेचक गह्वर में ला पटकता है।

''संतान का पिता कोई भी हो, परंतु उसे जन्म देने वाली माँ कभी भी कुलटा नहीं हो सकती। परभोग्या की मानसिकता का अपराधमयी होने का कारण भी यही है कि स्त्री अपने को पथभ्रष्ट मानती है। उसके ऐसा मानने का कारण है—पुरुष-समाज की गर्हित सामाजिक संरचना और निसर्ग विरोधी फलसफा।

''मधुरिमा, तुम जीने के जो चाहो मिथक अपनाओ, निर्णय लो और तर्क बुनो,

परंतु मेरी तुमसे यह प्रार्थना है और वह भी इसलिए कि तुम गर्ल्स हॉस्टल की वार्डन हो, उन लड़कियों के साथ जो तुम्हारी देख-रेख में यौवन की दहलीज पर खड़ी हुई हैं, अपने लुंज-पुंज दर्शन के सहारे व्यवहार मत करना, अन्यथा उनकी मानसिकता घुटन और सीलन से भर उठेगी और वे अनैतिकता के कोढ़ को ओढ़ लेने के लिए तैयार हो जाएँगी।''

और ऐसा-वैसा बहुत था उस पत्र में। केवलिया का एक बार जी हुआ था कि वह सुधीर को लौटा लाए। सुधीर के इस्तीफे की आम चर्चा हो रही थी। उसके सामने भी कई बार वह आया था, परंतु वह उससे नहीं पूछ सकी कि सुधीर, तुम इस्तीफा क्यों दे रहे हो? चाहा भी कि पूछ ले, पर उसका मन आशंका से डोल उठता था। तन काँप जाता था। वह जानती थी कि वह चाहे तो सुधीर को जाने से रोक सकती है। उसका दिल चाहने भी लगा था, क्योंकि सुधीर को लॉन टेनिस में जमते देखकर उसमें अद्‌भुत स्फुरण हो उठता था। उसकी कलाई मजबूत थी, उसके पारदर्शी अरुणाधरों में स्मित की अक्षय संपदा सदैव विलुलित होती रहती थी। उसकी छोटी-छोटी आँखों की गोलाई में ईषद् गुलाबीपन के साथ सौम्यता की छटा बारंबार अपनी ओर खींचती थी।

हर बार मधुरिमा के साथ ऐसा हुआ कि वह समय पर निर्णय नहीं ले सकी थी और समय निकल जाने पर उसके हाथ पछताना ही आया था। जिसको उसने चाहा था और देह तक उसे समर्पित की थी, उसी के प्रति उसमें शंकाएँ बल खाकर खड़ी होने लगी थीं। उसके इस स्वभाव से वह इतना चिढ़ गया था कि एक दिन वह उससे कह बैठा, ''केवल, ऐसा नहीं लगता है कि तुम शादी के बाद अपने सपनों की जिंदगी जी सकोगी! तुम इतना पढ़-लिखने के बाद भी वहीं-की-वहीं खड़ी हो, जहाँ एक अशिक्षित तथा रूढ़ परंपराग्रस्त स्त्री खड़ी है।'' वह प्यार से उसे केवलिया के स्थान पर 'केवल' से ही संबोधन करता था।

''यह मुझे मालूम था कि तुम किसी बहाने के साथ मुझसे अलग हो जाना चाहोगे? साफ क्यों नहीं कहते कि मधुरिमा से जी भर गया है और किसी दूसरी मधुरिमा की तलाश है।'' उसने उखड़ते हुए कहा।

''तो क्या सचमुच स्त्री-स्वभाव एक सा होता है! वही रूढ़ परंपरित दृष्टि और वही पूर्व इस्तेमाल किए तर्क बाण!''

''यह बात आजीवन साथ रहने की सौगंध लेते हुए पता नहीं थे क्या? स्त्री की संपदा लूटने के बाद ऐसी बातें याद आती हैं, क्यों मिस्टर?'' केवलिया ने तीखा रुख अपनाते हुए कहा।

''केवल, यह तुम्हें क्या होता जा रहा है? जीवन भर साथ-साथ रहने की सौगंध लेने वाले क्या इस तरह आपस में उलझते हैं? क्या ऐसे संदेह-विवाद छेड़ते हैं?''

उसने उसकी बात को पूरा होने से पहले ही कहा, ''बोलो, शादी करोगे या नहीं?''

''शादी से इनकार कर जाऊँ तो···।''

''वह तो नजर आ रहा था।''

''कैसे?''

''हर पुरुष का यही आचरण-व्यवहार होता है। वह तो मैं पागल थी, जो···।''

''अब अकलमंद बन जाओ।''

''काश, यह पहले पता चल जाता कि तुम्हारे इरादे नापाक हैं तो···।''

''हरगिज-हरगिज तुम समर्पित नहीं होतीं तो?'' उसने बैठने का रुख बदलते हुए आगे कहा, ''ऐसा क्यों नहीं सोचतीं कि मैं भी उसी तरह समर्पित हुआ हूँ जैसे तुम? नारी समर्पण की दुहाई देकर अपने को सदैव बचा ले जाना चाहती है और सारा अपराध पुरुष के सिर पर मढ़ देती है। नारी जाति की यह आदि मनोवृत्ति है। पर तुम भी उस संकीर्ण दायरे में जी रही हो और तुम्हारे भी सोचने का वही दकियानूसी ढंग है, यह मुझे अब पता चला। काश···!''

''तो जनाब पूरी तैयारी से आए हैं!'' मिस केवलिया ने झटके से बात खत्म की। सामने से थ्री व्हीलर जा रहा था, उसे रोका और बिना उसकी तरफ देखे, उसमें जा बैठी। सबकुछ अकस्मात् हुआ। वह दिन है कि आज का दिन है, फिर उसका उसे कहीं पता नहीं चल सका। वह यूनिवर्सिटी छोड़कर भाग गया था, बीच में ही। उसने आंग्ल-साहित्य से प्रथम श्रेणी में एम.ए. कर लिया था। यह भी इत्तफाकन ही हुआ था कि उसे वहीं नौकरी मिल गई और उसे वार्डन का 'जॉब' भी करने का अवसर मिल गया।

मधुरिमा को उसने बुलाया है। वह उससे किस तरह बात शुरू करे? उसे वह 'लव लैटर' दे या नहीं अथवा उसके घर खबर कर दे! उसे सख्त कदम उठाना चाहिए या हलका?

''प्यार पाप नहीं होता। वह तो दिलों का पावन संगम है। फिर उसका परिणाम पाप कैसे? न मात्र वह वासना है। प्यार बिना वासना के होता भी तो नहीं। वासना तो ईश्वर से प्यार करने में भी है। देह गंधोत्सव का पश्चात्ताप क्यों? शरीर उतना ही सच है, जितनी आत्मा। आदमी उतना ही सच है, जितना ईश्वर। इसका कोई ठोस प्रमाण नहीं कि ईश्वर ने आदमी तथा सृष्टि की संरचना की, लेकिन यह तो सामने है कि आदमी ने ईश्वर की प्रतिष्ठा की। देह की संस्थापनाएँ असत्य व ईश्वर विमुख नहीं हैं। केवल, तुम जिद छोड़कर यह समझने की कोशिश करो कि जो कुछ हुआ, वह न पाप था और न धोखा। वह भावना का निष्काम उत्सव था जिसे मैं नहीं भूल सकता और न तुम भूल सकती हो। परंतु उसके कारण वैवाहिक बंधन लाजिमी हों, ऐसा सोचना भ्रांत अवधारणा के कारण है। इसका अर्थ यह कदापि नहीं है कि यौन

उच्छृंखलता का मैं पक्षधर हूँ। हाँ, मात्र यौन संपर्क को वैवाहिक आधार बनाने के लिए जिद पकड़ लेना समीचीन नहीं है। विवाह संतति की आवश्यकता की शर्त है, प्यार उससे जुदा बात है। केवल, प्रेम का चक्रव्यूह विवाह के लिए नहीं होना चाहिए। परंपराबद्धता मानसिक संस्थिति का अनुकूल और अपरिहार्य परिणाम है।''

''केवल, प्रेमोद्दिष्ट विवाह नहीं हो सकता है। स्त्री-पुरुष का आकर्षण नैसर्गिक है, वह बायोलॉजिकल नेसेसिटी का परिणाम है। उसके लिए विवाह और उससे पूर्व की कोई सीमा रेखा नहीं है।''

''मे आई कम इन।'' मधुरिमा का स्वर था।

केवलिया ने उपेक्षा भाव से उसकी ओर देखते हुए कुछ रुककर और अपनी ऐनक को ठीक करते हुए कहा, ''कम इन।''

अब वह उसके सामने खड़ी थी। वह कैसे बात शुरू करे और कहाँ से शुरू करे, यह सोचते हुए 'फैमिना' पत्रिका को उलट रही थी। जब कुछ समझ में नहीं आया, तब वह बोली, ''बैठो।''

उसके बाद फिर सन्नाटा। 'सीलिंग फैन' का मद्धिम स्वर और यदाकदा वातायन पर से हिलते परदों की ध्वनि उस खामोश परिवेश को अपने अस्तित्व का अहसास दे रही थी। मधुरिमा कुछ-कुछ संकोचमयी चिंतन मुद्रा में अपनी साड़ी को ठीक कर रही थी। साड़ी का 'फॉल' जहाँ से उधड़ गया था, उसकी दृष्टि वहीं घूम-फिर कर स्थिर हो जाती थी। सन्नाटा उसको बेचैन सा करने लगा था। सहसा केवलिया ने पूछा—

''मिस्टर अवधेश कौन है?''

मधुरिमा ईषद् चौंकी। उसके अधर काँपकर रह गए। साहस कर उसने कहा, ''एम.ए. का छात्र?''

''तुम उसे कब से जानती हो?''

''मैं लिटरेरी सेक्रेटरी हूँ और वह प्रेसीडेंट। इस कारण जान-पहचान है।''

''कब से?''

''इस साल से।''

''जान-पहचान से आगे भी कुछ है?''

''जी··जी नहीं।''

''असत्य बोलती हो।''

''जी नहीं।''

''तो फिर यह क्या है?'' मिस केवलिया ने उसे अवधेश का पत्र देते हुए कहा।

''मैंने उसे कोई पत्र नहीं लिखा। उसने लिखा हो तो मैं क्या करूँ!'' मधुरिमा ने साहस बटोरकर कहा। उसने बिना देखे ही वह पत्र मेज पर रख दिया।

''इस पत्र के आधार पर तुम उसकी शिकायत कर सकती हो।''

''जब मैंने पत्र पढ़ा ही नहीं तो उसकी शिकायत क्यों करूँ?''

''अब पढ़ सकती हो।''

''जरूरत नहीं।''

''इसका मतलब है कि तुम्हारे उससे संबंध हैं?''

''गलत! मतलब यह है कि मैं लड़कों के पत्र पढ़ती ही नहीं। ससम्मान उनके पत्र लेकर 'डस्टबिन' में डाल देती हूँ। मैं जानती हूँ कि उनमें क्या लिखा होगा।'' मधुरिमा ने सहज ढंग से कहा।

''परंतु यह हॉस्टल के 'डिसीप्लिन' का सवाल है। यू हैव टू राइट, अदरवाइज आई विल टेक एक्शन एगेंस्ट यू।''

''व्हाई इज इट सो? लैटर राइटिंग इज नोट अ सिन। एवरीबडी इज फ्री फोर दैट। प्लीज डौंट टेक इट अदरवाइज। ही सिंपली एक्सप्रेस्ड हिज आइडिया, नॉनसेंस... नथिंग एल्स। व्हाई शुड वी बोदर फार दिस नॉनसेंस।'' मधुरिमा ने बात को रफा-दफा करने के इरादे से कहा था। अवधेश के प्रति उसमें आकर्षण नयनोन्मीलित कर रहा था। वह उसके साथ रहते हुए वह अनुभव करने लगी थी कि वह सिद्धांत का व्यक्ति है, भावुक है और दूसरों के प्रति उसमें सम्मान की भावना है। कई बार ऐसा हुआ था कि वह उसके साथ, मीटिंग खत्म होने के बाद, अकेली रह गई थी और काफी देर तक कई विषयों पर चर्चा करती रही थी। वह नहीं चाहती थी कि उसको पत्र लिखने के कारण कोई सजा मिले। वह यह अच्छी तरह जानती थी कि मिस केवलिया बेहद सख्त वार्डन हैं और उन्हें इन बातों से बेहद चिढ़ है।

''देखो मिस मधुरिमा, तुम जरूरत से ज्यादा 'लिनीएंड' होती जा रही हो। यह भी जानती हो कि मैं ऐसी अनर्गल वारदातों को कतई नापसंद करती हूँ। व्यक्ति कायदे-कानून से ऊपर नहीं है। इसलिए...'' कहते-कहते वह रुक गईं। उसने अपने होंठों पर जीभ फेरी और कुछ सोचने लगी।

''एक बात कहूँ, मैडम!''

मिस केवलिया ने उसकी तरफ ध्यान से देखते हुए कुछ सोचकर कहा, ''कहो।''

''आप बुरा तो नहीं मानेंगी?''

उसने चश्मा उतारकर एक तरफ रखते हुए कहा, ''नहीं। यू आर एज फ्री एज आई। यू कैन से व्हाटएवर यू लाइक...। बट, डोंट फोर-गेट द लिमिटेशन। फिर भी...।''

''यह तो आप मानेंगी कि वी आर मैच्योर्ड। लव इज नैचुरल। अट्रैक्शन कैन नोट बी चैक्ड। मान लीजिए, कोई प्यार का इजहार करता है, तो उसमें कोई बुरी बात नहीं है। आई डोंट विलीव इन फ्री लिव। लेकिन बदलते माहौल और मौसम को

नजरअंदाज नहीं किया जा सकता है। तब्दीली के जहाँ अपने कारण हैं, वहाँ तत्कालीन हालत भी गौर करने काबिल है। हमें 'रिस्क' लेने दीजिए। हमें अपने आपको तथा अपने आस-पास को समझने दीजिए। वह कदाचित् हमें जीने की सही दिशा दे सकेगा। यों भी हम अपना अच्छा-बुरा समझती हैं। आपसे गुजारिश यह है कि आप इन बातों के लिए अपने मिजाज को खराब न करें। हम पर भरोसा करें। हमें प्रसन्नता होगी, यदि हम आपके विश्वास को कायम रख सकें।" मधुरिमा ने बैठने के रुख को बदलते हुए कंधे से खिसक आए पल्लू को ठीक कर कहा और अपनी दृष्टि कमरे में सामने टँगे अरविंद के चित्र पर टेक दी। मधुरिमा मिस केवलिया की पिछली जिंदगी से कुछ-कुछ परिचित थी। उसकी सहेली सुमित्रा की बड़ी बहन ने उसके बारे में उसे बताया था। तब से मधुरिमा मिस केवलिया के विवर्तित नजरिये को बखूबी समझने लगी थी। वह नहीं चाहती थी कि मिस केवलिया अपने जीवन के आरोप को हर लड़की की जिंदगी पर फिट करें। वह उनसे आज खुलकर चर्चा कर लेना चाहती थी। हालाँकि उसे नहीं मालूम था कि उसे क्यों बुलाया गया है। परंतु जब बात ही उस मुद्दे को लेकर चल पड़ी थी, जिस पर वह अपनी सहेलियों के कारण और स्वयं भी उपयुक्त मानकर उनसे करना चाहती थी, तब वह इस मौके को हाथ से निकलने देना नहीं चाहती थी। ऐसे मुद्दे पर वह स्वयं बातचीत शुरू करे, यह उससे मुमकिन भी नहीं हो रहा था।

"यह तुम्हारा अपना निर्णय है।" मिस केवलिया ने उसे घूरते हुए कहा।

"सोचती तो यही हूँ कि आप मुझे गलत नहीं समझेंगी। यह जरूरी तो नहीं है कि जो किसी की जिंदगी में घट जाए, वही सबकी जिंदगी में घटेगा!"

"क्या मतलब?" उसने तनिक आक्रोश से पूछा।

"प्यार का धोखे से कोई संबंध नहीं है। धोखा देने वाला ही उसके परिणाम भोगता है। समाज ने, यानी पुरुष समाज ने नारी जाति के लिए चक्रव्यूह की संरचना की है। जिस कार्य के लिए पुरुष बदनाम नहीं होता है, उसी काम के लिए नारी पर तोहमत लगाई जाती है, उसे बदनाम कर गहरे अंधकार में शेष जिंदगी काटने के लिए विवश किया जाता है। नारी से परिणाम प्रकट होता है और पुरुष उस परिणाम का बराबरी का भागीदार होते हुए भी उस परिणाम से साफ बच निकलता है। उस बच्चे को समाज हरामी कहता है और उस माँ को कुलटा। आखिर वह बच्चा हरामी क्यों? वह माँ कुलटा क्यों? क्या जन्म देने वाली माँ बच्चे के लिए पर्याप्त साक्ष्य नहीं है?" उसके स्वर में आक्रोश ऐंठने लगा था। वह भाषण की मन:स्थिति में आ चुकी थी। कुछ-कुछ अपने को सहज बनाकर वह उसी प्रवाह में बोली, "पत्नी से जन्म लेनेवाले बच्चे का क्या सबूत है कि उस बच्चे का पिता उस स्त्री का पति ही होगा? मात्र

इसका आधार कल्पना नहीं है। इस क्षेत्र में नारी को स्वयं आगे आकर अपनी रक्षा करनी होगी। मैडम, यदि हम भयभीत होकर बराबर भागती रहीं तो हमारा अस्तित्व लाख पढ़-लिखने पर भी सुरक्षित नहीं रह सकेगा।''' अवधेश ने मुझे पत्र लिखा है, वह मुझे मिलना चाहता है। अव्वल तो आपको वह पत्र पढ़ना नहीं था और पढ़ भी लिया था तो मुझ पर वह जाहिर नहीं किया जाता। हाँ, आप यदि आवश्यक समझतीं और आपका मन नहीं मानता तो मेरे 'एक्शन वॉच' कर सकती थीं।''

''मधुरिमा तुम इतनी एडवांस हो चुकी हो, यह मुझे मालूम नहीं था।''

''आत्मरक्षा और निर्भयता के लिए ही तो हम तालीम पा रही हैं। इसमें एडवांस और न एडवांस का सवाल कैसा?''

''तुम्हारा मतलब है कि तुम युवतियों को मनमानी करने दी जाए। फिर इस हॉस्टल और उसके वार्डन की क्या जरूरत? क्यों उन पर बेकार पैसा बहाया जाए? ईश्वर न करे, तुम में से किसी के साथ कुछ अशोभनीय घट जाए। यदि कुछ घट गया तो जानती हो कि उसकी जिम्मेदारी किस पर थोपी जाएगी? मुझ पर। मैं क्या जवाब दूँगी? क्या मैं तुम्हारी दलील देकर बरी हो जाऊँगी? उससे यूनिवर्सिटी बदनाम होगी और पत्रकारिता उसे खूब रंग देगी। वह प्रश्न संसद् तक का बन सकता है। यदि तुम्हें ऐसी आजादी चाहिए तो तुम हॉस्टल छोड़कर शहर में अपने रहने का बंदोबस्त कर सकती हो। फिर तुम्हें कोई नहीं रोकेगा-टोकेगा।'' केवलिया ने पुनः 'फैमिना' पत्रिका उठाते हुए बैठने का रुख बदला। कदाचित् वह यह नहीं जताना चाहती थी कि वह जो कुछ कहना चाहती थी, कह चुकी, अब निर्णय उसे करना है।

मधुरिमा ने उसके अंतराल को संस्पर्शित करने का यत्न करते हुए कहा, ''दीदी, आप इतनी सख्ती करेंगी तो क्या यह उचित होगा? क्या आप नारी होकर उसके मन की स्थिति को नहीं समझना चाहती हैं? क्या आपको हम पर भरोसा नहीं रहा है? आप जैसी सुयोग्या जब हमें समझने में हमारे घर वालों जैसी गलती करेंगी, तब हमारे समाज में कैसे वह परिवर्तन आ सकेगा, जिससे हमारी निर्दोषता को कलंकित नहीं किया जा सके? हमारे यहाँ पाप-पुण्य के जाँचने का जो तौर-तरीका है, यही बना रहा तो नारी पर पूर्व की भाँति सदा ही कीचड़ उछाली जाती रहेगी। आपसे हमें यही उम्मीद है कि आप हमारी बड़ी बनी रहें, हमारी दीदी, और हमें उस स्वतंत्रता तक जाने दें, जिससे नारी-समाज पर आरोपित कलंक उसके लिए अभिशाप नहीं बन सके। हमारे हॉस्टल में रहने का एक यह भी उद्दिष्ट है।''

'दीदी' शब्द ने मिस केवलिया को कहीं गहरे छू लिया था। उसमें आत्मीयता विलुलित हो उठी थी। कोई जरूरी तो नहीं कि जो उसके साथ हुआ है, वही इनके साथ भी हो! नारी वर्जनाओं के चक्रव्यूह में जिस तरह से फँसी हुई है, उससे तो उसे

अवश्यमेव ही निकलना होगा, अन्यथा नारी की मानसिकता जब उस जैसी को दबोच रही है, तब वह अन्य किसी को नहीं छोड़ेगी। जाने कैसे उसके मन में आया कि वह वार्डन का चोंगा उतारकर सचमुच उनकी दीदी की भूमिका निभाए! उस तरह से वह निस्संदेह उनके नजदीक पहुँच सकेगी और आत्मीयता की आर्द्र-ऊष्मा से संकुल रह सकेगी। उसने सोच से उभरते हुए कहा, ''तुम क्या चाहती हो? क्या अवधेश तुम्हें पसंद है?''

मधुरिमा को स्वप्न में भी यह आशा नहीं थी कि मिस केवलिया एकदम इतनी आत्मीय हो उठेंगी! उनके प्रति आम धारणा तो यह थी कि वह अत्यंत कठोर हृदया हैं, उनको भावना छू तक नहीं गई है! वह खखारकर कहने लगी, ''दीदी, अभी तक मैंने किसी भी लड़के के बारे में पसंद या नापसंद जैसी बात नहीं सोची। यूनियन में होने के कारण मैं अवश्य उसके संपर्क में आई हूँ। यद्यपि उससे मैंने कोई निष्कर्ष तो नहीं निकाला है, तथापि मैं इतना जरूर जान पाई हूँ कि वह गलत इनसान नहीं है। आपके एक्शन से उसे सदमा पहुँच सकता है। वह अत्यंत भावुक और कल्पनाप्रिय है, सहज कवि सा।''

मिस केवलिया मधुरिमा की स्पष्टवादिता तथा साहस से प्रभावित होकर बोलीं, ''तुम यह पत्र ले जा सकती हो।''

''दीदी···ऽऽ···!'' कहते हुए उसकी आँख छलक आईं। वह चुपचाप सिर नीचा किए उठी और उस पत्र को लेकर बाहर निकल गई। उसकी हिम्मत नहीं हुई कि फिर दीदी से आँख मिला सके।

□

मधुरिमा के सामने जीवन की न्यूजरील सी गुजर गई। मिस केवलिया यूनविर्सिटी छोड़कर साहित्य अकादेमी में सचिव हो चुकी है। उसने प्राध्यापिका के पद पर इसी विश्वविद्यालय से काम करना शुरू कर दिया। वही आम्र-वन, उनमें झूमता हुआ मस्त बना डालने वाला सौरभ संसार और निर्झर बन उतर आया हास-परिहास, सब पहले जैसा है।

उसे भी वार्डन बनने का मौका मिल गया। उसके आस-पास भी लड़कियों का वही खुलापन और वही कहकहों में तिरता हुआ परिवेश। उसकी जगह अब रीता लखोटिया ने ले ली है। रीता भी उसी की तरह की नए विश्वास के स्वर में बेसुध और अल्हड़ मस्त है। समाज जैसे का तैसा बना हुआ है।

अवधेश को लेकर वह कितनी दूर निकल गई थी कि उसके आगे बियाबान भी सन्नाटा भरता अनुभव होता था। अवधेश संकल्पशील था, फिर भी वह··· । उस सोचने से क्या फायदा? उसके सामने हिम सा फैला हुआ अनागत था। वह विदेश जाना चाहता

था और उसकी प्रतिभा को खरीदने की शक्ति ज्योति माथुर में थी। माथुर ने ठीक ही कहा था, ''मधु, आज का व्यक्ति इतना खोखला हो चुका है कि वह जरा से स्वार्थ के लिए बिक जाने में नहीं हिचकता। उसके चट्टान से तमाम इरादे और सुदृढ़ उसूल पलक झपकते ही मिट्टी में नाक रगड़ते नजर आते हैं। तुम्हें अवधेश पर बड़ा फख्र है। देख लेना, एक दिन उसे भी कोई खरीदकर अपनी कैद में डाल लेगा।''

ज्योति माथुर रईस बाप की इकलौती बेटी थी। जाने कैसे उसने अवधेश को अपने चंगुल में फँसाया था। और अचानक उससे शादी रचाकर अमेरिका के लिए उड़ गई थी। मधुरिमा को डेढ़ माह बाद मालूम पड़ा, जब वह यूनिवर्सिटी खुलने पर लौटी थी। फिर क्या होता! यदि वह इस बात को पहले भी जान जाती तो क्या होता? अवधेश उसकी तरह स्वतंत्र था। उसने जो भी निर्णय लिया, वह अपने भले के लिए। अब पश्चात्ताप करने से क्या लाभ?

मिस केवलिया ने उसके अवधेश से प्रगाढ़ होते संबंधो को देखकर कहा था, 'मधु, तुम्हें अवधेश से शादी कर लेनी चाहिए।'

'वह भी हो जाएगी, दीदी।'

'होगी क्यों न, वह तो एक दिन होनी ही है। परंतु अवधेश के साथ अब और स्वतंत्र बने रहना उपयुक्त नहीं है। प्यार हो या रोमांस, वह भी एक सीमा पर आकर 'मनोटोनियस' महसूस होने लगता है। फिर परंपरा का आकर्षण टूटने लगता है। एक-दूसरे से कतराना शुरू हो जाता है। उस सबके शुरू होने से पूर्व शादी का सामाजिक अनुबंध है, अंगीकृत व्यवस्था है। इसके पीछे सुरक्षा का भय नहीं, अपितु स्वस्थ मानसिकता का नैसर्गिक अवबोध है। जब भी देह की आवश्यकता परेशान करने लगे, तब शादी ही एकमात्र ऐसा रास्ता है, जिससे युवती अपने को बचा सकती है।' मिस केवलिया अपने कमरे में टहलते हुए कहे जा रही थीं, 'मधु, नहीं जानती कि शादी से पूर्व दैहिक संबंध बनाने के बाद यदि उससे शादी नहीं हो पाती तो उस युवती पर क्या बीतती है? कैसे-कैसे उसकी हत मानसिकता हा-हा कर पछाड़ खाती है?' इसके बाद वह काफी देर तक चुप रहीं, मानो वह सन्नाटा पी रही हो। उनकी आँखों में पाषाणवत् मूकता ठहर चुकी थी।

तब मधुरिमा उठ गई थी चुपचाप। वह कैसे बतला देती कि वह अपने पर अंकुश रखने में सफल नहीं रह सकी। गर्भपात कराकर उसने अपने कौमार्य की रक्षा की थी। उसमें उठने वाली सामाजिक क्रांति उसी को तोड़कर गुजर चुकी थी। आज भी प्यार का वह समर्पण उसमें काँच की चुभन बना अंदर-अंदर बेतरह से छील रहा है। वह कैसे अपने मन को समझाए? कैसे भूल जाए उन क्षणों की सम्मोहन मादकता को? कैसे वह अन्य पुरुष के लिए अपने को नए सिरे से तैयार कर सके? पुरुष तो ऐसा

नहीं सोचता? क्यों सोचे? वह तो नारी देह को वस्तु की तरह इस्तेमाल करने वाला अहमक है। उसको क्या मालूम समर्पण की भावना की पूतता? वह सबकुछ पाकर भूल जाना चाहता है। उसमें काँच की चुभन तेज होने लगी। वह खिड़की बंद कर अंदर की ओर लौट ली। बाहर अँधेरा घिर आया था। अंदर भी रह-रहकर अँधेरा पछाड़ खा रहा था। सोच में खोई हुई वह पलंग पर आ गिरी और अँधेरे को अपने में सुबक लेने की पूरी आजादी देकर आँखें मीचे लेटी रह गई।

□

बड़ी बी

बड़ी बी कामदार सरौते से एक सुपारी काटकर नाड़ेदार रेशमी बटुए के हवाले करके दूसरी सुपारी उठा लेती। रेहाना सरौते की लय-ताल और उनकी कलात्मक तन्मयता पर मन-ही-मन मुग्ध होती रहती। उसे लगता कि मन लगाकर काम करने का अपना संगीत है, जो इनसान को आला दरजे का सुकून बख्शता है।

साठ को पार कर चली बड़ी बी आज भी अपने जमाने का खुशनुमा सपना अपनी बड़ी-बड़ी सुरमेदार आँखों में सँजोए हुए है। वक्त उसको छू तक नहीं सका। उसका मासूम तथा रोबीला चेहरा नूरानी है। उसके पारदर्शी होंठ सुर्ख हैं। उसकी सुराईदार गरदन से पान की पीक एकदम नजर आती है। उसके लंबे रेशम से गेसू चमकदार और सियाह हैं।

वह हर काम बड़े इत्मीनान और सलीके से करती है। जल्दबाजी उसे कतई पसंद नहीं। चिट्ठीरसां पुकारा करता मगर वह हाथ का काम पूरा किए बगैर नहीं उठती। बाहर आकर उसे समझाती—'मियाँ, भरी दोपहरी में कहाँ चिट्ठियाँ बाँटते फिरते हो! खुदा न करे कि लू लपेट की चपेट में आ जाओ और बिस्तर पकड़ लो। पहले सेहत फिर आलतू-फालतू काम।' इसके बाद वह मखनिया छाछ से भरा गिलास उसकी ओर बढ़ा देती।

चिट्ठी को दराज के हवाले करते हुए समझाती, 'चिट्ठी और मेहमान से तुरंत छेड़छाड़ करना ठीक नहीं है। पहले उन्हें सुस्ता लेने दो, उसके बाद कुछ और।'

रेहाना चाहकर भी यह नहीं कह पाती कि जमाना बेलगाम घोड़े की तरह भागे जा रहा है। उसको मरने की भी फुरसत नहीं है।

अकसर रेहाना गरमियों की छुट्टियों में पर्यटन के लिए निकल जाती थी, मगर

इस बार उसे घर आना पड़ा और बराबर उसकी यह कोशिश रही कि वह बड़ी बी के नजदीक बनी रहे।

बड़ी बी रिहल पर कुरआन रखकर पल्लू से अपनी ऐनक साफ करती। करीने से चश्मा आँख पर चढ़ाकर वह भरपूर चाह से कुरआन की ओर देखती। फिर उसे सिजदा कर पढ़ने लगती। एक-एक सफहा बहुत देर बाद पलटकर कुछ देर सोचती रह जाती।

रेहाना सोचती कि बड़ी बी को ऐसा सुकून कैसे मिला? किससे मिला? गजब का है उसका मुस्तकिल मिजाज! जबकि वह ठीक उसकी उलटी है। बड़ी बी ने यह कहकर उसे चौंका दिया—"तेरा प्यारा-प्यारा नाश्ता—इमरती और गेहूँ-चने का सत्तू।"

रेहाना चहककर दोहरा उठी—"सत्तू-इमरती!"

"तुझे प्रिय है।"

"अम्मीजान…।" रेहाना इतराकर कहती, "आप कुछ भी नहीं भूलतीं। अपना मुश्तरका खानदान है मगर आपको एक-एक की चाहत का पूरा-पूरा खयाल है।"

बड़ी बी थूक गटककर कहतीं—"बेटी, जो खुदा को याद रखता है, उसके रोशन कदम को चूमता चलता है और अपने को फकत खिदमतगार मानता है, वह कभी कुछ नहीं भूलता।"

रेहाना सोचती रह जाती कि क्या आज भी कोई इतना प्यारा, नेक और पाक इनसान हो सकता है कि जिसे बुराई छू भी नहीं गई हो!

रेहाना को लगा कि यह मौका मौजूँ है, वह अपनी बात छेड़ सकती है। मगर वह अपने सोवसार पर झुक आई लट को पीछे ढकेलकर इतना कहकर रह गई—"अम्मीजान!"

बड़ी बी उसे अपने पास खींचकर उसका सिर अपनी गोदी में ले लेतीं और अपनी लंबी पतली उँगलियों से उसका सिर सहलाने लगतीं। रेहाना में धीरे-धीरे बचपन उतरने लगता। वह बच्ची हो जाती। उसकी देह हलकी होने लगती। उसकी पलकें भारी हो जातीं। क्या अम्मी की गोद इतनी प्यारी होती है!

वह कुछ नहीं कह पाती। सो जाती। बड़ी बी चुपके से उठकर खड़ी हो जाती और सम्मोहित सी होकर उसको देखती रह जाती। 'कितनी प्यारी लाडो है, मेरी बच्ची,' मन-ही-मन कहती हुई वह बाहर आ जाती।

आसमान तारों की हाट लगा बैठता। रेहाना का मन कहीं नहीं लगता तो वह सप्त तारा मंडल तलाशने लगती। तभी पदाहट होती। चौंककर मुड़ती और बड़ी बी

को सामने पाती। वह रेशमी गरारे कुरते में थी, ऊपर आसमानी रंग का दुपट्टा लिये थी। वह कहती, ''कल तू चली जाएगी।''

''हाँ अम्मी!'' रेहाना धीरे से कहती और चिक गिराकर आगे बढ़ आती। उसका मन भारी होता। वह क्या सोचकर आई थी और भीगी बिल्ली बनकर रह गई। फिर भी, उसने अपने को सहज बनाते हुए कहा, ''पता ही नहीं चला कि इतनी लंबी छुट्टियाँ कैसे बीत गईं!''

''जब दिल में प्यार होता है तब यह पता ही नहीं चलता कि दिन कब उगा और कब डूबा!'' बड़ी बी आरामकुरसी खींचकर बैठते हुए कहतीं।

कुछ पल अनबोले बीतने लगते। रेहाना जी पक्का करने लगती। अचानक बड़ी बी कह उठतीं, ''तू मुसल्ला पर बैठी है, बेटी।''

रेहाना चौंक पड़ती। वह अपने को स्टूल पर बैठा पाती। बड़ी बी रेहाना की आँखों में परेशानी के बादल मँडराते पाकर कहती, ''ये सारी जमीं नवाज जीने का इल्म है। तेरा ये मौला-दौलापन, अटककर सोचते रह जाना और दिल को होंठों पर समेट लेना, प्यारी बच्ची, अल्लाताला की मेहरबानी का नतीजा है।''

''मुझे कुछ नहीं पता, अम्मी।''

''जिसे कुछ नहीं पता, मेरी बच्ची, उसे ही सबकुछ पता होता है। उसके लिए ही सारी जमी मुसल्ला होती है। वही नेक पाक होता है, वही मोमिन भी।'' बड़ी बी ने पानदान उठाकर मेज पर रख दिया।

रेहाना कहीं और जा खोई। वह कुछ नहीं बोली।

बड़ी बी कह उठीं—''ये सारी जमीं खुदा पैगाम है। हम अब उसी पैगाम के हर्फ हैं, हिज्जे हैं, जुमले हैं। किताब इनसे ही बनती है। तसवीर इनसे ही उभरती है। एक उम्र होती है। हमारी भी थी, जब किताब सामने होती थी, हर्फ तसवीर बनाने लगते थे। तसवीर गुनगुना उठती थी और आँखें सामना करने से कतराने लगती थीं। क्या तू भी, मेरी बच्ची...।''

रेहाना के पाँव तले से जमीन खिसकने लगी। उसने जोर से नगमों को मुट्ठी में भींच लिया और आँखें शुतुर्मुर्ग की तरह फर्श पर गड़ा लीं।

''हर जिंदगी का एक सपना होता है। सपना अल्लाताला का पैगाम होता है।''

''सच, अम्मी!''

''सपने बुननेवाले किसी से डरते नहीं, और जो डरते हैं, वे सपना नहीं, सपने का वहम बुनते हैं। वहम बुनना खुद को धोखा देना है।'' बड़ी बी चिक से अंदर आती ध्वनि को महसूसते हुए कहतीं।

रेहाना की आँखें सुन रही थीं। कान चिलमन गिराकर मौन थे।

बड़ी बी भारी मन से कहने लगतीं—''आज सपने कहाँ हैं? सपने होते तो दुनिया इतनी काली नहीं होती, ना इतनी परेशान। सपने तो जमीं के पंख हैं। क्या तू ऐसा महसूस करती है, मेरी बच्ची?''

रेहाना की देह में झुनझुनी दौड़ जाती। वह थूक गटककर रह जाती।

बड़ी बी की निगाहें बहुत भीतर उतरकर उसको पकड़ लेना चाहतीं। उसकी ताम्र वर्णीय देह बुत बनकर रह जाती।

बड़ी बी गीले कपड़े में लिपटे पानों से एक पान निकालती। उसे घुटने पर रखकर बाकी पान उसी गीले कपड़े के हवाले कर देती। उस पान को करीने से साफ करती हुई कहने लगतीं—''मर्द हमेशा सपने खरीदने की जुगाड़ में रहता है। वह खरीदे हुए सपनों से अपनी जिंदगी को रोशन करने की हसरत रखता है। जबकि उसका कोई सपना नहीं होता, सिवाय दूसरों के सपनों से अपने को मालामाल बनाए रखने के। बमुश्किल ही कोई सपना उसका नसीब बन पाता है। अकसर मछली उसके चुग्गे पर निगाहें गड़ाए रह जाती है, उसके जाल पर नहीं।''

रेहाना में सुगबुगाहट हुई। उसके सुर्ख होंठों पर मेमने का सकलाती दिल जोर-जोर से धड़धड़ा उठा। उसने सुबुकदस्ती से पानदान अपनी ओर खींचकर कहा, ''अम्मीजान, पान हमें दीजिए। पान हम बनाएँगे।''

बड़ी बी ने उसके सरकते दुपट्टे की ओर आँख भर देखा और पाया कि वह दुपट्टे को अदब से उसकी इस हरकत के लिए आँख दिखला रही है। बड़ी बी कह रही थीं—''अब तू हमसे एक इंच ऊपर निकल गई है।''

रेहाना के हाथ में थमा पान का पत्ता काँप गया।

बड़ी बी की आँखें कह उठीं—''अब तू राजदाँ बन सकती है। हम भी कभी तेरी उमर से गुजरे थे। तब हमारी आँखों में नाजोअदा की हसरतें मचलती थीं और दिल दरियाई मोड़ बन जाता था। हाय री किस्मत! तब हमारा कोई राजदाँ नहीं बन सका!''

कहानी कुलबुलाई। होंठों के पंखों ने हवा भरी। बड़ी बी खामोशी भरी निगाहों से कह उठीं, ''हमारे लिए आला दरजे के खानदानों से रिश्ते आने लगे। उनके खानदानों के खुलासा होने लगे। इसमें कोई शक नहीं कि हम बड़े लाड़-प्यार से पले, मगर हमें जबाँ खोलने का हक नहीं मिला।''

कहानी पथरा गई। चुप्पी की साँस घुटने लगी। बड़ी बी कहीं दूर से बोलने लगीं—''तुम्हारे दादा सदरआला थे। गजब का था—उनका रुतबा। खौफ खाते थे लोग

उनसे। अल्लाताला का दिया हवेली में सबकुछ था गाड़ी-घोड़ा, झाड़-फानूस, कीमती गलीचे, नौकर-चाकर। मगर उस बड़ी हवेली में हम तीन जने थे और तीनों अपने-अपने में कैद! हम बात करने को तरसते थे। मरदों का आना-जाना बैठक तक था। जब-तब रेशमा, नरगिस आ जाया करती थीं। तब कुछ देर के लिए दिल की बदलियाँ उमड़-घुमड़ लिया करती थीं। उनकी शादी हो गई, हम रेगिस्तान में जा धँसे। हसरतें मुँह छिपाने लगीं।''

रेहाना हक्की-बक्की सी इधर-उधर देखने लगी। बड़ी बी ने खखारकर कहना जारी रखा—''हम पाबंदियों में रहकर बढ़े हुए थे। हमारी आवाज हलक में अटककर रह जाती थी।''

''तब, अम्मी।'' रेहाना ने हुंकारा भरा।

''तू पान तो लगा।''

रेहाना पान लगाने लगी। बड़ी बी बैठने का रुख बदलकर बोलीं, ''हम तमाम पाबंदियों की आँख में धूल कैसे झोंक सके? कैसे हौलखौल के साथ हो लिए? कैसे चींटी न मार पाने वाले दिल ने इतना बड़ा हौसला जुटा लिया, यह हम आज तक नहीं जान पाए।''

अब बड़ी बी के होंठ हिल रहे थे मगर आवाज गायब थी। वह बेवजह अपने पल्लू को सँभालने लगी थीं। वह उलझे धागों को सुलझाते हुए कहने लगीं—''शौकत मियाँ हमारे दिल के दरवाजे पर दस्तक दे बैठे और हम इनकार न कर सके। वह मामूली खानदान से था। उसके अब्बा लोहा कूटते थे। जाहिर था कि हमारे अब्बा हुजूर को वह रिश्ता फूटी आँखों नहीं सुहाता और हम शौकत मियाँ के बगैर जिंदा नहीं रह सकते थे।''

रास्ता तिलिस्मी मोड़ पर आकर रुकने लगा तो रेहाना की साँसों में हड़कंप होने लगी। बड़ी बी ने आहिस्ता से कहा, ''हम भाग गए।''

रेहाना को तो काटो खून नहीं। उसकी जुबान तलुए से जा चिपकी। उसके अब्बा तो हैदरअली हैं, फिर शौकत मियाँ! कहीं शौकत मियाँ ही हैदरअली तो नहीं हैं! उसकी समझ कलामंडी खाने लगी।

बड़ी बी शांत थीं। वह कह गईं—''हमारी अम्मी यह सदमा बरदाश्त नहीं कर सकीं और खुदा को प्यारी हो गईं।''

रेहाना के हाथ से पान की डंडी छूटकर उसकी सिलवार से जा टकराई। उसे लगा कि शिकार हाथ न आने की शिकस्त से बौखलाकर किसी शिकारी ने जंगल में अंधाधुंध गोलियाँ चला दी हों और उसकी वजह से सारा जंगल एक साथ बदहवास होकर चीख पड़ा हो।

रेहाना अपनी अम्मी जान को बगैर देखे ही यह महसूस कर रही थी कि परछाइयाँ बोल सकती हैं। उसे लगा कि बड़ी बी ने ऐनक उतारी, उसे हथेलियों से मसला और फिर उसे मगरमच्छ की तरफ फेंक दिया।

बड़ी बी ने गिलौरी उठाई। उसे मुँह में दबाया। फिर बटुए में से छालियाँ निकालकर मुँह के हवाले कीं। धीरे से कहने लगीं—"शुरू-शुरू में शौकत मियाँ ने हमें सिर आँखों पर रखा। बहुत जल्द उसके तेवरों में बल पड़ने लगे। वह हमें अपने अब्बू से रुपया मँगाने के लिए तंग करने लगा। आखिर हम अपने वालदैन की इकलौती संतान ठहरे! फिर वह रुपया-पैसा किसके लिए है! मगर हम नहीं समझे, नहीं माने। वह हमें खरी-खोटी सुनाने लगा। मारने-कूटने लगा। हमें चुटिया पकड़कर नीचे गिरा लेता, फिर जूतियों से धुनाई करता। उसके सिर पर कर्ज हो गया था। औरत का खसम मर्द और मर्द का खसम कर्ज! एकदम निखट्टू था वह। उसकी निगाह हमारे अब्बा की दौलत पर थी।"

कहानी सुस्ताने लगी तो रेहाना टोक बैठी—"फिर, अम्मी?"

"एक रात वह हमारे पास पराये मर्द को लाकर बोला, "मुझे पैसा चाहिए—वह चाहे तू अपने बाप से मँगा या अपने तन को कुटुवाकर दे।' हम पगला गए। पराये मर्द को बरदाश्त नहीं कर सके। वह हम पर टूटा और हम आपा खो बैठे। भागकर दीवार से सर-माथा फोड़ते रहे। लहू का फौव्वारा फूट पड़ा।"

कहानी चीख पड़ी। बड़ी बी ने हाँफी पर कब्जा करते हुए गमगीन होकर कहा, "जब हमें होश आया, तब हमारे सामने पराया मर्द खड़ा था। हम फफक पड़े। सोच में पड़ गए, यह क्या हुआ, हम रखैल हो गए या रंडी! जैसे हमने उठना चाहा, वह बोल पड़ा—हकीम साहिब ने उठने की सख्त मुमानियत की है।

"हमने नफरत से आँखें फेर लीं। सोच गए, गले में फंदा डालकर लटक जाएँगे। वह बोला, 'शौकत मियाँ भाग चुका था और तुम जमीं पर बेहोश पड़ी थीं। खून बह रहा था।'

'तो पड़ा रहने देते। मर जाते।'

'काश हम अल्लाताला के सामने सिजदा न किए होते तो शायद वह मुमकिन हो जाता।'

'हम जीना नहीं चाहते।'

'मरना-जीना तो रब के हाथ में है। तुमने अपनी ओर से मरने में कोई कसर नहीं छोड़ी थी।...पिछले जुमे की रात को यह हादसा घटा था।'

"तो?" बड़ी बी ने उन फफोलों को फूटता हुआ महसूस करते हुए कहा, "उसमें

पीड़ा कसमसायी। वह बोला, 'आपको रब की कसम, न कुछ सोचना, न बोलना। हमें आपकी दास्ताँ की मालूमात है। खुदा के वास्ते अपने सेहतमंद होने तक हम पर शक नहीं करना। आप हमारे लिए उस रब की अमानत हैं।' उसने हाथ छत की ओर उठा लिये थे।

वह जा चुका था। दिन गुजरने लगे। हम उठने-बैठने लायक हुए। समझाता रहा— 'यह जिंदगी अल्लाह के बंदों की खिदमत के वास्ते है।' हमने उसे झिड़क दिया और कहा, 'हमें मत समझाओ। खुदा नहीं होता।'

'आप गुस्सा नहीं करें। आप जब हुक्म करेंगी, हम तब आपको आपके अब्बा हुजूर के पास छोड़ आएँगे। शौकत खौफ खाकर भागा है, अब नहीं लौटेगा।'

बड़ी बी आगे कुछ कहतीं कि दरवाजे पर दस्तक हुई। रेहाना से उठते नहीं बन सका, बड़ी बी उठीं और बाहर चली गईं।

रेहाना सोच के मरोड़ के लिए कुलबुलाती रही। उसके लिए रब के बाद उसकी अम्मीजान थी। अब? कौन हैं उसके अब्बाजान? आने दो अम्मी को, के निश्चय के साथ वह म्यान से तलवार खींचकर वक्त की आहट का बेसब्री से इंतजार करने लगी।

अचानक उसका ध्यान अपने गिरे हुए आँचल पर गया। वह सँभल गई। एक और शौकत मियाँ उसके सामने आ खड़ा हुआ। वह कह रहा था, अब हमें खुद इख्तियार हैं। वालिदैन राजी-खुशी मान जाएँ तो ठीक, वरना हमें उन्हें अपने बालिग होने का सबूत देना होगा।

दरवाजा फिर चरमराया। रेहाना ने अपना दुपट्टा सहेज लिया। बड़ी बी थीं। चेहरे पर शिकन नहीं, मन में मलाल नहीं। वह कुरसी पर बैठते हुए कहने लगी—''घर हम क्या मुँह लेकर लौटते! क्या पहले हमने अपने अब्बा हुजूर की थुक्का, फजीहत कम कराई है, जो अब हम उनके बचे-खुचे वजूद पर मिट्टी डालते! वह आए दिन हमें छोड़ आने की बात दोहराने लगे। एक दिन हमने घबराकर कह डाला—'हम अपने अब्बा हुजूर के पास नहीं जा सकते।'

'खौफ नहीं। आखिर वे तुम्हारे अब्बा हैं। तुम उनके कलेजा का टुकड़ा हो।'

'मेहरबानी करके यह जिक्र न करें।'

'तो कुछ तो करना होगा। ये दुनिया अब उतनी अच्छी जगह नहीं रही है। अभी आपकी उम्र ही क्या है?'

'हम समझ गए, मियाँ।'

'क्या समझे?'

'हम आप पर और भार नहीं बनेंगे।'

'तो क्या करेंगे, आप?'

'कुछ भी।'

'कुछ क्या?'

हम चीन की दीवार के सामने आ खड़े हुए। सोच सलीब के हवाले होकर रह गया। एक दिन वह बोला—'निकाह करोगी।'

'हम चीख पड़े और बोले, 'कदापि नहीं?'

'आईने के सामने आते तो बदहवास हो हाँफ उठते। आखिर जाना तो था ही। हम ठीक भी हो चले थे। घाव भर चला था। हम कह बैठे—'अब हमें जाना चाहिए।'

'कहाँ जाएँगे?'

'कहाँ जाएँ।''' आप बताएँ, हम कहाँ जाएँ? हमें कुछ नहीं सूझता। मगर जाना तो लाजिमी है, मियाँ।'

'हर मर्द शौकत नहीं होता। हमारे मशविरे पर गौर कीजिए।'

'निकाह, कदापि नहीं।'

'यही एकमात्र रास्ता है।'

'कौन करेगा निकाह?'

'हम, हम करेंगे। हमारा यकीन कीजिए। हम अल्लाताला को हाजिर-नाजिर जानकर वादा करते हैं कि...।'

'बस''' बस''' बस चुप करो, मियाँ।'

'सोच लीजिए। वरना आपको अपने अब्बा हुजूर के पास लौटना होगा।'

'यह शहर हमें काटता है।'

'हम इस मनहूस शहर को छोड़ देंगे।'

'कहाँ जाएँगे?'

'जहाँ आपको इसका खयाल भी न आ सके।'

हमने गौर से देखा। वह नमाजी इनसान कुरआन पाक-सा लगा। पूछा, 'कब? परसों जुमा है, ठीक रहेगा।'

हम कुछ नहीं बोले। वह चुपचाप उठकर चला गया।

'फिर?' रेहाना से नहीं रहा गया, वह पूछ बैठी, वह शहर छोड़ दिया। और निकाह?''

'वह भी हो गया। वो बोला, मुहब्बत खुदा का इलहाम है। ये तोहफा उनके नसीब होता है, जिनको वह बेइंतहा प्यार करता है।''

''अब तक, हम उनको जान चुके थे। वह खुदा की इबादत से हमारे दिलोदिमाग

पर छा गए थे। कहते थे—''बेगम, मुहब्बत तो निकाह के बाद भी हो सकती है।'' हम क्या जवाब देते। सिजदा करके रह जाते थे। वह रुकते नहीं, आगे कहते, ''वालिदैन औलाद के दुश्मन नहीं होते। उनके हाथों औलाद की परवरिश होती है। वे ही होते हैं उनके सपने, उनका भविष्य।''

बड़ी बी उठीं तो रेहाना अपने को रोक नहीं सकी और पूछ बैठी, ''कहाँ हैं आपके वो?'' फिर उसने चारों ओर देखा।

बड़ी बी की आँखों में चमक महक उठी। बड़े प्यार से उसकी ओर देखकर वह बोलीं, ''यह उनका ही मशविरा था कि···''

''क्या?''

''अब तू भी बड़ी हो गई है। दूध का जला छाछ फूँक-फूँककर पीता है।''

''अम्मी···।''

बड़ी बी मुसकराकर चल पड़ीं और रेहाना सिर झुकाए बैठी की बैठी रह गई स्तब्ध।

□

सुक्खा

सुक्ख नहीं जानता, लेकिन वे जानते हैं जो गरीबों के सौदागर हैं कि सुक्खा गरीब है और उसे गरीबी की मैकमोहन रेखा पार करनी है।

सुक्खा खाँसता है तो उसके सौदागरों को चैन मिलता है कि वह जिंदा है। हर बार चुनाव से पहले वे लोग कार-काफिले के साथ धूल उड़ाते आते हैं, जिनको वह नहीं जानता, लेकिन जिसे वे पाँच-पाँच वर्ष के अंतराल के बाद भी नहीं भूल पाते हैं। गजब की है उनकी याददाश्त! उन्हें कल की तरह सबकुछ याद है। उनके दिमाग पर धब्बों की साफ तसवीर है। सुक्खा झुग्गी-झोंपड़ी वाला पिल्ला है—एकदम मरियल सा। केवल रेखाचित्र सा। गिनती सिखाने के काम आ सकता है, क्योंकि उसकी सारी हड्डियाँ गिनी जा सकती हैं। उसकी हड्डियों का हिसाब-किताब करते हुए, एक मोटे पेट का, आसमानी रंग का, सफेद झब्बे पायजामे में, भूत को चुनौती देता जननेता, सुक्खा की दिमागी शून्यता से मन-ही-मन खुश होता है और ऊपर से तसल्ली की थाप देता पूछता है, ''सुक्खा, तुम्हें ये खाँसी कब से है?''

सुक्खा का निर्मम जमीर करुणा के सागर की बाँसुरी सुनकर सिर्फ दाँत निपोरता रह जाता है। उसे झुँझलाहट होती है, वह टटोलता है उस सुक्खा को, जिसकी एवजी में वह सुक्खा बन बैठा है जाने कब से? और वह सुक्खा जाने कहाँ मटरगश्ती करता घूम रहा है? वह चुंदी आँखों को फाड़-फाड़कर देखने की कोशिश करता है कि कहीं उनमें तो नहीं है उसका सुक्खा! तब उसके सामने आ खड़ा होता है वह मरियल पिल्ला, बिलकुल चौराहे के बीचोंबीच, जिसे एक नंबर की वातानुकूलित आवारा कार कुचलकर एक फाइव स्टार होटल में घुस गई थी और जिसे व्यवस्था के जिम्मेदार लोगों ने घसीटकर झील की लहरों पर झंडे सा फहरा दिया था और जिसे सुबह-सुबह की खुशनुमा अखबारी हवा ने, रोजनामचे के हाशिए में मोटे-मोटे अक्षरों में

छापकर तवारीख के चश्मदीद गवाह बन जाने का सुहागिन भेष धरा था, यह कहकर कि झील के किनारे एक और खुदकुशी की दुर्घटना। सारी देह मांस का लोथड़ा। उसे पहचानना असंभव। फिर भी, उसकी लाश अस्पताल में पोस्टमार्टम के लिए भेज दी गई है।

वह बेहोश होने लगता है। वह यह समझने की हरचंद कोशिश करता है कि ये वे लोग नहीं हैं और वह खाँसी उसकी उस बदहवास चीख का हिस्सा नहीं है।

''सुक्खा, बड़े साहब, हमारे अन्नदाता, मालिक, तिहारे घर पधारे हैं। तिहारे सामने खड़े हैं। पहचानता नहीं क्या?'' जब पहलवाननुमा आवाज उसके कान के परदों पर परशुराम के फरसे सी पड़ती है और उसकी बंद डिबिया सी आँखों पर हजार-हजार वॉट के बल्ब की तीखी रोशनी फैलाती है व उसे सब याद आने लगता है और वह बिना एक पल खोए हाथ जोड़ने लगता है, जूड़ी के मरीज की तरह।

''अपनी खाँसी का इलाज करवाओ, सुक्खा। क्या खैराती हस्पताल पास में नहीं है?'' उनकी चितकबरी मूँछों पर इंद्रधनुष बनते।

''नहीं, सरकार।'' वह हाथ जोड़कर कहता।

शातिरी आँखें ताव वेग से घुर्रातीं, लेकिन वह कहता, ''काश! तुम लोग मुझे पंद्रह पैसे का पोस्टकार्ड डाल देते!'' वह अपने साथ आए लोगों को झड़ी पिलाता, ''तुम लोग खा-खाकर मोटे हो रहे हो। हमसे इस जरा सी बात को कभी नहीं कहा। खैर, नोट करो पी.ए., यहाँ अस्पताल खुलवाना है।''

पहलवान जोर से बोलता, ''हमारे सरकार···।''

सबकी आवाजें फिस्स।

सरकार पहलवान के पास खड़े व्यक्ति को फटकारते, ''यह क्या है। साथ में मुख्यमंत्री होते तो खो दिया होता न लाटरी का टिकिट। फिर तुम पाँच साल मक्खी मारते।''

पहलवान पूरा दम लगाकर पहली बार चीखता, ''हमारे सरकार···।''

वह व्यक्ति, जवाब में रेल के इंजन की सीटी हो जाता और सारी अँतड़ियों से हवा खींचकर कहता, ''जिंदाबाद···।''

इसके बाद रेल चल पड़ती और बिना टिकट लिये आदमी चीखते, ''जिंदाबाद।''

पहलवान के भेजे में घुसता सरकार का दिया मंत्र, ''इस वर्ष ९ अगस्त, १९४२ की शताब्दी मनाई जा रही है। ऊपर से आदेश हुआ है, इस बार जय-जयकार नहीं, जिंदाबाद। इनकलाब जिंदाबाद।''

''पर क्यों सरकार?''

होंठ चबाते, नाक फुलाते और बलगम भरी आवाज में कहते, ''मेरे बाप, इसलिए

कि ऊपर वाले का हुकुम है, हमें कुरसी पर रहना है और तुम्हें अजगरी की आदत पड़ चुकी है।''

''समझ गए , सरकार सब समझ गए। इस बार इनकलाब जिंदाबाद सही, जोर-शोर इसी का सही, हमें क्या फर्क पड़ता है? जो चाहें, सरकार वहीं कहें।''

पहलवान ने कान पकड़ लिये। कितनी बड़ी चूक हो जाती और अखबार वाले जुलूस निकाल देते। फिर वह सुक्खा से पूछते, ''यह खाँसी तुम्हें कब से है?''

''हुजूर, यह खानदानी खाँसी है, पुरखों से चली आ रही है।'' इस बार सुक्खा अपने आलीशान गौरव को याद करता मुसकराने लगता।

मसीहा ताज्जुब से नश्तर की तरह उस फैलते धब्बे पर आँख गड़ाते हुए खद्दर के कुरते की जेब से दो काजू निकालता और अभिजात तरीके से गुटक जाता। सुक्खा की आँखें उस जादुई करिश्मे को भाँप नहीं पातीं।

मसीहा कहता, ''तुम यह चिंता हम पर छोड़ो सुक्खा, अबकी बार इस मुई खाँसी को जड़ से उखाड़ फेंकेंगे।''

''जैसे सरकार ने पिछौला झील से जलकुंभी निकलवाई है।''

वह व्यक्ति खीं-खीं करता हुआ अपनी अकल के अंदाज पर खुद ही न्योछावर होने लगता।

सुक्खा समय की मार से बाहर निकल आए अपने मोटे-मोटे बदसूरत होंठों से सोचता है कि क्या इस बार सरकार खुद खड़े नहीं हो रहे हैं और किसी चिंता को खड़ा करवा रहे हैं।

वह कुछ पूछने को होता कि मसीहा को छींक आ जाती और वह रुक जाता।

मसीहा होंठ रहित चेहरे से मुसकराते हुए कहता, ''पहलवान, कान खोलकर सुनो, मुंशी नोट करो, चुनाव तक सुक्खा की खाँसी ठीक हो जानी चाहिए, खरच की फिकर नहीं। आखिर तो ये हमारे वोटर हैं, हम इनका ध्यान नहीं रखेंगे तो किसका रखेंगे!''

इस पर जोश मचल उठता और खाँसते हुए लोग एक-दूसरे का हाथ पकड़ कह उठते—''इनकलाब जिंदाबाद!'' मसीहा की मोटी आँखों में चमक लौट आती।

''वाकई आप हमारे खिज्र हैं, हमारे आका!'' एक अंधा बूढ़ा लाठी से टटोलता हुआ गिरते-गिरते बचता और बिना चेहरे के मुसकराता।

मसीहा की अक्ल क्रूस पर लटक जाती। उससे कुछ कहते नहीं बनता।

''मियाँ अहमद खाँ, कहाँ खिज्र और कहाँ हमारे-आपके आका नूर-ए-चश्म। खुदा महर रखे। आप तो खिदमतगार हैं।'' कारों में आई उस चौकड़ी में से एक खुशनसीब हिमालय की चोटी पर शान से खड़ा होकर अक्ल का परचम फहरा देता।

कुछ समय के लिए सब ताबूत बन जाते। काफिला जैसे आया था, वैसे ही धूल

उड़ाता लौट जाता। भीड़ छँट जाती।

सुक्खा पुराने हुक्के के पानी की तरह गुड़गुड़ाता, "भागवान, गड्डुवा में जल ले आ। कंठ सूखा जा रहा है।"

"लाई।" एक धारदार आवाज सन्नाटे को बेंध जाती। गड्डुवा आगे बढ़ा देती। सुक्खा गटगट कर पानी पी जाता। होंठ तर होते। कलेजे को चैन मिलता।

"तुम कायर हो।" वह चीखती।

"कटोरी...।" सुक्खा गरजने की सोचता तो खाँसी दरवाजा पीटने लगती। वह बिना आगे कुछ कहे, दमे के मरीज सा हाँफने लगता। चेहरे पर उतर आई पसीने की बूँदों की झर्रियाँ समेटते हुए वह पोंछने का प्रयास करता तो कई झर्रियाँ बरगद के पेड़ सी लटक आतीं और उसके सूखी लकड़ी से हाथ खूँटी पर टँगे कुरते की तरह बेजानदार लगने लगते। "तुम भेड़ियों को नहीं पहचानते?" कटोरी के दिल में लपटें उठतीं।

"कौन भेड़िया? तुम किसकी बात कर रही हो?"

"तुम तब भी अंधे थे, जब जवान थे और आज भी, जब सूखकर काँटा हो गए हो। तुम तब भी मरद नहीं थे और आज भी। तब तुममें सिर्फ जोश था और खूँटा तोड़कर भागने को तुमने अपनी आजादी मान लिया था। वह तुम्हारा वहम था, जिसके लिए अब खुद की लाश उठाए बार-बार गिरते-पड़ते, घुटना फोड़ते, जलालत और जहमत उठाते कब्रगाह में दफन होने का इंतजार कर रहे हो।" कटोरी बोलती तो रुकना नहीं जानती थी।

सुक्खा सकपका जाता। उसको सब याद आने लगता। वह दूध में मक्खी की तरह फेंक दिया गया था। दर-दर की ठोकर खाते-खाते एक दिन कई दिनों से भूखा-प्यासा वह मलबे के ढेर पर जा गिरा था। गिरते ही बेहोश हो गया था।

कटोरी अँधेरे में उससे जा टकराई थी। सुक्खा तड़प उठा था।

"कौन?" कटोरी ने पूछा।

कोई उत्तर नहीं मिला। वह झोंपड़ी में लौटी। उसने ढिबरी उठाई। लौटी। पहचाना तो काँप गई। बोली, "सुक्खा तू!"

झोंपड़ी में लाई। कुछ दिनों में वह ठीक हो गया। यह जीवन उसकी बख्शीश था। फिर क्या बोलता वह!

कटोरी बोलती, "अपनी जवान बेटी, ये नासपीटा पहलवान ही ले गया था। आज तक पता नहीं। तुम वही तो मेरी गोद में डालकर भाग खड़े हुए थे। और आज कितनी बार बताऊँ! ये एक ही थैली के चट्टे-बट्टे हैं। तू इनके हाथ जोड़ता है। मेरी आँखों में खून खौलता है। खून, सुक्खा खून!" वह तड़प उठती।

सुक्खा पर गाज गिर पड़ी। उसकी सिट्टी-पिट्टी गुम हो गई।

कटोरी बोली, ''तू भागा था आजादी के लिए। गुलाम बनकर लौटा। गुलामों से बदतर! आजादी माँ की कोख से जनमती है और तुम जवाँ मर्द उसे जनमते ही गिरवी रखकर शोर मचाते हो आजाद हो जाने का!''

सुक्खा की बटन सी आँखों से ओस टपकने लगी। वह बस इतना ही कह पाया, ''कटोरी, तू सच कहती है, वह मर्द नहीं, जो भेड़ियों के तलुए चाटे, वह कैसा मर्द? नहीं-नहीं मुझे···जीने का कोई अधिकार नहीं।''

इसके साथ ही वह भाग खड़ा होता। भागता जाता। पीछे मुड़कर नहीं देखता। गिरता-पड़ता वह भागता ही जाता। कटोरी चीखती-चिल्लाती हुई कहती रह जाती, ''एक बार तू जवानी में भागा था। तब तेरे पर आजादी का भूत सवार था। आजादी मिली, पर उससे तुझे क्या मिला, नपूते, कूड़े का ढेर! तू जहाँ पर मूर्च्छित पड़ा मिला था। मैं उधर न आती तो तोहे चील-कौए मरा समझकर खा जाते। अब तो तेरे में कुछ दम खम भी नहीं रहा। तू क्या करेगा अब भागकर कढ़ी खाए! क्यों मरने भागा जा रहा है, बावरे?'' लेकिन सुक्खा ने पीछे मुड़कर नहीं देखा। वह भागता ही गया गिरता-पड़ता। □

मैं मालूखाँ नहीं बनूँगा

"कल्लू ऽऽ" लाला चीखा—"जरा तेजी से हाथ चला।"

कल्लू एकबारगी ठिठक गया। उसके मोटे, बदसूरत काले होंठों पर कँपकँपी दौड़ गई। उसकी कोलतार सी देह परछाईं-सी सिमटकर रह गई। कड़ाके की ठंड थी। लगातार शीत लहर का प्रकोप हो रहा था। टेंपरेचर शून्य के इर्द-गिर्द चक्कर लगा रहा था।

"मोटिये कहाँ मर गया?" लाला दहाड़ा।

सन्नाटा बल खाकर अवसन्न रह गया।

"लाला, मालूखाँ, अभी नहीं लौटा है।" कल्लू ने बरतन माँजते हुए जवाब दिया। लाला मालूखाँ को 'मोटिये' नाम से संबोधन करता था। वास्तव में वह मोटा था नहीं। वह सींक-सलाई सा पूरा मर्द था। घनी मूँछें थीं। नाटा कद था। फटे-पुराने कपड़ों में कीचट बना रहता था।

कल्लू भी अकेला था। मालूखाँ के भी आगे-पीछे कोई नहीं था। इस कारण दोनों में एक प्रकार का समझौता था। दोनों एक-दूसरे के प्रति सहानुभूति रखते थे। लाला बराबर बड़बड़ा रहा था—"हरामखोर, यहीं आकर मरते हैं। कब का गया हुआ है, स्साला! रास्ते में चिलम लगाने बैठ गया होगा। आज आने दो हरामजादे को।"

"दो स्पेशल चाय, दो रस।" एक नवविवाहित जोड़ा उसकी दुकान में घुस आया था।

"कल्लू ऽऽ मेरे बाप, इधर आ।" लाला गुर्राया। इसके साथ ही उसने कंबल अपने ऊपर खींच लिया और कानों पर मफलर कस लिया।

"देख क्या रिहा है, फटाफट दो स्पेशल चाय बना। बाबूजी को दो रस दे आ।"

ठंड प्रतियोगिता में उतर आई थी।

कल्लू एक फटी कमीज लटकाए हुए था। अपनी कोलतार सी देह पर। वह कमीज उसकी देह पर झूल रही थी। दरअसल, वह कमीज किसी बड़े आदमी की उतराल थी।

कल्लू ने भट्टी को धौंकाया। चाय का पानी चढ़ा दिया।

''जरा ज्यादा बनाना। दो घूँट मैं भी लूँगा।'' लाला ने बटन सी आँखों से उस नए जोड़ों की ओर देखा। लड़का-लड़की पर झुका जा रहा था और लड़की चमगादड़ की तरह बेमतलब मुसकराए जा रही थी।

''भेड़िया!'' लाला बुदबुदाया।

शायद अब उस लड़के पर लाला कसमसाकर चीखा—''आदमी कुल्फी हो रिहा है। कल्लू, जरा फुरती कर।'' लाला का यह अर्थहीन वाक्य था।

कल्लू ने आनन-फानन में चाय तैयार कर प्यालों में उड़ेल दी। जैसे ही वह चाय लेकर चला, वैसे ही उसका पाँव अधबुझे कोयलों पर जा पड़ा और वह जोर से चीखा। चीख के साथ ही वह गिर पड़ा।

चाय के प्याले गिरकर टूट गए। फिर क्या था, लाला कंबल को एक तरफ फेंककर नीचे आ गया और ताबड़तोड़ कल्लू को लात-घूँसे मारने लगा। दहाड़ता हुआ कहने लगा—''हराम की औलाद, कुत्ते के दुम, आँख बंद करके चलता है। हरामी के पिल्ले को मुफ्त की रोटियाँ पेट में पड़ने लगी हैं। कमीने, जा भाग यहाँ से।''

''बस लाला, एक बार मुआफ कर दो। मैं तुम्हारे पाँव पड़ता हूँ। दोनों प्यालों और चाय के पैसे मेरी पगार में से काट लेना।'' कल्लू बराबर गिड़गिड़ा रहा था।

''बड़ा आया सेठ का बच्चा! स्साला कहता है, मेरी पगार में से काट लो! हराम के पिल्ले की ऐंठ तो देखो।'' लाला ने अधजली लकड़ी भट्‌ठी में से खींच ली थी।

''चाय मिलेगी या...'' अंदर से आवाज आई।

लाला ढीला पड़ गया। उसने हाथ में उठाई लकड़ी भट्‌ठी में डाल दी। भट्‌ठी में धुएँ के साथ हलका सा भभका उठा।

शीत का जानलेवा एक झोंका आया। लाला का थुलथुल शरीर बेतरह से काँप गया। वह तुनककर कंबल में जा घुसा। बुदबुदाता रहा—रोज ठंड की चपेट में सैकड़ों आ रहे हैं, परंतु ये स्साला कल्लू पता नहीं किस माटी का बना है कि...

कल्लू लँगड़ाता हुआ उठा। उसने फिर चाय बनाई। इस बार उसने पूरी सावधानी बरती।

लाला भी चाय की प्याली की चुस्की लेने लगा। चाय बढ़िया बनी थी। लाला का पागलपन उतर गया।

□

''चाय अच्छी बनी है।'' लड़की का स्वर था।

"लड़के की उमर भी आठ-नौ से अधिक नहीं हैं।" लड़के ने चाय सिप करते हुए बात बढ़ाई।

"लगता है, इसके आगे-पीछे कोई नहीं है।"

"हम लोग इसे रख सकते हैं, सस्ता पड़ेगा।" लड़की ने दूसरा घूँट लिया।

"खाना, कपड़ा और थोड़ा सा जेब खर्च।"

"हाँ, बस यही सब।" लड़की ने मुसकराने की कोशिश की—"हम दोनों ही नौकरीपेशा हैं। ऑफिस से लौटती हूँ तो किचन में जाने का मन नहीं होता है। फिर घर की सफाई, चौका-बरतन, कपड़े-लत्ते सब ही तो मुझे करना होता है।"

"तुम समझती हो कि इतना सबकुछ ये छोकरा कर लेगा?"

"क्यों नहीं कर लेगा! देखो तो इस वक्त क्या बजा है?"

"ग्यारह होने वाले हैं।"

"ये छोकरा सुबह से अब तक काम कर रहा है कि नहीं!"

"शायद हाँ।"

"कितनी मार-फटकार सह रहा है! कैसा गिड़गिड़ा रहा है।"

"तो?"

"हम इसे पुचकारकर रखेंगे तो भाग-भागकर सारा काम करेगा। मेरी मानो तो लड़के को बुलाकर अलग से बात कर लो।" लड़की ने रस का टुकड़ा तोड़ते हुए कहा।

"इस वक्त नहीं। कल दिन में, अलग से बुलाकर बात करूँगा।" लड़के ने चाय का अंतिम घूँट लिया और मुँह को गोल कर हलकी सी सीटी बजाई।

लड़की उठ खड़ी हुई।

" कितने पैसे?" लड़के ने लाला से पूछा।

"खयाल तो नेक है बाबू, पर ये हरामजादा हमारा खरीदा हुआ है। पिल्ले के गले में लाला का पट्टा पड़ा है। सो सोच लेना, एक रुपया अस्सी पैसे।" लाला तुन्नाया।

लड़के ने लड़की की ओर देखा। लड़की ने सेठ की ओर और वे चुपचाप चल पड़े।

लाला ने उनके चले जाने के बाद आवाज चबाते हुए गुनगुनाया—"धरम के पुत्तर, लंगर समझकर आ जाते हैं, जब बय्यर से घर नहीं सँभलता है तो ऑफिस में क्यों जाती हैं? बदजात, कैसी मटक रही थी, लाबार!"

□

तड़का अभी नहीं फूटा था।

कल्लू उठकर काम में जुट गया। काम करते हुए वह बार-बार मालूखाँ को उठने की ताकीद करता जा रहा था। कहता जा रहा था—"खैरात की औलाद, उठ

जा। लाला उठ गया तो तूफान मचा देगा।'' इस समय वह लाला की नकल बना रहा था।

लाला जोर-जोर से खर्राटे भर रहा था। खर्राटों में कभी रेल चलती थी और कभी गार्ड की सीटी बज उठती थी।

मालूखाँ नहीं उठा। वह करवट बदलकर रह गया।

कल्लू ने सारी सफाई कर डाली। मेज, कुरसी, बेंच सभी पोंछ डाले। बाहर पानी का छिड़काव कर दिया।

वह नंगे पाँव था।

चिल्ला पूरे यौवन पर था। सर्द हवा बरछे सा वार कर रही थी। उजाला उसके डर से बाहर आने में सकुचा रहा था, परंतु कल्लू इन सबसे बेफिक्र था। न उसे ठंड सता रही थी और न शीत लहर की चाबुकनुमा तीखी मार। जैसे वह हाड़-मांस का बना न होकर लोहे-फौलाद का बना हुआ हो! वह किसी बड़ी मशीन के कल-पुरजे सा बिना किसी दर्द-तकलीफ के काम में जुट गया था।

कल्लू ने अपने पाँव को टाट रस्सी से बाँध लिया था। रात को अधबुझे कोयलों पर पाँव पड़ जाने से उसके तलुए पर फफोले उठ आए थे। सुबह-सुबह सारा काम निपटाना था। काम न करता तो लाला उसे हजार गाली देता और कूटता अलग। कहीं नौकरी से निकाल देता तो। इस वज्र-संशय ने उसे खड़ा कर दिया। फफोले फूटें तो फूटें, उससे कोई सरोकार नहीं। थोड़ी देर के लिए वह सोच गया था कि तलुवा उसकी देह का हिस्सा नहीं है।

सूरज अभी तक नहीं उगा।

स्कूल की बस आ गई थी। लड़के-लड़कियाँ कंधों पर बस्ता लटकाए बस में चढ़ रहे थे। छोटे-छोटे बच्चे-बच्चियों के बस्ते उनके माता-पिता या आया-बाई लेकर आती थीं, बस चल पड़ती। बच्चे-बच्चियाँ अपने नन्हे हाथों को हवा में हिलाते हुए टाटा करते हुए मुसकराते जाते—शुभ्र ज्योत्ना निर्झर से।

कल्लू सोचने लगता—उनमें से अधिकांश उसकी उमर के हैं। काश, वह भी स्कूल जाता होता! काश, उसके भी माता-पिता होते! वह खूब पढ़ता-लिखता, बड़ा आदमी बनता, लेकिन उससे यह पीड़ा बरदाश्त नहीं होती। उसमें काँटे चुभने लगते। उसे लगता कि उसके सारे शरीर पर फफोले ही फफोले उठ आए हैं। अब वे फूट रहे हैं। उससे एक कदम नहीं चला जा रहा है।

उसे शीत लहर का भी अहसास होता। ठंड से उसके दाँत भी बजने लगते। उसकी देह काँप उठती। उसमें सन्नाटा टूटकर बिखरने लगता। वह निरर्थक मुसकराता। उसकी मुसकराहट में दर्द कसमसा उठता।

वह खेचूँ के सामने खड़ा है, बाल्टी रखी हुई है। चारों ओर सन्नाटा है। दूर-दूर तक कोई नहीं है।

वह अच्छी तरह से चारों ओर देखता। उसे जन शून्य वातावरण नजर आता। उसमें कल्पना फूटने लगती। कितने दिनों से कल्पना का यह बीज उसके मन में समाया हुआ था। उसका जी चाहता कि वह उन बच्चे-बच्चियों की तरह हवा में अपने काले-कलूटे हाथ को उछाले, टाटा कहे, मुसकराए।

वह पुरजोर लगाता, लेकिन उसके मुँह से बोल नहीं फूट पाता। न हाथ ही हवा में उछाल पाता।

आज वह अपने को नहीं रोक पाया। उसने हिम्मत जुटाई। पुरजोर हाथ हिलाने की कोशिश की। परंतु उसके हाथ पर पलस्तर चढ़ गया। वह अपनी जगह से हिला तक नहीं।

उसके सामने लाला का पिंजरा घूम गया। पिंजरे में बंद लाल चोंच वाला तोता आ खड़ा हुआ। लाला कहता—'मिट्‍ठू राम-राम कह।'

मिट्‍ठू कहता—'राम-राम।'

लाला मिट्‍ठू से राम-राम सुनकर खुश होता। बहुत खुश होता।

नामालूम किसने लाला को उस वेश्या की कहानी सुना दी थी, जिसने तोता पाला हुआ था। उसके मरते समय वह तोता राम-राम कह रहा था। इसी से उस वेश्या को मुक्ति मिल गई थी। लाला का भी यही विश्वास था कि तोता उसकी मुक्ति का कारण बनेगा। इसीलिए वह तोते को लाल-हरी मिर्च खिलाता, अमरूद देता और उससे 'राम-राम' कहलवाता था।

एक दिन क्या हुआ कि बहुत से तोते सामने के पेड़ पर आ गए। खूब चहलकदमी करने लगे।

लाला के तोते की निगाह उन तोतों पर पड़ी, उसमें हरकत पैदा हुई। उसकी जड़ता ने करवट ली। मानो पाषाण बनी अहिल्या को श्रीराम का स्पर्श मिल गया और वह चेतन हो उठी हो! कुछ वैसा ही हाल उस तोते का हुआ।

वह फड़फड़ाने लगा। पिंजरे में चोंच मारने लगा।

कल्लू ने समझा कि वह भूखा है। उसने तीन-चार हरी मिर्च-पिंजरे में डाल दीं। कल्लू हैरान रह गया। तोते ने उनकी ओर देखा तक नहीं। वह बराबर पिंजरे को झकझोरता रहा। उस पर चोंच मार-मारकर उसने अपनी चोंच लहू लुहान कर ली। अपने परों को भी घायल कर लिया।

कल्लू घबरा गया। उसे लगा कि तोता पागल हो गया है। यदि उसे तुरंत नहीं छोड़ा गया तो वह मर जाएगा। वह मर गया तो लाला उसे नहीं छोड़ेगा।

वह पसोपेश में पड़ गया कि क्या करे और क्या नहीं करे! न लाला आता नजर आया और न मालूखाँ ही। यह निर्णय उसे अकेले लेना था और वह भी तुरंत। उसने डरते हुए पिंजरा खोल दिया। परंतु तोता ज्यों-का-त्यों पड़ा रहा।

उसने पिंजरे को हिलाया-डुलाया। तोता जरा फड़फड़ाया। लेकिन फिर वह निढाल होकर रह गया।

कल्लू चकराया। वह उस पर पानी डालने के लिए पानी लेने गया। लौटा तो पिंजरा खाली था। उसने चारों ओर देखा, परंतु उसे कहीं भी तोता नजर नहीं आया।

तब लाला ने उसके खूब लात-घूँसे लगाए थे। मारते-मारते उसे अधमरा कर दिया था। उसका निचला होंठ तभी फटा था, कई दिन तक उसका शरीर दुखता रहा था। वह देह के दर्द की चिंता किए बिना अबाध गति से रोजमर्रा की नाईं अपना काम करता रहा।

कल्लू को एकांत से डर लगता था। जब कभी उसे एकांत मिला, तभी उसके साथ कोई-न-कोई हादसा घट गया। अनचाहे ऐसा हो जाता था कि उसमें कल्पना उपजती थी। उसे मोहती थी और वह सम्मोहित होकर काम करने लगता।

अब वह खेचूँ के सामने खड़ा फिर से कल्पना से संचालित होने लगा था। उसके सामने स्कूल जाते बच्चे घूम रहे थे।

उसने ताकत लगाई। वह खुशी से नाच उठा। इस बार उसका हाथ हवा में तैर गया था। उसने और जोर लगाया। हवा में हाथ घुमाया और फुसफुसाया—ट··टा··टा··

हालाँकि वह बहुत धीमे से टाटा उच्चारित कर पाया था, परंतु उसे ऐसा लग रहा था जैसे उसकी वह आवाज चारों ओर गूँज उठी है और अनेक माता-पिता उसके हाथ हिलाने का जवाब दे रहे हैं। वह स्वयं फुटबॉल की तरह हवा में उछलता जा रहा है, उछलता जा रहा है, उछलता ही चला जा रहा है।

तभी तपाक से उसके सिर पर एक थप्पड़ पड़ा और साथ में लाला की चीखते ईंजन की आवाज गूँज गई—"हरामजादा, मक्कार, खेचूँ के सामने खड़ा हवा में हाथ उछाल रहा है। उल्लू का पट्ठा, हाथ घुमाने से क्या बाल्टी भर जाएगी।"

कल्लू चुपचाप खेचूँ का हत्था तेजी से चलाने लगा। उसके हाथ भी यंत्रचालित से चलने लगे। अब उसके हाथ हाथ नहीं थे, किसी यंत्र के पुरजे थे।

वह बाल्टी लेकर आया तो देखा, लाला मालूखाँ पर लाल-पीला हो रहा है। उसे डाँट-डपट रहा है। बिलकुल उसी तरह जैसे वह उसको डाँटता-डपटता है।

कल्लू को कुछ तसल्ली हुई। मालूखाँ चालीस को छू रहा था। लगता वह तीस से ज्यादा नहीं था। इतना बड़ा होकर भी वह यदा-कदा मार खा जाता था, परंतु वह कभी उफ नहीं करता। देखने पर लगता है कि वह सबकुछ है। उसकी आँखों में ज्योति सी जलती रहती है—एकदम इंडिया गेट पर जलने वाली ज्योति सी। उसकी देह गठी हुई

है। यह अलग बात है कि वह महीने में एकाध बार ही नहाता-धोता है। उसकी देह पर सदा मैल जमा रहता है। उसकी कमीज-पेंट कीचट हैं।

कल्लू ग्राहकों की आपस में चल रही बातों को ध्यान से सुनता और समझने की कोशिश करता। वे बतियाते—''ये लाला क्या था, कुछ भी नहीं! खुले में चाय लिये बैठा रहता था। तब हम पढ़ रहे थे। हम पढ़-लिख भी गए, परंतु क्या हुआ? बाबू बन गए। गीली लकड़ी की तरह सुलग रहे हैं। और ये लाला हमारे देखते-ही-देखते घर का मकान बना बैठा और पक्की दुकान। अंटी में दो पैसे भी रखता है। हमारी तरह महीने का अंत आते-आते बुझी बीड़ी सा नहीं रह जाता है। स्साला मोटा, रात-दिन नौकरों पर ताबड़तोड़ वर्षा की तरह बरसता रहता है। एकदम हमारे खूसट शराबी अफसर की तरह, जो बिना बात घुर्राता है और घुर्राने को अफसरी का रुतबा समझता है। हम लजरफत्तू हाँ-हाँ साब, हाँ साब की रट लगाए बराबर शुतुरमुर्ग की तरह एक ही गीत दोहराते होते हैं कि हम एक-न-एक दिन आजाद हो जाएँगे।'

कल्लू के पल्ले कुछ पड़ता और कुछ नहीं। वह चाय लेकर ऑफिस में जाता। अफसर को चोर आँखों से देखता और अपने लाला से उसकी तुलना करता—वैसा मोटा, वैसा ही घुन्ना, तेज-तर्रार और डाँट-डपटवाला। न मालूम तब उसे क्यों संतोष होता; पर होता, जरूर होता।

लाला अगर किसी से डरता था तो मजदूर नेता से। उसकी वह बड़ी आवभगत करता था। वह जब भी आता, तब वह अंत में इतना जरूर कहकर जाता था—'लाला इस लड़के को मारा-पीटा मत कर। एक तो कानून के खिलाफ इतना छोटा लड़का नौकर रख रखा है दिन-रात उससे काम लेते हो। ऊपर से उसे ठोकते-पीटते अलान हो, यह नहीं चलेगा समझा।'

लाला बीड़ी फेंककर चुपचाप उसकी तरफ दस का नोट बढ़ा देता और वह दस के नोट को जवाहर कट बंडी की जेब में रखकर आगे बढ़ जाता।

लाला भद्दी सी गाली देता हुआ बड़बड़ाता—''नेता का बच्चा, टुकड़खोर।'' कल्लू कुछ नहीं समझता, सिर्फ आश्चर्य से देखता रहता और महसूस करता कि उससे लाला की कोई रग दबी हुई है।

अनायास लाला अकड़कर चीखने लगता—''कहाँ मर गया, हराम की औलाद! इधर आ, स्साला सुनता ही नहीं है। कब से चीख रिया हूँ—कुत्ते, इधर आ।''

कल्लू तै नहीं कर पाता कि वह उन दोनों में से किसे बुला रहा है! वह फटी-फटी आँखों से देखता रहता।

''अबे कल्लू के बच्चे, दिद्दा फाड़कर क्या देख रिया है! मैं गला फाड़कर तुझे ही पुकार रिया हूँ।''

"क्या है, लाला?"

"कितनी बार कहा है कि उस नेता के सामने मत आया कर। पर तू है कि एक कान से सुनता है और दूसरे से निकाल देता है। एकदम चिकना घड़ा हो गया है। जानबूझकर उसके पास जा पहुँचता है। वह क्या तेरा बाप लगता है?" लाला बैठने का रुख बदलता हुआ कहता। कल्लू हकलाते हुए कहता—"लाला, आगे से ध्यान रखूँगा।"

"ध्यान का बच्चा!" लाला शब्दों को चबाता और खीज भरकर अंदर-ही-अंदर खिसियाकर रह जाता, "कमबख्त!"

□

कल्लू के प्रति अवकाश-प्राप्त रामधन मास्टर की भी सहानुभूति थी। वह जब-तब आता, उससे एक ही बात कहता—"कल्लू, तू रात को पास वाले केंद्र में आया कर, वहाँ और भी बच्चे-बूढ़े आते हैं।"

"क्यों, मास्टरजी?"

"मैं उन सबको पढ़ाता हूँ।"

"फिर?"

"तू भी आया कर। पढ़ा कर।"

"मेरे पास पैसे कहाँ हैं?

"वहाँ पैसा-टका कुछ नहीं लगता। वहाँ तो किताबें भी मुफ्त में मिलती हैं। और स्लेट बत्ती भी।"

"मास्टरजी, क्या वहाँ खाना भी मुफ्त में मिलता है?" कल्लू सहज भाव से पूछता।

मास्टर रामधन चाय की चुस्की लेने लगता। इस समय उसका दिमाग घूम गया होता। वह सँभलकर कहता, "बस एक-डेढ़ घंटे की तो बात है।"

"लाला से पूछा है, मास्टरजी?"

"क्या मतलब?"

"यहाँ से जरा भी खिसका तो लाला चमड़ी उधेड़ देगा। नौकरी अलग जाएगी, मास्टरजी। तब क्या खाऊँगा? कहाँ रहूँगा? यहाँ कम-से-कम दो जून की रोटी तो मिल जाती है। सिर छिपाने को भी जगह है। नहीं-नही मास्टरजी, मैं नहीं आ सकूँगा। कभी नहीं आ सकूँगा। कभी भी नहीं।"

कल्लू का गला रुँधने लगता। उसके मोटे काले होंठ फड़फड़ाते। उसके सामने डैने फड़फड़ाता तोता ठहर जाता। इसके बाद बस आकर रुकती। बच्चे-बच्चियाँ कंधे पर बस्ते लटकाए बस में चढ़ने लगते। बस सरकने लगती। बालक-बालिकाएँ हाथ हिलाकर टाटा करते हुए मुसकराते।

मास्टर रामधन ऊपर के होंठ से निचला होंठ दबाकर कसमसाता और तैश खाकर पूछते, ''तुझे भी मालूखाँ ही बनना है। अधेड़ उमर का हो गया है, फिर भी वह जहाँ का तहाँ है। न उसकी शादी हुई और न उसका घर बसा। रिस-रिसकर जी रहा है। वह अक्ल और भाग्य का मंदा है। तुझे भी ऐसे ही जीना है क्या? उसे कितना समझाया परंतु वह नहीं समझा।'' कल्लू ने जैसे कुछ सुना ही नहीं, मास्टर रामधन ने जैसे कुछ उसे कहा ही नहीं।

कल्लू ग्राहकों की सेवा में खो गया और मास्टर रामधन चुपचाप उठकर अपने में सुलगता-बरसता चल दिया—''जाने कब इस देश का इनसान जागेगा! कब उसे अक्ल आएगी? कब आजाद होगा?''

□

आज मालूखाँ का हाथ जल गया था। वह बेतरह से तड़प रहा था। सरकारी दवाखाने में मलहम-पट्टी करा आया था।

लाला को उस पर जरा भी रहम नहीं आया। वह बराबर उसे गाली देता रहा था, जबकि कसूर लाला का ही था। लाला के हाथ से पौना छूटकर उफनते तेल में जा पड़ा था। उसी से मालूखाँ जला था।

हवा ने तेवर बदल लिये थे। वह रह-रहकर बल खाकर चल रही थी। चारों तरफ घना अँधेरा था, क्योंकि बिजली चली गई थी।

आधी रात जा चुकी थी। मालूखाँ बारंबार कराह उठता था। कल्लू को भी नींद नहीं आ रही थी।

वह पूछता, ''मालूखाँ, क्या बात है? बहुत दर्द हो रहा है?''

मालूखाँ कुछ देर बोलता नहीं। वह कोशिश करता कि अपने को थामे रखे, कराहे नहीं। लेकिन दर्द की भाषा संयम नहीं मानती।

वह मालूखाँ को नहीं पहचानती है। वह तो दर्द है। वह रोके नहीं रुकेगा। बाँध की दरार पर जैसे पानी का संयम काम नहीं करता, वैसे दर्द किसी सीमा-मर्यादा की परवाह नहीं करता।

कल्लू साहस बटोरकर फिर पूछता—''मालूखाँ, मैं पाँव दबा दूँ, सिर रगड़ दूँ।''

''नहीं, कल्लू।''

''दवा से कोई फायदा नहीं हो रहा है क्या?''

''हो रहा है।'' मालूखाँ मद्धिम स्वर में फुसफुसाया और फिर उसने करवट बदल ली।

''कम हो रहा है, मालूखाँ?''

''शायद''' ठीक हो जाएगा, कल्लू तू सो जा।''

"नींद नहीं आ रही है, मालूखाँ।"

"क्यों, क्या बात है? लाला ने कुछ कहा क्या?"

"नहीं।"

"तो क्या किसी ग्राहक ने उल्टा-सीधा कहा है?"

"नहीं।"

"तो फिर क्या बात है?"

"है, मालूखाँ है, बात है। मन में पके फोड़े सी ऐंठ रही है।"

मालूखाँ अपने होंठों पर जीभ फिराता और थूक गटककर पूछता—"क्या है?"

"आज तुम्हारे दर्द हो रहा है मालूखाँ, आज रहने दें।"

"नहीं रे! तू कह डाल जो कुछ कहना है।"

"कुछ खास नहीं है, मालूखाँ। तू सोने की कोशिश कर।"

"मुझे भी नींद नहीं आ रही है, कल्लू।"

"क्यों मालूखाँ, जिसके दर्द होता है, क्या उसे नींद नहीं आती है?"

"तेरे भी क्या दर्द हो रहा है?"

"नहीं तो।"

"फिर तुझे नींद क्यों नहीं आ रही है?"

"एक बोझ है, साँपिन-सा मन पर लोट रहा है।"

"क्या बोझ?"

"जीवन है, बोझ है।"

"कुछ बकेगा भी या पहेलियाँ ही बुझाता रहेगा।" मालूखाँ ने कुछ कसावट से तैश खाकर कहा।

"एक बात बता, मालूखाँ?"

"क्या है?"

"तू इस लाला के पास कब से है?"

"जब तेरे जितना था, यही छह-सात वर्ष का था, तब से।"

"तुझे ये कहाँ से पकड़कर लाया था?"

"सड़क से।"

"कैसे?"

"मैं भीख माँग रहा था। इसने पूछा, 'कुछ काम करेगा।' इससे पहले कि मैं कोई उत्तर देता, इसने मेरे सिर पर गठरी रख दी और बोला, 'मेरे पीछे-पीछे चलता आ।'

"मैं और करता क्या? तीन दिन से भूखा था। तब तो यह भी याद नहीं था,

कल्लू, कि मुझे तीन दिन बिना कुछ खाए हो गए हैं।''

''फिर?''

''फिर क्या? लाला ने मेरा इतिहास पूछा और रख लिया था।''

''क्या था तेरा इतिहास? एक रात माँ मुझे साथ लिये जा रही थी। एक ट्रक पास से गुजरा। माँ उसकी चपेट में आ गई और अल्लाह को प्यारी हो गई।''

''और कोई?'' कल्लू के मन में प्रश्न कुलबुलाया।

''और कोई नहीं था।''

''पिताजी।''

''उन्हें मैंने नहीं देखा और न माँ ने कभी उनके बारे में बताया। माँ मजदूरी करती थी। माँ के अलावा मेरा दुनिया में कोई नहीं था।'' मालूखाँ की आवाज में दर्द डोल गया। उसका स्वर आर्द्र हो गया। उसने अपने को तुरंत सँभाल लिया और खखारकर कहा, ''सब पूरब जनम का फल है, कल्लू, वह तो भोगना ही पड़ेगा।''

पूरव जनम की बात कल्लू के पल्ले नहीं पड़ी। इतना ही उसकी समझ में आया कि कल्लू भी उसकी तरह इतनी बड़ी दुनिया में अकेला है और दुखी है। उसने मन-ही-मन हिसाब लगाया और फिर पूछा, ''तू यहाँ कब से है, मालूखाँ?''

मालूखाँ ने अँधेरे को चीरने का यत्न किया। दिमाग पर जोर डाला! धीरे-धीरे वह हिसाब लगा पाया और बोला, ''तीसेक वर्ष हुए जाते हैं, कल्लू। शायद कुछ ज्यादे ही, परंतु इससे कम तो कतई नहीं।''

''तीसेक वर्ष!'' साश्चर्य कल्लू ने बड़बड़ाया और पूछा, ''तब से आज तक तुझ में कोई अंतर नहीं आया, मालूखाँ?''

''कैसा अंतर?'' मालूखाँ बुदबुदाया।

कल्लू के सामने मास्टर रामधन आ खड़े हुए। उनका एक-एक शब्द आकार बन गया। वह तड़प उठा। उसके मनोमस्तिष्क में गूँज रहा था अट्टहास लगाता यह स्वर—'क्या तुझे भी मालूखाँ ही बनना है, कल्लू?'

ग्राहकों की भीड़-भाड़ में कल्लू ने मास्टर रामधन से यह प्रश्न नहीं किया था कि मालूखाँ में क्या बुराई है? क्या वह इनसान नहीं है? क्या उसके हाथ-पैर नहीं है? आखिर क्या कमी है उसमें?

उसे तो मालूखाँ में कोई कमी नजर नहीं आती। परंतु आज उसको लगा कि मालूखाँ में कमी है। क्या कमी है, यह वह पकड़ नहीं पा रहा था; उसने पूछा, ''आज तक तुम पहनने के लिए भी ठीक से कपड़े नहीं जुटा पाए, मालूखाँ?''

''देखता हूँ कि तुम कैसे जुटाते हो, बच्चू!''

''तुम एक घर भी नहीं बना पाए, मालूखाँ''

''तुम बना लेना, कल्लू।'' मालूखाँ के स्वर में व्यंग्य था। व्यंग्य में चोट थी। चोट में मवाद भरा था। कुचला अहं फुत्कार रहा था।

''पर तुम से यह सब क्यों नही हुआ, मालूखाँ?''

''तुम करके दिखा देना, बच्चू। वह तो सस्ता जमाना था। एक रुपया का तीन किलो दूध आता था। तेरह-चौदह रुपए मन गेहूँ था। चारेक रुपए किलो देसी घी था और आज?''

कल्लू अवाक् रह गया। क्या मालूखाँ सच कह रहा हैं, वह सोचता रहा गया।

''परंतु मालूखाँ, तुमने कभी कोशिश नहीं की'' कल्लू की जबान लड़खड़ा गई।

''क्या कोशिश करता?'' मालूखाँ ने उपेक्षा से पूछा और उठते दर्द को दबा लिया, जबड़ा पूरी तरह खोला, मुट्ठी तानी और दर्द को आँख दिखा दी, दर्द बेचारा चुपचाप खिसक लिया।

''यही कि ऊपर उठते। दो पैसे जोड़ते।''

'' ऊपर कहाँ उठता? पैसे कैसे जोड़ता?''

''इस स्थिति से ऊपर उठते और पेट काटकर दो पैसे जोड़ते।''

''आखिर कितना जोड़ लेता?''

''जितना जुड़ पाता, मालूखाँ।''

''जितना कितना दो-चार रुपए।'' मालूखाँ भुनभुनाया। उसमें उबाल ने आँखें खोलीं, वह उत्सुकता से उस कीचट अँधेरे में कल्लू की बंद होती आँखों को तलाशने लगा। उसे लगा, जैसे कुछ उससे छूटा जा रहा है। तेजी से वह अथाह समंदर की गुमनाम और अदृश्य दुनिया में समाता जा रहा है। उसका सिर चकराया। वह जोर से खाँसा। उसकी पसलियाँ हिल उठीं, नसें तन गईं।

''नहीं, मालूखाँ, यह तुमने अपने साथ न्याय नहीं किया।'' कल्लू ने असोचे मास्टर रामधन का वाक्य दोहरा दिया।

''क्या न्याय नहीं दिया?'' मालूखाँ खीज से भर उठा।

''हाँ, क्या न्याय नहीं किया?'' कल्लू ने दोहराया। दरअसल वह इस जुमले का अर्थ नहीं समझता था। परंतु फिर भी उसे लगता था कि वह इस जुम्ले का अर्थ महसूसता है।

''तू अनाप-शनाम मत सोच, कल्लू, सोचने से कुछ नहीं होगा। शेख चिल्ली बनने से कोई फायदा नहीं। जो है, जैसा है, उसे अल्लाह के नाम पर कबूल कर ले; इसी में सुख मिलेगा, शांति मिलेगी और मौज-मस्ती मिलेगी।'' कल्लू ने मालूखाँ के तरन्नुम को नहीं सुना। वह सारी जिंदगी ऐसे नहीं काटा सकेगा। वह कुछ करेगा। अपाहिज नहीं बनेगा। नहीं-नहीं, कदापि नहीं। सीलन भरी बदबूदार जिंदगी वह नहीं जिएगा।

"कुछ तो सोचना होगा।" कल्लू धीरे से कह उठा।

"कुछ क्या सोचगा, रे? इस नौकरी से भी हाथ धो बैठेगा। पगले, सोचना बंद कर दे। यह काम हमारा नहीं है। हमारा काम है—लाला की राजी रखना, जूठे बरतन धोना, मेज-कुरसी साफ करना वगैरह-वगैरह।"

"क्या जिंदगी से इतनी जल्दी हार मान बैठा है, मालूखाँ?

"कुछ भी समझ, मैं जो हूँ और जैसा हूँ, उसी से संतुष्ट हूँ।"

"तुम असंतुष्ट किससे हो?"

"मैं असंतुष्ट किससे हूँ?" मालूखाँ ने मन-ही-मन दोहराया। वह किससे असंतुष्ट है। उसने मगज पर जोर डाला। पर कुछ हाथ नहीं लगा। लगता भी क्या, उसे ऐसे सोचने का मौका ही पहली बार मिल रहा था।

"बोल, जवाब दे।" कल्लू ने उसे कुरेदा। सोचा, शायद राख के ढेर के नीचे कहीं कोई चिनगारी दबी पड़ी रह गई हो तो वह फूट पड़े! परंतु बेकार। वहाँ कोई चिनगारी नहीं थी। जो कुछ था, वह राख थी। सर्द राख! एकदम बुझी शांत राख! श्मशान सी शांत राख!"

मालूखाँ से जवाब देते नहीं बना। उसके सामने अँधेरे की दीवारें आ खड़ी हुईं और ज्वार-भाटा के उन्माद में समंदर का कानफोड़ा शोर उछालें लेने लगा। वह किसी तरह इस भयानक स्वप्न से छुटकारा पाने के लिए थूक गटककर बोला, "कल्लू, पानी पिला दे और सो जा।"

कल्लू उठा। उसने उसे पानी पिलाया। पानी छलककर उसकी कमीज पर गिर पड़ा, उसने पानी पीकर एक गहरी साँस ली।

"अब दर्द तो नहीं है, मालूखाँ।" कल्लू पूछ रहा था।

"नहीं रे। अब सो जा। सारी रात हमने बातों में ही निकाल दी है। कुछ देर बाद उठना होगा। एक झपकी ले ले, अन्यथा दिन भर देह बेतरह से टूटती रहेगी।"

कल्लू चुप हो गया। परंतु कुछ देर बाद उसके दिमाग में एक वाक्य उछला। उससे रहा नहीं गया। वह कहने लगा—"मालूखाँ, अब तक हम सोते ही रहे हैं।"

"चुप कर, मेरे बाप!" चिड़चिड़ाकर मालूखाँ ने कहा और करवट बदल ली।

इस बार कल्लू को चुप हो जाना ही पड़ा। पर वह सो नहीं सका। सारी रात उसमें तूफान मचलता रहा। तरह-तरह के पत्थरतोड़ा विचार उमगते ही रहे। वह तटस्थ बना रहा—तट जैसे समंदर की उछालों से बेखबर बना रहता है।

कल्लू कई दिनों से परेशान चल रहा था। उसके सामने मालूखाँ था। अधेड़ मालूखाँ। अंधकार था। उसे दिशा-बोध नहीं हो रहा था कि वह क्या करे, क्या नहीं?

"जो लोग आजादी या किसी नेक काम के लिए आजन्म कालकोठरी में बंद रहे

और वहीं मर गए, उनके जीवन का एक मकसद था। वे स्वयं दीया-बाती बने, जले। उन्होंने दूसरों को उजाला दिया, लेकिन कल्लू, तू किस उद्देश्य या अच्छे काम के लिए लाला की कालकोठरी में बंद है? आखिर तेरे जीवन का भी तो कोई उद्देश्य होगा?'' यह मास्टर रामधन का स्वर था।

''जीने का भी क्या कोई उद्देश्य होता है, मास्टरजी?''

''हाँ, होता है।''

''काम करना और खाना-सोना। क्या यह उद्देश्य कम है, मास्टरजी?''

''इतना तो पशु भी कर लेता है, कल्लू।''

''क्या मनुष्य पशु नहीं है, मास्टरजी?''

''नहीं,'' रामधन की आवाज में कठोरता थी। एक अनचीन्हा विराम था।

''तब वह क्या है, मास्टरजी? चारों तरफ तो मेरे जैसे लोग हैं, जिनके पेट में आग जल रही थी। वह उसी आग को बुझाने में रात-दिन एक किए डाल रहे हैं, है न, मास्टर जी?'' कल्लू प्रश्न फेंकता है।

हालाँकि यह प्रश्न भी उसका नहीं था। यह प्रश्न उन लोगों का था, जो लाला की दुकान पर घंटों बैठे ऐसे प्रश्नों को उछालते रहते थे। उसकी स्मरणशक्ति तेज थी। उसे उनके कथनोपकथन ज्यों-के-त्यों याद हो जाया करते थे। वह जब तक उनके कथनोपकथनों को उछालता और फुटबॉल खेलने का आनंद मन ही मन लेता रहता।

''तू ठीक कहता है रे'' मास्टर रामधन का चेहरा बुझने लगता। मन बैठने लगता। तब जीने का उद्देश्य था। सारे देश का एक उद्देश्य था—आजादी पाना। तब सब एक थे। तब सबमें एक ही तमन्ना थी कि वे शहीद हो जाएँ। तब न भाषा सिर उठाती थी और न पानी का विवाद, न कुछ और तब सब एक थे—तन से, मन से, धन से। सारे देश में यज्ञ हो रहा था। देश यज्ञशाला बना हुआ था। क्या लाला, क्या मालूखाँ, तब सब बलिदान हो जाना चाहते थे, परंतु आज? राम-राम! क्या आजादी पाने का यही उद्देश्य था?

''मास्टरजी, कुछ और लाऊँ?''

''नहीं रे!'' मास्टर रामधन पुरानी दुनिया से लौट आते।

आज दुकान पर लाला नहीं था। ग्राहक भी कम थे। रविवार जो था।

वह बोला, ''मास्टरजी, एक चाय और लाता हूँ।'' मास्टर रामधन कुछ कहता, उससे पहले ही वह चला गया।

कल्लू जानता था कि चाय मास्टरजी की कमजोरी है। उसके लिए उनका नाह-नूह ऊपर से ही होता है।

कल्लू ने मन से चाय बनाई, खूब दूध डाला। अदरक और दालचीनी भी।

दालचीनी का प्रयोग लाला केवल अपनी चाय के लिए करता था या उस मजदूर नेता की चाय के लिए। आज उसने उसका प्रयोग मास्टरजी की चाय के लिए किया और थोड़ी सी चाय खुद ले ली। कब से उसकी यह इच्छा थी कि दालचीनी वाली चाय पीए! पर कैसे? आज मौका था तो वह नहीं चूका।

"आज तो तूने गजब की चाय बनाई है रे!" मास्टर रामधन ने पहला घूँट भरकर कहा।

"पसंद आई न, मास्टरजी!"

"एकदम पसंद आई, कल्लू।" मास्टर रामधन ने खुश होकर कहा, "ऐसी चाय तो बरसों बाद मिली है।"

कल्लू का मन छलछला आया। मानो उसने अपने जीने का उद्देश्य पा लिया हो। वह खुशी से आर्द्र हो उठा।

इसी समय लाला लौट आया। लाला का माथा ठनका। चाय का रंग-रूप देखकर वह चीखा—"कल्लू ऽऽ।"

कल्लू की चाय अभी तक कप में रखी हुई थी और वह लंच बॉक्स भी खुला पड़ा था, जिसमें लाला दालचीनी, इलायची आदि रखता था।

कल्लू अंदर-ही-अंदर काँप गया।

लाला ने ताबड़तोड़ उसे मारना शुरू किया। लात, घूँसे, उस पर पड़ रहे थे। लाला बेतहाशा बके जा रहा था—"चोर की औलाद, तेरी ये हिम्मत! मालूखाँ इत्ता बड़ा हो गया, परंतु उसने कभी चोरी नहीं की। क्या मजाल है कि बिना माँगे उसने रोटी का टुकड़ा भी कभी मुँह में डाला हो! उसे भूखा रहना मंजूर है, परंतु...और तूने, वेश्या की औलाद, इत्ती छोटी उमर में घर में ही डाका डालना शुरू कर दिया, जिसने तुझे पेट की आग शांत करने लिए रोटी दी, सिर छिपाने को दुकान में रहने की सुविधा दी और पहनने को कपड़े-लत्ते दिए। नमकहराम, नेकी का यह बदला? स्साले, आज मैं तेरा खून पी जाऊँगा।"

लाला उसको मारता ही गया, रुका नहीं, मारता ही गया।

मास्टर रामधन से चाय नहीं पी गई। वह अपराधी की तरह सिर नीचा किए चुपचाप दुकान से खिसक लिया। उसे अपने पर बड़ा गुस्सा आ रहा था। उसकी आत्मा उसे धिक्कार रही थी—"तू वही रामधन है रे, जिसने आजादी के लिए कॉलिज छोड़ा था, घर छोड़ा था और नौआखली में गांधी बाबा के साथ धधकती आग में कूद पड़ा था। तूने ही तो यह बीड़ा उठाया था कि तू न अन्याय सहेगा और हर अन्याय करने वाले राक्षस का मुकाबला करेगा। पर आज तुझे क्या हो गया है, रे! वही देश है, तेरे अपने वही लोग हैं, और अब तो तेरा देश भी आजाद है। उसे आजाद हुए एक अरसा

बीत रहा है, तू चुप है! अपराधी बना खड़ा है! तेरे आगे-पीछे सब तरफ, यहाँ तक कि तेरे अपने घर में तेरी अपनी औलाद अन्याय कर रही है। दूसरे का हक हड़प रही है। उनकी इज्जत लूट रही है और तू हाथ पर हाथ धरे, मुँह पर ताला जड़े, आँख पर पट्टी बाँधे, कान में उँगली दिए बुत बना खड़ा हुआ है! एकदम चौराहे पर खड़े गांधी बाबा के बुत की तरह।

सुनता है, किसी ने गांधी बाबा का हाथ काट दिया। बैठे-ठाले बावेला मच गया… क्या तुझे गाँधी बाबा को बुत ही बनाना था? उसके कटे हाथों के लिए बावेला ही मचाना था या उनके लिए भी कुछ करना था। जिनके हाथ हैं, परंतु बिके हुए, जिनके पाँव हैं, परंतु परवश, जिनके आँख-नाक-कान हैं, परंतु मातहत हैं, विवश हैं।'' मास्टर रामधन घबरा गया। उसका सिर चकराने लगा। उसकी आँख के सामने तेजी से धरती और आकाश घूम गए।

'आज तो तूने गजब की चाय बनायी है रे' वह अपने ही स्वर पर काँप गया। उसके सामने कल्लू था। उसे लगा कि अभी देश आजाद नहीं हुआ है। आजादी अभी बहुत दूर है, मीलों दूर है, अभी तो कल्लू कालकोठरी में बंद है। वह लात-घूँसे खा रहा है। अभी तक जनरल डायर जिंदा है। उसने मरकर अनेक लालाओं में पुनर्जन्म लिया है। जनरल डायर की तेज आवाज उसके कानों में गूँज गई—फायर और जलियाँवाला बाग में निहत्थों की सभा पर गोलियो की बौछार होने लगी। कोटपूतली, बागपत, मगरी, मानगढ़ आदि नाना दृश्य उसको कचोटने लगे।

''देखकर चलो, भाई!'' एक मोटर साईकिल वाला यह कहता हुआ पास से गुजर गया—''आत्महत्या के इरादे से निकले हो तो और बहुत से रास्ते हैं, किसी भले आदमी को बख्शो।'' वह कुछ नहीं बोला। चुपचाप एक तरफ होकर चलने लगा।

□

रात गहरी थी। काली नागिन सी स्याह!

मालूखाँ पूछ रहा था—''तूने चोरी क्यों की, कल्लू?''

कल्लू क्या जवाब दे! क्या वास्तव में उसने चोरी की थी? उसने लाला का लंच बॉक्स क्यों छुआ? क्यों उसने मास्टरजी के लिए स्पेशल चाय बनाई? किसने कहा था उससे?

उसमें अँधेरा सकपकाया।

उसके मन में आया कि यह अँधेरा कभी नहीं हटेगा। उसे दुकान में आग लगानी होगी। तब दूर तक प्रकाश होगा। बिजली कौंधेगी, सवाल उठेंगे। आज एक सभा नहीं, सारी सभाएँ अंधी, बहरी और गूँगी हैं। आज एक भगतसिंह से काम नहीं चलेगा। आज अनेक धमाकों की जरूरत है। जगह-जगह धमाकों की जरूरत है। ये शब्द उसके

नहीं थे, उस बाबू के थे, जिसको तीन महीने बाद नौकरी से निकाल दिया था। वह भी चाय की दुकान पर घंटों बैठता था और दो-चार को घेरकर आजादी, आग और धमाके की बात करता था।

लाला उससे भी डरता था, कहता था—''वह खतरनाक आदमी है।''

''बोलता नहीं है, कल्लू, तूने चोरी क्यों की?''

कल्लू बोलता तो क्या बोलता! उससे कोई बोल फूट भी नहीं रहा था। वह छाया सा फुसफसाया—''आगे से ऐसी गलती नहीं करूँगा।''

मालूखाँ जोर से अट्टहास कर उठा।

कल्लू को लगा कि किसी ने लाला की दुकान में आग लगा दी है और उसकी गगनस्पर्शी लपटें आस-पास के अँधेरे का दिल चीरकर आदिम नृत्य कर रही हैं।

''क्यों हँसता है, मालूखाँ?''

''तेरी मूरखता पर, रे!''

''मैंने क्या मूर्खता की है रे?''

''तूने अभी कहा न कि तू आगे से चोरी नहीं करेगा।''

''चोरी करना बुरी बात है न।''

''यह समझ क्या तुझे लाला से ताबड़तोड़ पिटकर आई है, कल्लू?'' मालूखाँ ने शब्द चबाते हुए कहा।

''शायद!''

''क्यों, क्या तुझे इसमें कुछ शुबहा है, रे?''

''नहीं!'' कल्लू ने रेगिस्तान उछाल दिया, वह मजबूर था। उसके सोच की सीमा का यहीं अंत होता था।

''पगले, चोरी करना बुरा नहीं है।'' मालूखाँ ने तीसरा नेत्र खोलने की कोशिश करते हुए कहा।

''तो पकड़े जाना बुरा है।'' कल्लू ने अपने स्वर पर धार धरते हुए आँख चलाई।

''नहीं, रे मूरख। पकड़े जाना भी बुरा नहीं है।''

कल्लू चौंका। बोला, ''तब?''

मालूखाँ फिर अट्टहास करने लगा। उसकी आवाज से अँधेरा कुलबुलाया। वह खखारकर बोला—''हौसला छोड़ना बुरा है।''

''क्या?''

''हाँ रे, हौसला छोड़ना बुरा है। चोरी मैं भी करता हूँ।''

''क्या कहा, चोरी तू भी करता है?'' हैरानी से कल्लू ने उसकी ओर देखा।

''धीरे बोल, कल्लू, दीवारों के भी कान होते हैं।''

''तुझे तो लाला…''

''ईमानदार बता रहा था, यहीं न!''

''हाँ!''

''वह ठीक ही कह रहा था, मेरे भाई।''

''तू ईमानदार है।''

''हाँ, कल्लू, मैं ईमानदार हूँ।''

कल्लू फिर चौंका। उसकी कुछ समझ में नहीं आया कि मालूखाँ क्या कह रहा है!

''अरे पगले, चोर को भी ईमानदार होना होता है। ईमानदारी तो हर अच्छे-बुरे धंधे की बुनियाद है।''

''मेरी कुछ समझ में नहीं आ रहा है, मालूखाँ।''

''धीरे-धीरे सब समझ में आ जाएगा। अभी तू नया-नया है। जब मैं भी तेरी उमर का था, तब मेरी भी कुछ समझ में नहीं आता था। एकदम लट्‌ठ था, जड़ रे!'' मालूखाँ ने कान में लगी बीड़ी निकाली और सुलगाई।

मद्धिम पीला प्रकाश किसी पीलिया के रोगी का आभास देकर उस अनंत अंधकार में विलीन हो गया।

कल्लू ने इस वक्त मालूखाँ का चेहरा देखना चाहा। उसने पहचानना चाहा कि मालूखाँ ही है या कोई और, परंतु उसे अपने मकसद में सफलता नहीं मिली।

मालूखाँ ने बीड़ी का एक कश खींचा और हवा में धुआँ उड़ाता हुआ वह बोला, ''लाला भी चोर है, कल्लू।''

''क्या! लाला चोर है?'' कल्लू ने तनिक तेज स्वर में पूछा।

''धीरे बोल, कल्लू, लाला रेलवे से चुराया कोयला खरीदता है।''

''क्या कहा?''

''हाँ, सच कहता हूँ। दूध में अरारोट मिलाता है।''

''कब, मालूखाँ?''

''तू भोला है, कल्लू। धीरे-धीरे तू खुद समझने लगेगा। खुद लाला तुझे प्रशिक्षण देगा।''

यकायक कल्लू को यकीन नहीं हुआ। वह समझने की कोशिश में उलझता जा रहा था। क्या सच है, क्या झूठ है? कौन क्या है?

कल्लू कुछ नहीं बोला। उसकी देह चरमरा रही थी। वह किससे कहे? कौन है उसका? जंगल की साँय-साँय उसमें अनुगूँज रही थी।

मालूखाँ ने भी चुप्पी नहीं तोड़ी। उसने करवट बदल ली। बीड़ी का ठूँठ मसलकर एक तरफ फेंक दिया।

अब उन दोनों के बीच में फिर से अँधेरा पसरकर दुश्मन की फौज की तरह फैल गया था।

□

''आदमी को कुछ पाने के लिए बहुत कुछ छोड़ना पड़ता है।'' मास्टर रामधन के स्वर उसके मस्तिष्क में चक्कर खाने लगे।

''मेरे पास छोड़ने को है क्या, मास्टरजी?''

''तू यह पूछ कि क्या नहीं है?''

''क्या है?''

''क्या होना चाहिए?''

''क्या होना चाहिए, आप बताएँ? मैं क्या जानूँ?''

''तू क्यों नहीं?''

''मैं··· मैं कैसे?'' कल्लू हकलाया।

''आखिर तेरे में क्या कमी है?''

''क्या है मेरे पास?''

''तेरे पास दिमाग है, हाथ-पाँव हैं, ताकत है, है कि नहीं?''

''वह तो सबके पास हैं।''

''सब की छोड़, रे, तू अपनी कह कि तेरे पास यह सब है कि नहीं?'' कुछ सोचकर वह आगे कहता है, ''परंतु तू उनसे काम नहीं लेता है, कल्लू।''

''सारे दिन तो काम करता हूँ।''

''काम करता है, पंरतु तू काम लेता तो नहीं।''

''मैं तो नौकर हूँ।''

''नौकर एक समय तक है।''

''बाद में जाऊँगा कहाँ? रहूँगा कहाँ? क्या करूँगा?''

''रात को पाठशाला में आना। पढ़कर जानना।''

''क्या जानूँगा?''

''कि तू कौन है? यह सारी दुनिया क्या है? कैसे चल रही है? तू नौकर और असहाय है तो क्यों? तेरे श्रम का नफा कौन ले रहा है? वह तुझे क्यों नहीं मिल रहा है? वे बच्चे स्कूल में क्यों जा रहे हैं? तू क्यों नहीं जा पा रहा है? क्या तेरा मन नहीं करता है कि तू भी कंधे पर बस्ता लटकाए बस में बैठकर स्कूल जाए।'' मास्टर रामधन ने अनेकानेक प्रश्न उछाल दिए। सारे प्रश्न उसमें फूटते चले गए। उसमें एक साथ अनेक विस्फोट होने लगे। वह पूछ रहा था—''क्या पढ़ने से यह सब समझ में आएगा?''

''यह तो आएगा ही, और भी बहुत सी बातें समझ में आएँगी।''

''सच कह रहे हैं, मास्टरजी।''

''क्या! क्या तुझे मेरे पर यकीन नहीं है।''

''डरता हूँ।''

''किससे?''

''किससे? यह नहीं जानता।''

''तू डरता है यह तो जानता है।''

''हाँ।''

''मुझे भी यकीन तो है कि तू डरता है।''

कल्लू रामधन के बार-बार पूछने पर सोच में पड़ गया।

''तुझे कौन डराता है?'' रामधन का अगला प्रश्न था।

कौन डराता है उसे? कल्लू क्या उत्तर दे! लाला डराता है। लाला नहीं तो और कौन है, जिससे वह डरता है। और तो कोई नहीं है। फिर वह किससे डरता है? वह थककर बोला, ''यह सब मैं नहीं जानता, मास्टरजी। परंतु डरता हूँ, इतना जानता हूँ।''

मास्टर रामधन ने ऐनक ठीक करते हुए कहा, ''तू नहीं जानता, फिर भी डरता है!''

''हाँ।''

''पढ़ाई इस शत्रु से मुक्ति दिला सकती है, कल्लू।''

''कैसे?''

''तू पढ़कर उसे गुन ले।''

''गुन लूँ?''

''हाँ, पढ़े हुए को अपने जीवन में उतार ले तो तू निडर हो जाएगा। डर मृत्यु है, जो जीते जी मनुष्य को अंदर ही अंदर खोखला कर देता है।'' रामधन ने समझाया और सामने की ओर देखा।

''मैं पढ़ने जाने लगा तो लाला मुझे दुकान में नहीं सोने देगा।''

''तू पढ़ना चाहता है।''

वह सोचता रह गया। चाहता तो है पर कैसे?

''तू हमेशा मालूखाँ ही बना रहना चाहता है क्या?'' मास्टर रामधन ने उसे चुप देखकर कहा।

''क्या मतलब?''

मालूखाँ बचपन से लेकर अधेड़ उमर तक मालूखाँ ही बना रहा, आगे नहीं बढ़ा, उसने स्वयं अपने पैरों में बेड़ियाँ डाल लीं। पगला शुतुरमुर्ग बन गया।''

"शुतुरमुर्ग?"

"जो शिकारी को देखकर जमीन में चोंच गाड़ लेता है और सोचता है कि शिकारी नहीं देख रहा है। वही शुतुरमुर्ग होता है।"

"सोचूँगा?"

"क्या सोचेगा?"

"मुझे कब से और कैसे पढ़ाई शुरू करनी चाहिए?"

"तेरी मरजी, कल्लू, तेरा मन मान जाए तो मेरे पास आ जाना। मैं तुझे पढ़ा-लिखाकर खड़ा करूँगा।" रामधन इतना कहकर चल पड़ा।

कल्लू तिलिस्म सा देखता रह गया। मास्टर रामधन की बातें धीरे-धीरे उसे अंदर-ही-अंदर छीलने लगीं।

समय पानी के बहाव सा बहता गया। पर रामधन की बातें दिन-पर-दिन उसके दिलो-दिमाग पर हथौड़े-सी पड़ने लगीं। वे उसे बेचैन करने लगीं।

वह बारंबार घुमा-फिराकर मालूखाँ से पूछता—मालूखाँ, तूने तरक्की क्यों नहीं की? दुनिया कितनी आगे निकल गई, पर तू वहीं का वहीं बना रहा, आखिर क्यों?"

"भाग्य से।"

"जो तकदीर में लिखा है।"

"किसने लिखा है?"

"हम सबको बनानेवाले ने।"

"वह कौन है?"

"अल्लाह है, ईश्वर है, गॉड है।"

"पर कहाँ है?"

"सब में हैं, मेरे में हैं, तेरे में है। चल-अचल सबमें है। जड़-चेतन में है। धरती आकाश में है।"

"फिर मैं लाला क्यों नहीं? फिर मैं स्कूल जाने वाला बालक क्यों नहीं हूँ? वह है तो इतना भेद क्यों है?" कल्लू में ग्राहकों के उद्धरण उभरने लगे।

"ऐसा सब कहते हैं।"

"सबके कहने से क्या होता है? सब मिलकर सूरज को चाँद कह दें तो क्या तू मान जाएगा?"

"सब ऐसा कैसे कह देंगे?"

"क्यों नहीं कह देंगे? मान लो, कह दिया तो?"

"तो मैं नहीं मानूँगा।" उसने एक साँस में कह डाला।

"फिर तू अल्लाह को क्यों मानता है? ईश्वर और गॉड को बीच में क्यों लाता

है, भाग्य-वाग्य को क्यों खड़ा करता है? वह सब नहीं है। न भाग्य है, न ईश्वर है। जो कुछ है तू है, सिर्फ तू।''

दोनों के बीच में थोड़ी देर के लिए अर्द्धविराम छा गया। सन्नाटा दोनों को पीछे ढकेलता रहा।

''काश, तूने प्रयत्न किया होता, मालूखाँ।''

''कैसा प्रयत्न?''

''मालूखाँ की गँदली छाप तोड़ने का, मालूखाँ से अलग हटकर नई छाप छोड़ने का।''

''तो क्या होता?''

''तो मालूखाँ की परंपरा अर्थात् भाग्य के अँधेरे से निकलने का प्रयास कर। सम्मान से जीने का प्रयास करती। तू तोड़ दे परंपरित छाप को! मिटा दे भाग्य की रेखाओं को। बात बनाने से काम नहीं चलेगा। उसके लिए हमारे नेता काफी हैं। तू तो कुछ करके दिखा सके तो दिखा, मैं भी मान जाऊँगा।'' यहाँ आकर कल्लू सकपका जाता। क्यों कि जो कुछ कहा था, वह तो उसके ग्राहकों की देन थी। उसमें उसका अपना कुछ नहीं था। वह वास्तव में उस सबका ठीक से अर्थ भी नहीं समझता था। कहने भर के लिए कह दिया था उसने। उसके मानस की कोरी स्लेट पर नामालूम ऐसे कितने अनबूझे संवाद लिखे पड़े थे। वह ठीक से उन्हें सही जगह पर पेश भी नहीं कर पाता था। उन संवादों के कौशल के बाद भी उसमें तिक्त रिक्ता सदैव बनी रहती थी। उसकी आँखों के सामने हिमानी अंधड़-आँधी अपने पाँवों में तूफानी नूपुर बाँधे बराबर तांडव किया करती थी। वह थक जाता था अपने आपसे लड़ता-लड़ता। उसमें एक नया कल्लू जन्मता था। माँ-बाप के साथ बीच में खड़ा कल्लू!

फिर वही मालूखाँ बन जाता था।

मालूखाँ पर लाला बरसता होता। उसे पीटता होता। मालूखाँ की देह पर अनगिनत बबूल के वृक्ष खड़े हो जाते। जंगल की साँय-साँय बिखर जाती।

एक बरस।

दो बरस।

तीन बरस, चार बरस, पाँच बरस। बरस-दर-बरस पूरे चालीस बरस। बरसों की एक लंबी शृंखला, उत्तर से दक्षिण तक, पूर्व से पश्चिम तक कतार बन खड़ी हो जाती। नगर के नगर बदल जाते। गाँव कस्बों में, कस्बे शहरों में और शहर महानगरों में बदल जाते। परंतु मालूखाँ नहीं बदलता। वह वैसा ही बना रहता, जैसा वह शुरू में था।

खुले आकाश के नीचे दुकान लेकर बैठने वाला लाला एक इज्जतदार, बाल-बच्चों वाला इनसान बन गया। परंतु मालूखाँ जहाँ का तहाँ बना रहा। उसमें कुछ परिवर्तन नहीं आया।

क्यों नहीं आया?

इसमें किसका दोष है? मालूखाँ का, लाला का, समाज का, सरकार का, तकदीर का? आखिर किसका दोष है? किसी-न-किसी का तो दोष होगा? किसका होगा?

फिर कल्लू में जंगली जानवर रोने लगते और घना बियाबान अनचाही घास सा कान उमेंठने लगता।

मालूखाँ पर लाला कौड़े बरसाता होता।

मालूखाँ की आदिम नंगी देह सटाक के साथ काँप जाती। दूर-दूर तक सिहरन दौड़ जाती। जंगल के कान खड़े हो जाते। लगता ईसा अभी तक क्रूस पर टँगा हुआ है, मरा नहीं है—वह न कभी मरेगा, वह बराबर युगांत तक टँगा ही रहेगा।

कौन उतारेगा क्रूस पर से मसीहा को? वह तो लहूलुहान होता रहेगा, उस पर चील, गिद्ध-कौए मुँह मारते रहेंगे। कौन रोकेगा उन्हें? कोई नहीं, कोई भी नहीं, सबकी आँखों पर चर्च का मोटा चश्मा चढ़ा होगा। किसी को न कुछ दिखाई देगा और न कुछ सुनाई देगा। चर्च की घंटियों में ईसा की आवाज सुनाई नहीं पड़ेगी, मस्जिद की अजान में अल्लाह का मद्धिम स्वर कुचलकर रह जाएगा और मंदिर के घंटे-घड़ियाल में ईश्वर को कील दिया जाएगा।

कल्लू सन्नाटे में आ गया। उसका चेहरा तमतमा उठा। उसकी कोई मदद नहीं करेगा।

दरिंदा अपने खूँखार पंजों और हिंसक जबड़ों की मदद से सबको निगल जाएगा। कोई नहीं बचेगा। कोई भी नहीं, जो बचेगा, वह दरिंदा होगा, एक नंबर का पाजी, राक्षस और हैवान!

हवा बल खाकर ऐंठने लगी।

कल्लू चीख पड़ा, ''नहीं-नहीं, नहीं। मैं मालूखाँ नहीं बनूँगा। कदापि नहीं, कभी भी नहीं। मैं मालूखाँ नहीं बनूँगा।''

मालूखाँ ने देखा, कल्लू नींद में बड़बड़ा रहा है। उसकी साँस तेज चल रही है। उसके चेहरे पर पसीने की बूँदें उभर आई हैं।

कल्लू रो रहा है, गिड़गिड़ा रहा है—''मुझे छोड़ दो, मैं तुम्हारी गाय हूँ, मुझे छोड़ दो-छोड़ दो। नहीं छोड़ोगे तो लो, लो हाँ, हा-हा तुम युग-युगों तक हाथ में पट्टा लिये खड़े टापते रह जाओगे, परंतु, परंतु कल्लू की गरदन में तुम पट्टा नहीं डाल सकोगे। कल्लू-कल्लू है, वह मालूखाँ नहीं है। तुम उसे मालूखाँ नहीं बना सकोगे। कभी नहीं बना सकोगे।''

मालूखाँ ने चाहा कि वह कल्लू को जगा दे। उसका दु:स्वप्न से पिंड छुड़ा दे।

लेकिन वह कुछ नहीं कर सका। वह खुद डर गया, उसे लगा कि कल्लू बड़बड़ा रहा है।

कल्लू पर भूत चढ़ आया है और वह बड़बड़ा रहा है—'मैं मालूखाँ नहीं बनूँगा। कभी नहीं बनूँगा।' मालूखाँ घबरा गया। उसने टाट की रजाई मुँह तक खींच ली और सोने की कोशिश करने लगा।

□

आज की ताजा खबर

रोज-रोज पचास किलोमीटर जाना और फिर लौटना, यह अब स्वेता को रास नहीं आ रहा था। उसे लग रहा था कि कहीं उसके भीतर कुछ-न-कुछ टूटकर चुपचाप बिखर रहा है। उसके दिमाग पर लाल चींटियाँ रेंग रही हैं।

दूर गाँव में रोज-रोज मास्टरी करने जाना और कुछ न कर पाना। इससे उसमें लगातार सन्नाटा गहराता जा रहा था और जवाबदेही से शून्य होता मन अपने आप से मुँह चिढ़ाने लगा था।

स्वेता कॉलेज में पढ़ी थी। सांस्कृतिक कार्यक्रमों में उसने खूब हिस्सा लिया था, और जी भरकर चहकी थी।

बाईसवें बसंत के पाक कदमों के साथ उसमें स्वप्नों के इंद्रधनुष, कल्पनाओं के मुगल गार्डन और प्यार की इठलाती मलयजी बयार चटख के साथ पलाश वन सी खिलने लगी थी। उसका जी चाहता था कि आकाश को चूम ले और धरती को सिर पर उठाकर भाग ले।

कॉलेज से निकली, नौकरी में अटक गई। एक दूर गाँव में उसकी नौकरी लग गई। नौकरी सरकारी थी, इससे सब खुश थे। करने-कराने को कुछ नहीं था पर मक्खन लगे पगार की पूरी गारंटी!

मास्टरी थी बेचारी। उसे बेचारगी से लेने की बात समझ में आई। तब पंद्रह हजार का मतवाला सावन झूम उठा था। उसके मन-आँगन में, और माँ बाप के सिर पर से बोझ उतर गया था छूमंतर-सा उसकी शादी का! उसे बहुत अच्छा लगा था। बस-ट्रकों के धक्कों में स्वप्न मुसकरा जाते थे गुलमोहर से। कितनी नजरों में उठती-झूमती थी वह तितली सी।

पैसा जुड़ा, शादी हो गई। चंद दिन आँखों में लगे काजल से शरमाते हुए गुजर गए।

फिर वे दिन लौटने लगे। सफर सालने लगा। अब धक्के अच्छे नहीं लगते थे। छेड़छाड़ बरदाश्त नहीं होती थी। परायी शातिर आँखों के बरछे गहरे मन में उतरकर तिलमिला देते थे उसे।

अब स्वेता हाँफने लगी थी। उसका रंग-रोगन फैलने लगा था। उसके हाथ-पाँव तौबा माँगते थे।

रोज-रोज का लेट पहुँचना और थके-माँदे शरीर को कुरसी पर टूटी टहनी सा आ गिरना अंदर-ही-अंदर धिक्कारने लगा था उसे।

वह सोचने लगी थी कि क्या शादी का यही अर्थ है? क्या जीवन की यही राह है? और क्या यही उसके आरजू-अरमान का स्वर्ग है?

ऐसा अनेक बार हुआ, जब ट्रक ड्राईवर ने बड़ी चालाकी से उसके तन को छू डाला। यदाकदा पास बैठने वालों ने कुहनी के जरिए उसके उरोज का स्पर्श किया और कभी किसी मनचले ने उन्हें जोर से दबा दिया। वह खून का घूँट पीकर रह गई। वे उसके स्कूल से घर और घर से स्कूल पहुँचाने में मदद जो करते थे, क्या कहती उनसे! वे गुंडे भी थे।

उसने अनुभव किया कि आदमी यानी पुरुष अंदर से भेड़िया है। वह शिक्षक जो जाहिराना तौर पर उससे बहन का रिश्ता जोड़े थे; एकांत पाकर उसे अपनी हमबिस्तर बनाना चाहते थे। सरपंच ने उसे बुलाकर कहा था, ''स्वेताजी, जे म्हारा गाँव है। यहाँ म्हारा नियम-कानून चलता है। और अब जे शिक्षा भी म्हारे अंदर में आ-सी गई है।''

''जी!'' स्वेता ने सिर नीचा किए उस कुटिल भेड़िए की आँखों में सूअर का बाल तैरता देखा। वह चलना चाहती थी कि सरपंच ने रोकते हुए कहा, ''सेकेटरी बता रहा था कि जे हैडमास्टर आपको देर-सबेर से आने पर बहुत डाँटता-डपटता है! आज भी···।''

''ऐसा कुछ नहीं है जी। दरअसल, हमें समय पर आना चाहिए। वे सही डाँटते हैं।'' स्वेता ने दो टूक उत्तर दे डाला।

सरपंच हैरान! फिर भी वह हिम्मत नहीं हारा और अपने मोटे व बाहर को निकले बदसूरत होंठों पर जीभ फेरकर बोला, ''चिंता नहीं। हम उसकी करतब निष्ठा, चरित्र की बकवास, नेम-टेम की लत, देशभक्ति की रट आदि को ऐसा भगा देंगे, जैसे गधे पर से सींग। फिर आप यहाँ की हैड मास्टरनी—कभी आओ, कभी जाओ, कोई रोक-टोक नहीं।'' उसकी जाहिल आँखों में लालच नाच उठा था।

''वे अच्छे सर हैं। गलत तो हम हैं, जो उनका साथ नहीं दे पाते।'' स्वेता ने धीरे से कहा।

''तो क्या हम बुरे सर दिखते हैं तुम्हें?'' सरपंच ने खिसियाकर आगे कहा, ''देख

मास्टरनी, थारे किस्से हमें बराबर सुनाई पड़ रहे हैं। तू तितलीपना छोड़ और म्हारी सीधी-सूधी बात पर ध्यान दे। हमें टेढा उँगली से भी घी निकालना आता है। सब खसमों को धता बता और अपने सरपंच का जी खुश कर दे। मजे में रह। मजाल है, फिर कोई तेरी ओर बुरी नजर डाल सके! डाले तो साले का खून पी जाऊँ छाती पर चढ़कर। आँखें निकालकर हथेली पर रख दूँ उस हरामी की।'' सरपंच ताव खा गया। उसकी बेतरतीब मूँछें तन गईं और उसकी आँखें लाल सुर्ख हो उठीं।

स्वेता काँप गई। उसकी देह पसीने-पसीने हो गई। उसने सुन रखा था कि सरपंच बड़ा जालिम और खतरनाक इनसान है। कई कत्ल कर चुका है वह। सारा गाँव उसके आतंक से पीड़ित है। उसके लड़के और रिश्तेदार भी जो जी में आता है, करते हैं। सरपंच कह रहा था, ''म्हारा मन थारी कदर करता है। पहले वो सुमन थी न, बड़ी बनी-ठनी घूमती थी और नाक पर मक्खी नहीं बैठने देती थी। का भयो। सारा गरूर मिट्टी में मिल गयो। तू तो बा जैसी नहीं है, एकदम सूधी गाय है।'' गहरी साँस लेकर कहा, ''राजी-राजी समझ जा वरना तो···'' फिर सरपंच ने मूँछों पर हाथ फेरते हुए आगे कहा, ''जब चाहे उठवा लेंगे, फिर जलील होना पड़ेगा और जिंदगी गीली लकड़ी-सी सिसकते जीनी पड़ेगी। न फिर पति घास डालेगा और न तेरे मायकेवाले। जा बात की किसी को भनक पड़ गई या तूने अपने किसी यार को आगे लाने की कोशिश की तो दोनों को कोरे कपड़े की तरह चीरकर रख दूँगा।''

वह लौट पड़ी अहिल्या बनी। गूँगी हो गई उसकी चेतना और फालिज मार गया उसकी अक्ल को। न पति से कुछ कहा और न अपनी किसी सहेली से। छह दिन तक बीमारी का बहाना बनाकर घर में पड़ी रही। रविवार की सुबह अखबार देखा तो चौंक पड़ी। पहले पेज पर खबर छपी थी—''सारड़ा का सरपंच तस्करी में गिरफ्तार। दो किलो हेरोइन पकड़ी गई उसके पास।''

सारड़ा का सरपंच जेल में था। उसका जी में जी आया। वह फिर से स्कूल जाने लगी। भगवान् से प्रार्थना करने लगी कि वह जेल से कभी न छूटे। लेकिन रास्ते की छीलन से अब वह घबराने लगी थी और उसने अपने पति सुरेंद्र से कह दिया था, ''अब मुझसे यह नौकरी नहीं होती।''

''काम न काज और मुफ्त का पगार, ऐसी शहंशाही नौकरी भी तुमसे नहीं होती है, तो क्या होगा तुमसे।'' सुरेंद्र ने तनिक व्यंग्यात्मक ढंग से कहा।

''आना-जाना ही क्या काफी नहीं है। फिर हराम की कमाई गले नहीं उतरती है।'' स्वेता ने तड़पकर कहा, ''अपनी बच्ची भी है, उसकी देख-रेख आया से ठीक नहीं होती।''

''बहाना नहीं! सच-सच बता क्या हुआ? क्या फिर किसी मनचले ने फब्ती कस

दी या कुछ···। आज की दुनिया में इन छोटी-मोटी बातों पर ध्यान देने का मतलब है ओल्ड सैंचुरी में जीना! बाहर निकलने का अर्थ है, तरक्की की तरफ कदम उठाना। गो अहैड!'' सुरेंद्र ने समझाते हुए आगे कहा, ''घर आते ही ऐसी बातों को कपड़े की धूल की तरह झाड़ दिया। आओ, कहीं बाहर घूम आएँ।'' सुरेंद्र ने उसे मनाने की कोशिश की। उसने उसको बाँहों में भरना चाहा। वह छिटककर अलग खड़ी हो गई। चिल्लाकर उसने कहा, ''नहीं।''

सुरेंद्र सकते में आ गया। वह रोने लगी। आँसू थम गए। दिन ढलते गए।

आज के समाचर-पत्र के मुखपृष्ठ पर खबर थी, 'सारड़ा का सरपंच बाइज्जत बरी।' उसके काटो तो खून नहीं। वह जहाँ की तहाँ बैठी रह गई। स्कूल नहीं गई। कई दिन हो गए।

सुरेंद्र का खून खौलने लगा। वह स्वेता को मार बैठा। वह पगला गई। उसने लिखकर सरपंच वाली घटना सुरेंद्र को बता दी। सुरेंद्र हँसकर कहने लगा, ''बस, इतनी सी बात। पुलिस में रपट लिखवा देते हैं।''

''पुलिस,···पुलिस उसके घर की है। वह सत्ता का आदमी है। तस्करी के जुर्म से साफ बरी हो गया। कई कत्ल किए और कराए, क्या हुआ उसका? ऐसा तो सामंती युग में भी नहीं होता था।'' स्वेता तेजी से कहती गई। उसका चित्त डोलने लगा।

सुरेंद्र को लगा कि वह तिरिया चरित्र दिखा रही है। यह नौकरी छोड़ने का बहाना है। उसने उसे आड़े हाथों लिया। जाने पर मजबूर किया। वह गई।

सरपंच के आदमी उसकी ही ताक में थे। वे उसे उड़ा ले गए।

वह लौटी तो पगली बनी हुई थी। उसे होश नहीं था। जीना चढ़ी और छत से नीचे कूद पड़ी। सन्नाटे पर एक क्षण के लिए चोट पड़ी और सन्नाटा कुलबुलाया। फिर दिन पूर्ववत् चल पड़ा। फिर सन्नाटा जहाँ का तहाँ। कहीं कुछ नहीं था—मात्र आज की ताजा खबर के, जिसे पढ़ा और चाय पीकर उठ खड़े हुए।

□

गठरी

रात ठिठुरन भरी थी। शीत लहर से घिरी थी। पारा शून्य को छू रहा था। न गली कूचा न घर। रेल के पुल के नीचे, घूरे के ढेर के पास वह लावारिस लाश जीवित पड़ी थी। शायद बेसुध थी। शिशु उसकी छाती से चिपका हुआ था।

जलता-बुझता शहर उसकी बंद आँखों के सामने से गुजरने लगा। कहीं घेराव, कहीं हड़ताल, कहीं तालेबंदी और फिर सांप्रदायिक दंगे। छुरे-चाकू चले। बंदूकें भी गरजीं।

किसी को कुछ पता हो या न हो, पर उसे कुछ नहीं पता। न पता करने का उसका मन।

कच्ची बस्ती से उसे निकाल बाहर किया। सबकी आँखों में था एक संशय। बदजात, कुलटा और निर्लज्ज औरत का बस्ती में रहना ठीक नहीं। पता नहीं कब उनके मर्द का ईमान डिग जाए और फूस का घर धू-धू कर जल उठे!

पुलिस गाड़ी सायरन बजाती उधर से गुजर जाती थीं, तब लगता था मामला गंभीर है।

भूख से लड़ते हुए उसने दो दिन गुजार दिए थे। लेकिन अब उसका शरीर जवाब दे चुका था और वह बेसुध हो गई थी।

उसकी छाती से चिपका शिशु कुलबुलाया। उसने अपनी माँ के हाथों को टटोलना शुरू कर दिया। निचुड़ी छाती और गठरी बनी हुई देह पर उसका कोई असर नहीं हुआ।

तेज भूख की अंधी आँधी ने उसे अंदर से एकदम तोड़ डाला। घृणा से इकट्ठा किया भोजन गठरी में बाँधकर उसने सिरहाने रख लिया था। उस भोजन की तलाश में कुत्ते, बिल्ली, चूहे, गाय, सूअर आदि भी थे। भोजन में था सूखी रोटी के चंद टुकड़े, चूसी हुई हड्डियाँ, सड़ी-बुसी दाल, सब्जी, कुछ डंठल और पत्तियाँ। उनसे बास आ रही

थी। पर आपातकालीन स्थिति को ध्यान में रखकर भी उसने उसे भी सँजो लिया था।

वहीं, उसके पास में दो दिन से पड़ा हुआ था मरा हुआ पिल्ला। उस सबसे उड़ रहा था दुर्गंध का भबका।

तीसरी रात थी। कर्फ्यू रत्ती भर भी ढीला नहीं हुआ। हाथ-पाँव अकड़ रहे थे। आँखें बाहर को आ रही थीं। होंठ पपड़ा गए थे। रह-रहकर उसका मन सिरहाने रखी पोटली की टोह लेकर संतोष की साँस ले लेता था।

अभागा घूरा। बदनसीबों का डेरा। ऊपर से भूख की काली परछाइयों का चील सा मँडराना सारे शरीर के कंकाल को झकझोर जाता था। भूख मौत नहीं मानती। अंतिम साँस तक लड़ना चाहती है।

शिशु हाथ-पाँव मारकर थक गया। उसका गला सूखने लगा। सूखे गले से फूट पड़ा सिसकियों का थका-माँदा ज्वार-भाटा। गठरी बनी उस अधेड़ युवती ने नीम बेहोशी में अपने सूखे शरीर को उसके मुँह से लगा दिया।

सन्नाटा फिर तन गया। सिर्फ पचर-पचर की घुटती आवाज तिनकों सी बिखरती रही।

उसका सुता हुआ चेहरा, चेहरे पर धँसी आँखों में सुरमे की रेखा सा ढलता गुलाबीपन, मिलावट के रक्त के नमूने से होंठ और लंबे घने काले बेतरतीब से रूखे बाल, अधेड़ रिक्शे-ताँगेवालों, खोमचेवालों, आवारा लड़कों और बुढ़ऊ दुकानदारों को अपनी ओर खींच लेते थे। लेकिन इन अभागे दिनों में वह जादू उसको ही बेतरह कोस रहा था।

वह पेट तो मेहनत-मजूरी से भर सकती थी। परंतु वह समाज की नाक वालों को मंजूर नहीं था।

वह क्या करती? किस-किस से लड़ती? लड़ना उससे कैसे बनता? देह के पासपोर्ट के बिना उसे मंजूरी भी कौन देता?

कब से वह अपनी माँ के साथ पटरी-पटरी बीनने जाती थी। घूरों को खँगालती जाती थी। फटी-पुरानी धोती का बड़ा सा झोला उसके कंधे से पाँव तक लटका हुआ होता था। धीरे-धीरे कचरा पट्टी में से विक्रय योग्य चीजों को छाँटने में उसकी आँखें और हाथ साथ-साथ तेजी से चलने लगे थे। उसे यह पता ही नहीं चला कि वह जवान हुई थी या नहीं, क्योंकि उसे समय से पहले ही जवान हो जाना पड़ा था।

माँ रखैल थी। जब तक वह उसके साथ चल सकी, चली। जब उसके मन से उतर गई तो झोंपड़-पट्टी की शरण में आ गई। उसे भी नहीं पता था कि उसका बाप कौन है! वह भी नहीं जानती कि पचर-पचर कर रहे इस शिशु का बाप कौन है!

माँ चल बसी—अपनी लाइन का हुनर सिखा-समझाकर। वह कीड़े-मकोड़ों से

ज्यादा कुछ नहीं है। वह न वक्त का सामना कर सकती और वह हील-हुज्जत। वह बेपतवार की नौका सी है। बहाव जिधर ले जाए, बहती जाए। तब से यह आज तक आँधी में तिनके की तरह खटती-मरती जा रही है। बिना दिशा ज्ञान के बढ़ती जा रही है।

वह यह सोचते हुए टूट चली थी कि उसका न घर है, न समाज, न जाति है, न धर्म और न संप्रदाय है, न संगठन। यहाँ तक कि यह शिशु भी उसकी इच्छा का परिणाम नहीं है। कहाँ है उसकी इच्छा? शीत लहर कहर ढा रही थी और वह शिशु पेट से चिपका पेट में ही धँसा जा रहा था। एकदम कसकर बँधी गठरी सा।

गठरी की याद आते ही यह वार्ड में खड़े मालगाड़ी के उस अँधेरे स्याह डिब्बे की गाँठ खोलने लगी, जहाँ पहली बार कुछ संभ्रांत नागरिकों ने उसे यह समझा दिया था कि वह जनता की प्रोपर्टी है और उसका इस्तेमाल सार्वजनिक रास्तों की तरह ही होना है। न उसके लिए कोर्ट-कचहरी है, न मान-अपमान। वह सुधबुध खोकर रोती-सिसकती रही। लीर-लीर हो गए थे उसके कपड़े, उसकी देह के अंग-अंग उसकी साँस-साँस। खून के धब्बे सूखकर जम गए थे। एक आम राय बनी थी उसे देखकर कि ऐसा बेहयापन, न लाज न शर्म, और सारे समाज के लिए कलंक!

तब आज से ज्यादा ठंड थी। हवा के तेवर में जुलूस था और उसकी देह का जोड़-जोड़ कटकर बिखर गया था। वह चलती ट्रेन से फेंकी गई गठरी के लीर-लीर हुए असबाब-सी अपने को महसूस कर रही थी। तब आँखों की देखने की शक्ति, नाक की सूँघने की शक्ति, कान से सुनने की शक्ति और जिह्वा से आस्वाद की शक्ति कूच कर चुकी थी।

अब उस शिशु ने हिलना-डुलना बंद कर दिया था। वह चौंकी। कहीं संशय उसमें फुफकारा। किससे गुहार करे? कौन है उसका?

उसका गोल-मटोल मासूम चेहरा उस स्याह अँधेरे में भी चमक उठा था। भूख ने भूख को जन्म दिया था। यह वाक्य उसे दूर से आता हुआ सुनाई पड़ा। इस वक्त उसके भूख से जर्जरित चेहरे पर हलकी सी मुसकान का चले आना, किसी नक्सली खयाल की पीठ थपथपाना सा था। नक्सली शब्द की चौखट पर वह ठिठकी खड़ी रह गई।

पता नहीं उसने अपने पेट के खोखलेपन से तंग आकर क्यों जोर से धूँसा जमा दिया? उसे लगा कि पेट किसी साजिश की गठरी सा डामर के डिब्बे की तरह लुढ़कता-लुढ़कता उस खड्ड की ओर बढ़ रहा है, जहाँ उजाले का डर नहीं सता सकेगा।

अचानक उसके कँपकँपी दौड़ उठी। उसके जबड़े कसने लगे। उसकी मुट्ठियाँ खुलने लगीं। उसका सिर फट पड़ना चाहता था। उसने अपने निर्जीव हाथों से अपने शिशु

को टटोला। उसके मुलायम बालों पर हाथ फेरा। उसके दिमाग में बिजली कौंधी। सूखे शरीर से उसे क्या मिला होगा? नहीं! वह चीख पड़ी, उसका ध्यान सिरहाने रखी गठरी पर गया। वह कुछ खाएगी नहीं तो दूध कहाँ से उतरेगा? पर उस गठरी से तो उसे घिन्न आ रही है। उसे देखकर ही उसे वमन का मन करने लगता था। फिर उसका ध्यान बेजान होते शिशु पर गया। वह फिर चीखी और गठरी खोलकर खाने लगी। खाती रही शिशु को बराबर छाती से चिपकाए हुए।

□

बिना गवाह का सच

वजीरपुरे से हिविट पार्क होते हुए गांधीनगर पहुँचने का क्रम रवि व्यास में उस समय लौटता था, जब उसे किसी गोष्ठी में पढ़ने के लिए कहानी की तलाश होती थी। अब वह हिविट पार्क में दाखिल हो चुका था। कुछ दूर चलने पर उसका ध्यान पीपल के पेड़ के नीचे बैठी काली-कलूटी बूढ़िया में अटक गया। वह हड्डियों का ढाँचा मात्र थी। एक फटी-पुरानी मैली धोती से अपना तन ढके सारी दुनिया से बेखबर थी। रवि व्यास में 'निराला' की पत्थर तोड़ती बुढ़िया कौंधी। वह चौंका, क्या अभी तक वह बुढ़िया जहाँ की तहाँ ही है! पर दूसरे ही क्षण उसका माथा ठनका। उस बुढ़िया के पास सवा-डेढ़ साल का गोरा चिट्टा, गोल-मटोल सा बालक खेल रहा था। वह कभी उसके कंधे पर अपना सिर रख देता था और कभी उसके बाल पकड़कर खींचने लगता था। वह बालक उस मटमैली बुढ़िया के पास कहाँ से आया? जरूर कुछ दाल में काला है! रवि व्यास का दिमाग तेजी से काम करने लगा। उसमें कहानी के फंदे बुनावट डालने लगे। उस बालक ने आँख बचाकर जमीन से कोई चीज उठाई और तुरंत मुँह में धर ली। तभी फटकार सुनाई पड़ी—''थू कर, कर थू···थू···थू···।'' बालक बुढ़िया की ओर देखकर मुसकराया। फिर छोटे-छोटे पाँवों से भागने लगा। भागते हुए वह पीछे मुड़-मुड़कर देखता जाता था। जब उसने बुढ़िया को उठता नहीं पाया, तब वह रुक गया।

बुढ़िया पुनः डाँट रही थी, ''थू कर, थू···थू···।'' लेकिन बालक ने थू नहीं किया। वह उसे चबाते हुए आनंद लेता रहा। इस बार बुढ़िया की बुझी ढिबरी सी आँखें थोड़ी फैलीं और फिर वह उसे सोंटा दिखाते हुए बोली, ''थू कर, थू-थू···नहीं तो मारूँगी।'' बालक पर बुढ़िया की डाँट का कोई असर नहीं हुआ। वह ताली बजाकर नाचने लगा। ''मेरे अच्छे पुत्तर, कहना मान जा। थू कर दे···थू-थू।'' इसके साथ ही बुढ़िया ने थू कर दिया। इस प्यार भरी झिड़की का बालक पर असर हुआ और उसने एक नहीं, अनेक

बार थू कर दिया। इसके साथ ही उसकी लार ठोड़ी पर से होती हुई बनियान पर आ ठहरी। अब वह ठुमका लगाकर नाच रहा था और जो जी में आ रहा था, गा रहा था। कभी म माँ माँ, कभी ग ग गा··का··का। उसकी बड़ी-बड़ी चमकदार आँखें नाच रही थीं। उसका गोल-मटोल चेहरा हँस रहा था। उसके मादक होंठ मुसकराहट का आनंद ले रहे थे, ''आ जा पुत्तर इधर आ जा।'' बुढ़िया में स्नेह छलछला आया था। बुढ़िया कसमसा उठी। उसने अपने को और धोती में समेट लिया। गठरी बन गई। फिर वह बुलाने लगी, ''म्हारे किसन-कन्हैया, अब आ जा, ठंडी हवा चल पड़ी है।'' वह गाता-इठलाता रहा। कभी हाथ नचाता। कभी बुढ़िया के पास आते-आते बीच में से ही लौट जाता। कभी नन्हे-नन्हे हाथ से इशारा कर उसे अपने पास बुलाता। बुढ़िया प्रयत्न कर रह जाती, पर उठ नहीं पाती। वह खीझकर कहती, ''मेरे लाड़ले, इधर आ म्हारे पास, म्हारी गोदी में, फिर मैं तुझे आ आ आ आ कर सुलाऊँगी।'' वह बालक अपनी छोटी-छोटी हथेलियाँ जोड़कर और उस पर अपना प्यारा-प्यारा मुखड़ा टेककर कहने लगता, ''आ··आ··आ··आ··।'' ''मेरी नकल उतारता है पाजी, शैतान चल, इधर आ··नहीं तो।'' वह सोंटा दिखाते हुए कहती। पर वह अपनी जगह पर खड़ा-खड़ा ठुमकर हँसता रहता। अचानक वह बुढ़िया की ओर भागा-भागा आता और उससे सोंटा छीनकर भागना चाहता कि तभी वह उसे बाँहों में भर लेती। वह हाथ-पाँव मारकर रह जाता।

वह उसके गुदगुदी मचाती। बालक मुसकराहट से भर उठता। बुढ़िया का उदास झुर्रीदार चेहरा और सूर्ख पत्ते से होंठ महक उठते। ऐ, ये क्या! वह अचानक रोने लगता। रोता ही जाता। लाख चुपाने पर चुप नहीं होता। बुढ़िया के हाथ-पाँव फूलने लगते। वह कहती जाती, ''ना रो मेरे चाँद सितारे, मेरे हृदय के टुकड़े··ना रो मेरे गुदड़ी के लाल·· ना रे। हे विमाता··सारी अलाय-बलाय छूमंतर कर। मेरे लाल को निंदिया रानी आ जाए।'' वह जोर-जोर से थपकी देती। आ-आ करती जाती, पर सब बेकार!

रोने की झड़ी रोक नहीं सकी। वह धोती का किनारा गीला कर उसके मुँह में निचोड़ने लगती। उसके होंठ चलते। रोने का तूफान कुछ धीमा पड़ता, लेकिन कुछ देर बाद रोना फिर तूफान शुरू हो जाता। वह परेशान हो उठती और अंत में झल्लाकर उसके गुलाब से गालों पर ताबड़तोड़ तीन-चार तमाचे रसीद कर देती। उसकी चीख निकल जाती, घिग्गी बँध जाती। सिसकियाँ बहने लगतीं। धीरे-धीरे वह तूफान थमता, रोना बंद होता। वह सो जाता, उसके गालों पर तमाचे के निशान उछल आते, वह बड़बड़ाने लगती, ''भगवान्, तू गरीब को औलाद क्यों देता है! उसे बाँझ क्यों नहीं रहने देता, फिर सारा टंटा खतम, झगड़े बंद।'' यह सुनकर रवि व्यास चमका। उसके सोच में पेंचदार ऐंठन होने लगी। वाह गरीबी को मिटाने का कैसा सरल और अचूक उपाय! पर दूसरे ही क्षण उसमें संदेह फिर सिर उठाता। कहीं वह बुढ़िया तिरिया चरित्तर तो नहीं कर

रही है। कदाचित् उसके वहाँ होने की उसे भनक पड़ गई है। उसने अपने को सँभाला और बुढ़िया के सामने आकर कड़कदार आवाज में पूछा, ''ऐ बुढ़िया, यह बालक तू कहाँ से उठाकर लाई है।'' बुढ़िया चमकी, उसने आँख उठाकर ऊपर देखा। मजबूत कद-काठी का एक आदमी उसके सामने पहाड़ सा खड़ा था। वह सकपकाकर बोली, ''कहीं से नहीं साब, यह म्हारा बच्चा है।'' ''झूठ बोलती है। तेरी ये उमर क्या बच्चा जनने की है।'' रवि व्यास ने ऊँची आवाज में कहना जारी रखा, ''सच-सच बता, तू इसे कहाँ से उठाकर लाई है?'' ''कसम से साब, कहीं से भी नहीं,'' ''लातों के भूत बातों से नहीं मानते, पुलिस के डंडे पड़े नहीं कि...'' रवि व्यास आगे कुछ कहता कि वह बीच में ही बोल पड़ी, ''तब क्या होगा? लगता है, साब अभी आपका पुलिस से वास्ता पड़ा नहीं है वरना...'' ''वरना क्या?'' वह कुछ बोली नहीं। उसका झुर्रीदार चेहरा व्यंग्य बनकर रह गया। ''सच बोल, तूने इसे कहाँ से उठाया है?'' रवि व्यास ने पुनः दोहराया। बुढ़िया ने फटी-फटी आँखों से उसकी ओर देखा। इसी समय बालक कुलबुलाया। वह उसे थपथपाती हुई सोचने लगी कि फिर कोई दूसरी दुर्घटना! रवि व्यास इस संवादशून्यता को बरदाश्त नहीं कर सका और बोला, ''तू इस बच्चे की माँ नहीं हो सकती।''

''जी साब, यह सच है।''

''फिर किसका है यह बच्चा?''

''मेरी बच्ची का साब।''

''फिर झूठ!''

''नहीं साब, यह सच है। यह बच्चा मेरी बच्ची का ही है।'' यह कहते-कहते वह अंदर तक काँप गई। वह हट्टा-कट्टा है। एक धक्का मारेगा और बच्चे को ले उड़ेगा, तब...!

''फिर सफेद झूठ।''

''नहीं साब।''

''नहीं साब की बच्ची! हम से मुँह लड़ाती है!'' ''कबहू नहीं साब, तनिक भी नहीं। कहाँ राजा भोज, कहाँ गंगू तेली! म्हारी क्या मजाल कि हम सरकार से मुँह जोरी करें। पर जो सच है हुजूर, वह तो जरूर अरज करेंगे। मानें न मानें वह आपकी मरजी।'' रवि व्यास ने पैंतरा बदला और पूछा, ''तेरी बच्ची कहाँ है?'' बुढ़िया के काटो तो खून नहीं। वह घायल पक्षी सी काँप उठी। उसके होंठ हिलकर रह गए। उसकी ढिबरी सी आँखों के सामने अँधेरा छा गया। ''जवाब दे, चुप रह जाने से काम नहीं चलेगा।'' रवि व्यास ने समझाते हुए कहना जारी रखा—''जरा सोच इस बच्चे की माँ पर क्या बीत रही होगी! वह कैसे आठ-आठ आँसू रो रही होगी! सच-सच बता देगी तो तुझे कोई सजा नहीं मिलेगी, यह मेरा वादा है।'' बुढ़िया ने अपने को सँभाला। फिर उसकी ओर अर्थ

भरी दृष्टि डाली और बच्चे की ओर देखते हुए कहा, ''आप जैसे भले साब कुछ समय पहले यहाँ आए थे। समझाया था, प्यार-हमदर्दी जताई थी। जब उससे कुछ काम नहीं चला तो अकड़े थे और पुलिस थाने चलने के लिए जोर देने लगे थे। पर हम टस-से-मस नहीं हुए, सीधी उँगली से घी निकलता न देखकर वे जोर जबरदस्ती करने लगे। उन्होंने मेरी बच्ची के हाथ पकड़े और उसे घसीटने लगे। बच्ची ने बहुत हाथ-पाँव मारे। चीखी-चिल्लाई। मैं बीच में आई तो…'' इसी के साथ उसने अपनी पीठ उघाड़ी कर दी। पीठ पर नील के निशाने थे, खरोंचे थीं और खरोंचों पर था जमा हुआ खून। कुछ देर सन्नाटा छाया रहा, फिर रवि व्यास ने पूछा, ''थाने गई। रपट लिखाई?'' ''क्यों न जाती, एक यही तो आखिरी आस थी।'' बुढ़िया ने कुछ पल रुककर आगे कहा, ''वहाँ जाकर क्या मिला साब?''

''पुलिस ने मारपीट की। उलटा इलजाम लगाया और भगा दिया।'' ओह! रवि व्यास के मुख से अचानक निकल गया। ''साब, रामजी झूठ न बुलवाए, यह सोचकर यहाँ लौट आई कि वे साब लोग काम निकल जाने पर उसे यहीं-कहीं जूठी पत्तल सा फेंक जाएँगे। तब वह हकबकाई सी धुएँ में लिपटी बदहवास सी, पेड़ से टूटी डाल के समान अपने को एकदम अकेला पाकर पगला न जाए, कुछ कर न बैठे! फिर कौन सँभालेगा इस बच्चे को? मेरा क्या, कब्र में पाँव लटकाए बैठी हूँ, पल में झपकी लगी नहीं कि हमेशा-हमेशा के लिए शांत। बस साब, यही सच है। इस सच का साब कोई गवाह नहीं।'' बुढ़िया का हृदय बह उठा था। रवि व्यास की सिट्टी-पिट्टी गुम! कंठ अवरुद्ध, चेहरा ग्लानि से चूर-चूर! ''साब, इस बच्चे को म्हारे से मत छीनना। इतनी म्हारी अरज मान लेना साब, जरूर मान लेना।'' रवि व्यास अब वहाँ एक पल नहीं ठहर सका। अपराधी बना, चुपचाप सड़क पर आकर उसने अपनी राह पकड़ ली! साब, इतनी अरज है, बच्चा मत छीनना। यह आवाज उसका पीछा करती रही और वह भागता रहा। पीछे मुड़कर नहीं देख सका।

□□□